평생 일하고 싶지 않은 내가, 같은 반 인기 아이돌의 눈에 들면

3

우와!

솔직큐트한 미소녀와의
문화제가 시작됩니다.

여기에 레몬 절임을 올리면…….
됐다, 허니 레몬 스쿼시 완성.

키시모토 카즈하

일러스트 미와베 사쿠라

부디 끝까지 즐겨줘.

레이/오토사키 레이

카논/히도리 카논

국민 아이돌과 밴드

…… 들어주세요.

'〇 오버'.

후야제—— 스테이지에서

셔러분!
우리 레이의
억지를 들어줘서 고마워!

시도 린타로

미아/우가와 미○

일러스트 — 미와베 사쿠라

CONTENTS

일러스트/미와베 사쿠라
I don't want to work for the rest of my life,
but my classmates' popular idol get familiar with me.

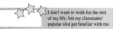

꿈을 꾸었다.

아마도 무대는 미국, 뉴욕.

여러 명의 미남미녀가 걸어 다니고, 나는 그 중심에 있다.

아아── 여기가 지금 내 자리구나.

꿈인데도 나는 그 사실을 선뜻 받아들였다.

『헤이, 미아. 슬슬 준비 됐어?』

"……OK. 언제든지."

나는 앉아있던 의자에 **대본**을 던지고 일어났다.

이것은 꿈. 하지만 그리 멀지 않은 꿈.

화려한 의상을 입은 나는 카메라 앞으로 이동한다.

나는 심호흡을 한 번 한 뒤 내 짐을 안고 있는 **그**에게 시선을 던졌다.

그는 나와 눈을 마주치고, 그리고────.

거기서 내 꿈은 끝났다.

8월도 후반으로 들어갔다.

내 절친한 친구인 이나바 유키오는 부모님과 함께 해외여행.

내가 보모(?) 노릇을 하고 있는 인기 아이돌, 오토사키 레이도 최근에는 스케줄이 바쁜 건지 집에 잘 돌아오지 않았다. 돌아와도 상당히 피곤한 모습으로 그대로 잠들어버린다.

그 신체 능력 포함 체력 괴물인 레이가 저 정도로 피곤해하는 걸 보면 아마 어지간히 하드한 스케줄이었던 거겠지.

일하지 않음을 모토로 잡은 나는 도저히 견딜 수 없는 일거리일 거다.

'왜냐하면 나는…… 이 상황조차 고통이니까.'

나는 드링크바에서 따라온 메론소다를 빨대로 빨아 마셨다.

그리고 눈앞의 소파에 앉은 두 남자에게 시선을 보냈다.

"얘들아……. 아즈사가 돌아보게 하려면 어떻게 해야 할까."

"어떻게 해야 하냐니……. 이젠 대놓고 크게 빡! 할 수밖에 없잖냐."

도모토, 뭘 크게 빡 하라는 거냐. 설마 몸통박치기는 아니겠지?

여기는 전에 니카이도와 만났던 패밀리 레스토랑.

나는 카키하라의 부름을 받아 이곳을 다시 찾아왔다.

처음에는 내키지 않았으나, 점심을 사겠다는 말을 듣자 나의 나약한 의지는 순식간에 꺾여버렸다.

결국 이렇게 스파게티와 드링크바 세트를 얻어먹는 중이다.

"대놓고 했어! 대놓고 한 결과 데이트조차 거절당했다고!"

"그럼 아직 파워가 부족하단 거겠지! 더 강한 힘으로 돌격해!"

"그랬다간 아즈사가 날아가 버릴 거야!"

진짜로 무슨 얘기 하는 거냐. 너희.

나는 헛기침을 한 번 한 뒤 두 사람의 대화를 가로막았다.

일단 연애 상담을 해준다는 포지션으로 온 거니까 최소한의 상도덕은 지켜야지.

"음, 갑자기 돌아보게 하는 건 어렵지 않을까?"

"그, 그럴지도 모르지만……."

"우선은 남자로서 의식하게 만드는 것부터잖아? 예를 들어 니카이도가 궁지에 빠졌을 때 도와준다거나."

"……한 적은 있는데."

————그랬지.

이 녀석, 학원이 끝나고 집으로 돌아가는 니카이도를 헌팅의 마수에서 몇 번이나 구해주었다.

그 사실을 알고 나는 그녀에게 말했다.

카키하라 유스케는 네 왕자님이구나.

그리고 니카이도는 이렇게 대답했다.

아니, 그건 아니고.

카키하라에게는 미안하지만 정말로 가능성이 없어 보였다.

이 상황에서 역전극이 벌어진다면 나는 술자리를 가질 때마다 떠들어댈 것이다. 뭐, 전업주부가 되면 술친구도 안 생길 테지만.

"뭐 없을까? 한 방에 역전할 수 있는 묘안 같은 거."

안 돼, 도모토. 대놓고 말하지 마. 역전이라는 말은 지금은 지고 있단 소리잖아.

이 이상 카키하라에게 현실을 들이밀지 마.

"음, 유스케. 포기한다는 선택지를 고를 마음은 전혀 없는 거지?"

"……그래, 포기할 수 없어. 그야말로 아즈사에게 애인이 생기거나 내가 재기불능이 될 정도로 호되게 차이지 않는 한."

"이런 말은 듣기 조금 그럴 테지만, 유스케는 인기도 많고 여자친구를 사귀고 싶다면 언제든 좋은 상대가 있을 거야. 그래도?"

"그래. 나는 아즈사 말고는 생각할 수 없어."

"……알았어. 그렇게까지 말한다면."

솔직하게 말하겠다. 나는 카키하라를 순수하게 응원하기 시작했다.

처음에는 귀찮은 일에 말려들었다고 우울해했지만── 아니, 뭐 지금도 우울하다는 건 변함이 없지만 카키하라의 이런 한결같은 자세는 공감할 수 있고, 호감도 느낀다.

현재 니카이도는 카키하라에게 연애 감정이 없다. 괜히 주변 분위기부터 조성하면 폐가 될 뿐이다.

그렇다고 해도 가능하면 카키하라의 마음이 이뤄졌으면 한다.

나에게 피해가 오지 않는 범위에서 어떻게든 해주고 싶다.

그런 감정에서 도출된 대답은 한 이벤트를 이용하는 것이었다.

"유스케, 문화제야."

"어?"

"문화제에서 고백하는 거야. 그거 알아? 우리 학교에 있는 징크스."

"그러니까…… 후야제 무대 위에서 고백하면 반드시 성공한다는……."

"그래, 그거야."

우리 학교 문화제에는 후야제라고 해서 열심히 한 학생들끼리 서로 고생했다고 격려하는 취지의 이벤트가 있다.

보통은 엄한 교사들도 이 때만큼은 감시망을 조금 풀어주며 어느 정도는 눈감아주는, 말 그대로 축제 같은 이벤트.

그런 후야제에는 **프리 스테이지**라고 불리는 무대가 존재한다.

그 스테이지엔 어떤 학생이든 15분간 독점할 수 있는 시간이 존재하는데, 예를 들어 경음부가 아닌 학생들이 밴드를 결성해서 연주하거나, 반쯤 재미로 댄스를 보여주는 녀석들, 콤비를 짜서 만담을 보여주는 녀석들이 이용한다.

그리고 여기서 고백한 사람의 마음은 반드시 성취된다는 도시전설이 있었다.

정확하게는 도시전설이라고 할 정도로 애매모호한 게 아니다.

왜냐하면 어느 시대든 반드시 커플이 맺어졌기 때문이다.

이 이벤트의 힘을 빌린다면 보통은 실패하는 고백도 조금은 성공하기 쉬워질지도 모른다.

————뭐, 실제로는.

공개적으로 고백해서 상대방이 거절하기 어려운 분위기를 만드는 것이다.

그 자리에서는 고백을 받아들였지만 일주일만에 헤어진 커플도 있다고 한다.

굉장히 비겁한 수단이긴 하지만, 니카이도라면 오히려 그런 분위기에 휩쓸리지 않을 것이다.

그녀는 강하다.

못 하는 건 못 한다고 말하는 힘이 있고, 그 결과 카키하라의 데이트 신청을 거절했다.

즉 그렇게까지 해도 사귀지 못할 확률이 크다는 소리지만——그렇게 남들이 다 보는 스테이지 위에서 차인다면 카키하라가 말한, 재기불능이 될 정도로 호되게 차인다는 시추에이션은 클리어할 수 있을 것이다.

그러면 우선 내 고생은 끝나겠지.

"아니, 잠깐. 프리 스테이지를 쓰는 건 좋지만 그건 뭔가 공연할 게 있는 녀석이 쓰는 거잖아? 고백하기 위해 쓰겠다고 하면 허락 안 해줄걸."

오, 도모토도 의외로 날카롭게 찌르잖아.

"이 아이디어로 간다면 역시 공연할 걸 생각할 필요가 있겠지. 유스케와 류지 두 사람이 만담하는 건 어때?"

"만담한 뒤에 고백은 좀……?"

"……그건 그렇네."

만담은 아니지. 응.

그럼 뭐가 있을까. 최대 둘이서 할 수 있을 법하면서 고백하는 분위기를 만들 수 있는 것.

혼자라면 싱어송라이터처럼 통기타라도 치면서 노래하는 것도 있는데.

오, 이거 괜찮지 않나?

"통기타 치면서 노래——."

"그래! 우리끼리 밴드를 결성하자!"

————어라?

"나는 취미로 드럼을 치거든! 유스케도 기타 갖고 있잖아?"

"어? 어, 응……. 전에 류지와 같이 사러 갔던 거 말이지."

"그거야! 몇 번 맞춰 보기만 하고 그 뒤론 안 했지만, 지금이 써먹을 때야!"

그래, 밴드라.

그거라면 곡에 따라 고백 분위기로 가져갈 수 있을 거다.

하지만 기타와 드럼밖에 없는 밴드라……. 꽤 어려워 보이는데.

"그리고 린타로가 베이스! 이러면 3인조 밴드 완성이야!"

왜 그렇게 되는 거냐.

"아니, 저기…… 나는 베이스는 못 치는데?"

"괜찮아! 아직 한 달 넘게 남았으니까 한 곡 정도라면 어떻게든 돼!"

그건 할 줄 아는 녀석의 논리고.

나는 완전한 문외한이라 바닥에서부터 악보와 눈싸움을 하며 손가락으로 외우게 해야 한다.

그게 얼마나 어려운지 정도는 이해하고 있다.

아무리 취미 수준이라고 해도 난이도 자체는 별 차이가 없겠지.

"린타로⋯⋯! 부탁이야! 우리와 함께 밴드 해 줘!"

"⋯⋯."

아니, 무리라고. 상식적으로 생각해 봐라.

다만 말을 꺼낸 사람이 나다. 이렇게까지 의욕을 부추겨놓고 여기서 내던진다는 건 어린애들이라고 해도 무책임하다.

게다가 다행히―― 나에게는 시간이 있다.

여름방학도 앞으로 이주일 남았으니 집에 틀어박혀 계속 연습하면 어떻게든 될지도 모른다.

⋯⋯아마도?

"아니, 하지만 애초에 베이스가 없는데."

문화제에서 딱 15분간 라이브 연주를 하기 위해 최소 몇만 엔은 하는 베이스를 산다는 것도 상당한 거부감이 든다.

아는 사람 중에 갖고 있는 인간도 없으니까 빌릴 수도 없다.

그렇게 생각했는데⋯⋯.

"실은 호노카가 갖고 있거든. 사실은 나와 유스케와 호노카 셋이서 맞추기 위해 산 건데, 그 녀석이 제일 먼저 질려서."

"노기가 베이스라."

으음, 노기의 성격을 생각하면 확실히 금방 질릴 것 같다.

굳이 따지라면 기타나 드럼, 보컬을 더 즐겁게 할 것 같다.

내 마음대로 상상한 거긴 하지만.

"버리진 않았을 테니까 내일에라도 빌릴 수 있을 거야."

"……알았어. 그렇게까지 말한다면."

사람들 앞에 나서고 싶은 마음은 별로 없지만, 어디까지나 주역은 카키하라.

담담히 연주하면 그리 인상에 남진 않을 것이다.

게다가── 악기에 관심이 없다면 거짓말이고.

"유스케는 기타 겸 보컬 확정이지. 노래도 잘 부르고 멀티가 되니까. 코러스용으로 우리 앞에도 마이크는 둘 거지만."

"……내 역할 무겁지 않아?"

"하지만 보컬만 모집한다는 것도 이상하잖아?"

"호노카는 어때?"

"최종적으로는 고백하는 게 목적인데 밴드 안에 다른 여자애가 있다는 건 조금 위화감 들지 않냐?"

"아…… 그렇네."

구체적으로는 말하지 않지만 나도 도모토의 의견에 거의 동감이었다.

뭐, 요컨대 남자들끼리 으쌰으쌰하고 싶다는 생각인 거겠지.

"……원래 연습하던 곡이라면 아마 가능할 것 같아."

"좋아, 그럼 결정!"

결정되고 말았나.

아마 어떻게든 되겠지. 애초에 이 이벤트는 카키하라의 고백을 위한 거니까, 나는 최소한의 역할만 하면 된다.

그런데───.

"───곡은 어떤 곡이야?"

"잘 물어봤어! 남자의 사랑 노래하면 역시 그거지!"

도모토가 알려준 노래 제목은 나도 알고 있을 만큼 유명한 사랑 노래였다.

◇ ◆ ◇

다음 날.

나는 학교에서 가장 가까운 역을 방문했다.

노기에게서 베이스를 받기 위해서다.

그 패밀리 레스토랑 회의 후, 도모토가 사정을 설명한 결과 '내일이라면 주러 갈 수 있어'라는 답을 받았다.

그리고 실제로 이렇게 찾아왔는데————.

"야호, 시도! 기다렸지!"

"아, 노기."

"어라? 많이 기다렸어?"

"아니, 방금 막 왔어."

"그렇구나!"

정확하게는 12분하고도 몇 초 기다렸지만.

이 땡볕 아래에서 12분하고도 몇 초나 기다렸지만!

"자, 이게 약속했던 베이스야."

그렇게 말하며 노기는 등에 메고 있던 검은색의 길쭉한 케이스를 내밀었다.

그걸 두 손으로 받은 순간 상상했던 것보다 더 무거워서 비틀

거릴 뻔했다.

"악…… 의외로 무겁네. 여기까지 가지고 오느라 힘들었지? 정말 고마워."

"아니야! 유스케의 사랑을 응원하기 위해서니까! 그보다 그 베이스 안 돌려줘도 돼."

"어?!"

진심으로 놀란 내가 노기의 얼굴을 보자 그녀는 민망한 듯 시선을 돌렸다.

"으음, 그게. 엄마에게 혼났거든. 안 쓰면서 계속 장소만 차지하니까 방해된다고. 그래서 내가 빌려준다고 했더니 그대로 줘버리라더라."

"어, 하지만…… 이거 비싸잖아."

"아하하, 실은 2만 엔 정도밖에 안 하는 싸구려야."

2만 엔은 충분히 비싸지만, 악기 쪽 시세는 전혀 모른다.

뭐, 비교적 싼 편이라는 거겠지. 아마도.

아니면 노기의 금전 감각이 고장 났거나.

"신경 쓰인다면 다음에 밥이라도 사 줘! 조금 비싼 가게로!"

"알뜰하게 챙기네……. 좋아, 알았어. 원래 남에게 빌리는 건 조금 불편했으니까 고마워."

빌린 물건이라고 생각하면서 쓰면 다른 쪽으로 신경이 분산되어서 집중이 안 된단 말이지.

더러워지면 안 된다거나, 흠집이 나면 안 된다거나. 전부 당연한 현상이지만 문제는 지나치게 생각하게 된다는 점이다.

걱정이 과한 것도 문제다.

"그렇구나! ……그, 힘내. 나 진심으로 응원하고 있으니까."

"……그래. 전력을 다할게."

"응! 그럼 더욱 좋네! 그럼 나는 이 뒤에 아즈링이랑 놀기로 약속했으니까!"

"이렇게 가져다줘서 정말 고마워. 살았어."

"아니야, 신경 쓰지 마! 그럼 나중에 학교에서 봐!"

"응, 학교에서 보자."

손을 흔들며 떠나가는 노기를 손을 흔들어 배웅했다.

그녀는 틀림없이 좋은 사람이다.

배려심도 있고, 주변 사람들이 노기를 좋아하는 것도 이해가 간다.

─────그렇기에.

이번 일로 그들 네 명의 우정에 금이 가버릴지도 모른다는 미래를 막연하게 눈치챈 거겠지.

커플이 탄생하면 그걸로 해피엔딩. 하지만 실패하면 대부분은 여태까지처럼 지낼 수 없게 된다.

"……알지, 그 마음."

나는 허공을 향해 작게 중얼거렸다.

나도 생각해야만 하는 게 있다.

그 고백으로부터 벌써 며칠이 지났지만 계속 답을 보류하고 있었다.

슬슬 내 진심을 전해야만 한다.

◇ ◆ ◇

보글보글 냄비에서 소리가 난다.

부엌에는 카레 특유의 냄새가 가득해서 자연스럽게 식욕이 자극되었다.

거실 소파에는 금발 여자가 혼자 기대어 앉아있다.

오랜만에 여기로 돌아온 오토사키 레이다.

"……카레 곧 완성이야."

"간절히 기다렸어. 오랜만에 먹는 린타로의 밥, 기대돼."

"오랜만이라고 하지만 실제로는 일주일 정도잖아."

"일주일이나 린타로를 만나지 못하는 건 너무 쓸쓸했어."

"……그러냐."

"린타로는?"

"뭐…… 조금."

"조금이구나. 그래도 기뻐."

하아, 귀엽잖아. 빌어먹을.

그 바다에서 보낸 시간을 거치며 그녀의 매력이 한층 강렬해졌다.

주변에서는 그런 이야기를 들어보지 못했으니 어쩌면 나만 그렇게 느끼는 것뿐인지도 모른다.

그렇게 생각하니 조금 부끄럽지만————.

"우선 기대에 부응해서 빨리 식사 준비를 끝내야겠다. 거기 탁자 위 치워줘. 지금 들고 갈 거니까."

"응, 알았어."

나는 냄비 뚜껑을 열고 몇 번 휘저었다.

오늘의 카레는 여름 채소가 듬뿍 들어간 여름 채소 카레다.

가지, 피망 등 사람에 따라서는 호불호가 갈리는 것도 들어갔지만 음식을 가리지 않는 나와 레이에게 그런 건 상관없다.

"자, 됐어."

"와…… 채소가 가득해."

"여름 채소 카레야. 숟가락도 받아."

"응, 잘 먹겠습니다."

숟가락을 주자 레이는 하얀 쌀밥과 루를 함께 떠서 입으로 가져갔다.

그렇게 입 안에서 몇 번 씹더니 그녀의 얼굴이 확 밝아졌다.

"맛있어!"

"감사."

나도 옆에 앉아 마찬가지로 카레를 입으로 가져갔다.

음── 맛 좋고.

조금 큼직하게 자른 채소들이 루와 잘 섞여서 고기와는 또 다른 방향으로 잘 넘어간다.

더위 먹고 식욕이 사라져도 고기만큼 묵직하지 않으니까 얼마든지 먹을 수 있을 것 같다.

"네가 카레를 좋아해서 정말 다행이야. 한꺼번에 만들 수 있으니까."

"응, 카레 너무 좋아. 하지만 린타로의 카레가 제일 좋아. 늘 다양하게 신경 써줘서 그게 기뻐."

"매번 기쁜 리액션을 들려주는구나, 넌. 그렇게 말해주면 매번 고민하면서 만든 보람이 있어."

딱히 매번 평범한 카레라고 해도 레이는 불평 하나 없이 먹어줄 것이다.

하지만 그래서는 왠지, 그—— 재미없다.

모처럼 무한한 가능성이 있는 요리니까 다양하게 시도해보고 싶다.

아주 극단적으로 표현해서, 나 자신과 레이를 이용한 요리 실험이라고 해도 과언이 아닐지도 모른다.

물론 맛없게 만들지 않는다는 게 전제이긴 하지만.

"그러고 보면 린타로, 그거 뭐야?"

"응?"

식사와 설거지를 마친 내가 소파에 앉아서 쉬고 있었더니 갑자기 레이가 벽에 세워놓았던 베이스 케이스를 가리키며 물었다.

뭐, 궁금할 만도 하지. 어제까진 없었으니까.

"좀 일이 있어서 문화제 후야제 스테이지에서 연주하게 되었어."

"어? 린타로가?"

"의외야?"

"응. 굉장히."

"그렇겠지, 나도 의외야."

내가 그렇게 남들 앞에 나서서 뭘 한다는 건 유키오에게 말해도 놀랄 게 틀림없다.

케이스에서 베이스를 꺼내 들고 다시 소파에 앉았다.

다행히 노기에게 뭐든 다 귀여운 물건으로 갖추는 취향은 없었던 건지, 이 베이스 자체는 하얀색과 검은색이라는 단조로운 색상이었다.

이거라면 내가 들어도 대놓고 빌린 물건이라는 위화감은 안 들 것이다.

"무슨 바람이 불었어?"

"대외적인 이유는 도우미. 진짜 이유는 순수하게 악기를 시작해보고 싶어서."

"린타로가 악기를 좋아하는 줄은 몰랐어."

"……멋있잖아."

"어?"

나는 낯부끄러워서 레이에게서 시선을 돌렸다.

고용주인 유즈키 선생님이 시켜서 다양한 오락거리를 조금씩 건드려보는 생활을 하고 있지만, 그중에서도 나는 작업하면서 같이 하기에 최적인 음악을 즐기는 경향이 있었다.

일상적으로 듣다 보니 아직 어른이 되지 못한 내 단순한 마음은 금방 동경으로 빠져버렸다.

보컬이야 해보고 싶다는 생각이 들지 않았지만, 기타나 드럼, 지금 이 베이스 같은 건 살면서 한 번이라도 좋으니까 다뤄보고 싶었다.

원래 두드러진 취미도 없으니 그대로 빠져서 취미라고 말할 수 있게 되면 좋겠다는 소소한 기대도 품고 있었다.

"나도 어디에나 있는 평범한 고등학생이니까, 순수하게 악기를 연주할 수 있다면 재밌겠다, 멋지겠다고 생각하거든. 이유는 그 정도야."

"……생각보다 단순."

"큭……. 미안하게 됐네. 대단한 이유가 아니라서."

"으으응. 오히려 린타로에게 그런 면이 있어서 안심이야. 응원하고 싶어."

레이는 내 쪽으로 몸을 내밀며 훈훈한 광경을 보는 듯 미소 지었다.

레이와 이렇게 지내게 된 뒤로 나 자신이 점점 솔직하게 변해 가는── 아니, 강제로 솔직해지는 느낌이 든다.

그녀가 더없이 똑바로 마음을 전해오니 나마저 영향을 받아버린 모양이다.

남의 영향으로 내가 바뀐다는 건 무서울 뿐인줄 알았는데 이게 의외로 나쁜 느낌이 아니었다.

"뭐, 실제로 악기를 연주해 보니까 이게 또 좀처럼 쉽지 않았지만."

나는 베이스의 헤드에 달린 페그라는 이름의 나사를 손가락으로 돌렸다.

소위 튜닝이라는 행동이다.

기타나 베이스는 그냥 내버려 두면 본래의 소리에서 조금씩 엇나가게 된다.

현이 습기나 기온에 따라 장력이 변화하는 등 원인은 다양하다지만 자세한 건 모른다.

연주하기 전에는 매번 이렇게 본래의 소리가 나오도록 조율할 필요가 있다. 이게 조금 귀찮다.

다행인 건 튜너라고 불리는 튜닝 보조 아이템이 있다는 점.

헤드에 이 튜너를 장착해서 소리가 이상하지 않은 걸 확인하면 튜닝은 종료.

나는 넥 위에 뻗은 현을 누르며 반대쪽 손으로 현을 튕겼다.

실내에 울리는 건 우리가 연주할 예정인 노래의 전주 파트.

노기에게서 베이스를 받고 돌아온 뒤로 우선 이 부분을 계속 연습해봤다.

별로 많은 시간을 쓰진 못했지만, 어떻게든 천천히 연주하면 막히는 부분 없이 연주할 수 있게 되었다.

"……."

"어때? 베이스만이라도 대충 무슨 노래를 치는 건지는 알 수— 응? 왜 그래?"

"아…… 아냐, 그냥 좀 쳐다봤어."

"응……?"

레이의 시선을 따라가자 내 손에 도착했다.

손이 어디 이상했었나?

"린타로는 핑거 피킹이구나."

"어? 어, 응……. 내가 좋아하는 연주자는 다들 손가락을 쓰는데다 피크보단 손가락이 느낌이 좋아서."

베이스에는 크게 나눠서 두 개의 파벌 같은 게 있는데, 그게 피크를 쓰는 피크 피킹이냐 쓰지 않는 핑거 피킹이냐의 차이로 이어진다.

대부분은 핑거 피킹이라는 모양이지만 이것도 나는 자세한 차이까진 이해하지 못했다.

언젠가 자세한 차이를 알 수 있게 될지도 모르지만 그것도 언제가 될지————.

"린타로, 손 보여줘."

"상관은 없는데."

나는 베이스에서 손을 떼고 그대로 레이에게 내밀었다.

그녀는 내 손을 아래에서 받아들듯이 잡고는 본인의 손을 겹쳐보기도 하고 손가락 하나 하나를 쓰다듬어 보기도 하고 손금을 더듬기도 했다.

그게 참으로 간질간질하다.

열심히 내 손을 만져대는 그녀의 얼굴은 어딘가 진지해서 부끄러워졌는데도 이 손을 거두는 건 조금 양심이 찔렸다.

"저기…… 레이 씨?"

"……."

"……여보세요?"

"————헉."

어느새 황홀한 표정을 짓고 있던 레이에게 의식이 돌아왔다.

그녀는 내 손과 얼굴을 번갈아 쳐다보고는 어딘가 쑥스러운 듯 손을 놓았다.

"······미안."

"혹시나 하는 말인데, 너 손 페티시 있어······?"

"아니라고 생각했는데, 맞을지도 몰라."

"자각이 없었던 거냐. 그래서, 내 손은 기준을 통과했어?"

"응. 지금까지 제대로 본 적이 없어서 눈치채지 못했지만 린타로의 손 굉장히 내 취향인 것 같아. 생각보다 더 크고, 손가락은 가늘고 길고. 조금 두드러진 혈관이 그······ 야해."

"이 이상은 그만하자! 응?!"

위험해라. 이상한 분위기에 휩쓸릴 뻔했다.

서로 어쩐지 민망해지는 바람에 시선이 흔들렸다.

분위기를 견딜 수 없게 된 나는 슬쩍 TV를 켰다.

"아····· 이거."

TV에 나오는 건 매주 이 시간에 편성된 음악방송.

사회자인 탤런트와 고정 패널 사이에 게스트가 앉는 구조의 세트장인데, 거기에 앉아있는 여자들을 나는 본 적이 있다.

······정확하게는 옆에 있다.

"이거 전에 촬영한 거야. 사진집 발매에 맞춰서 틀어주나 봐."

"아하······."

둘이서 화면을 바라보자 방송의 고정 코너인 게스트의 라이브가 시작되었다.

매번 이 시간에는 게스트의 신곡을 발표해서 홍보를 도와주는 모양이었다.

밀스타도 마찬가지로 신곡을 보여줘서 방송의 분위기를 크게 띄웠다.

『지금 보여드린 신곡 발매일에 맞춰서 저희의 사진집이 발매됩니다.』

『지금 계절에 딱 맞춘 모습을 찍었으니 관심 있는 분은 꼭 확인해봐 주세요.』

『CD에는 저희의 악수회에서 사용할 수 있는 악수권이 있습니다!』

레이, 미아, 카논 순으로 홍보 멘트를 치자 방송이 끝났다.

악수회라. 이런 단어를 들으면 역시 세 사람이 아이돌이라는 걸 실감한다.

"그런데 사진집 이미 발매했구나."

"응. 아── 맞다. 린타로에게는 한 권 주려고 했어."

그렇게 말하며 레이는 자신의 짐에서 본인들이 표지를 장식한 책자를 꺼내더니 나에게 내밀었다.

"자."

"……받는다고 해도 뭔가 눈앞에 있는 녀석의 사진집이라고 생각하기 복잡한 기분이네."

"그래?"

셋 다 아슬아슬한 수영복 차림이라고.

이렇게 레이와 함께 있는 것에 익숙해졌다지만 청소년의 눈에는 상당한 독이다.

참고로 아무래도 상관없는 정보지만, 나는 빨간책 종류는 하나도 갖고 있지 않다. 전부 인터넷에서 데이터로 사는 파다.

"뭐…… 준다고 하면 감사히 받겠지만."

"응. 솔직한 건 좋은 거야."

"흑심이 있다는 것처럼 들리니까 하지 마."

나는 사진집을 받고 우선 테이블 위에 놓았다.

동시에 레이가 들고 있던 스마트폰이 진동했다.

"아, 매니저 전화. 잠깐 받고 올게."

"그래."

그녀는 그렇게 말하며 복도로 나갔다.

외부인인 나에게 목소리가 들리지 않도록 하는 점에서 제대로 구분하고 있다는 게 보여 안심이다.

나는 한 번은 테이블 위에 올려놨던 사진집을 들고 침실로 이동했다.

그리고 베개 아래에 숨겨놓은 **또 한 권의 사진집**을 꺼냈다.

"차마…… 내 돈 주고 이미 샀다고는 말 못 하지."

한 권을 만화책이 꽂힌 책꽂이에 꽂은 뒤 다른 한 권은 다시 베개 밑에 돌려놓았다.

부디 당분간은 안 들키기를.

"기다렸지?"

레이가 돌아왔을 때 나는 부엌에 서 있었다.

천연덕스러운 얼굴로 그녀를 맞고 여유 시간에 타 놓았던 커피를 건넸다.

한 마디 인사한 그녀가 머그잔에 입을 내고 후우 숨을 내뱉었다.

"다음 라이브가 정해졌대."

"오, 그래?"

"응. 다음은 할로윈 라이브래. 그게 끝나면 연말 투어가 있을지도 모른댔어."

"투어라면 그, 전국을 도는 거?"

"맞아."

그렇게 되면 세 사람은 당분간 돌아오지 않는다는 소리다.

"투어가 시작하면 학교도 쉬는 거야?"

"아마 그렇게 돼. 여태까지도 투어 자체는 있었어. 하지만 이번에는 규모가 많이 달라. 우리도 이런 규모는 처음이라 구체적으로 어떻게 되는지는 모르지만."

마음대로 상상한 이미지이긴 하지만, 투어라고 하면 최소 이주일 정도는 자유가 묶이는 게 아닐까?

출석 일수가 걱정되긴 하지만 여태까지 최대한 결석하지 않았던 레이의 노력 덕분에 아마 문제없는 범주 안에서 끝날 수 있을 터.

이런 때를 위해 고생했던 거라면 진심으로 존경심이 치밀었다.

"꿈에 한 발짝 더 다가간 거구나."

"……응. 아마 이제 코앞이야."

레이는 어딘가 기대하는 얼굴로 주먹을 쥐었다.

그녀의 꿈, 일본 부도칸 라이브.

국민 아이돌이 된 그녀들에게 그것은 결코 먼 목표가 아니다.

그렇다고 해도 간단한 목표도 아니다.

―――만약 그 꿈이 이뤄진다면.

레이는 그다음엔 어떻게 할까.

"? 왜 그래?"

"……아니, 아무것도 아니야."

나는 레이의 말에 고개를 젓고 시간을 확인했다.

어느새 제법 늦은 시각이 되었다.

"슬슬 집으로 돌아가. 내일 일찍 일어나야 하잖아?"

"윽…… 맞다. 내일은 6시에 깨워줄래?"

"알고 있어. 이미 알람 맞춰놨으니까."

"매번 고마워. 이제 린타로가 없으면 너무 불안해. 가능하면 투어에도 데려가고 싶어."

"아무리 그래도 그건 무리지. 나는 학교 빠지기 싫어."

"……알아. 억지 안 부려."

이 녀석, 순간 억지 부리려고 했었군.

내일부터 당분간 레이는 또 집을 비운다.

듣자 하니 밀피유 스타즈의 멤버가 각자 솔로곡을 내기로 했는데, 레이가 가장 첫 타자로 작업 중인 모양이었다.

뮤직비디오 촬영도 있어서 또 한층 바빠진다고 했다.

"9월이 되면 조금은 괜찮아질 테지만……."

"그럼 그때까지 참으면 된단 거구나. 내가 할 수 있는 일이 있다면 가능한 범위에서 도와줄게."

"응, 고마워. ―――그리고 뭐든 시키는 거 들어준다는 권리도 아직 안 잊었어."

─────큭.

"잊어버리지."

"괜찮아, 이 권리는 가장 중요한 때에 쓸 거야."

"……살살 부탁해."

비치발리볼에서 패배하는 바람에 받은 벌칙.

미아의 소원은 들어줬지만, 아직 레이와 카논의 소원은 못 들었다.

그게 고맙기도 하면서 불안하기도 했다.

"그럼 린타로, 잘 자."

"그래……. 잘 자."

마지막에 굉장한 견제구를 던진 레이가 내 집을 뒤로했다.

혼자 남은 거실에서 나는 한 번 한숨을 쉬었다.

내일부터 레이는 없다.

그렇게 되면 또 조금 쓸쓸해지지만, 그 이상으로 생각해야만 하는 일이 있다.

"내일부터 일주일이라……."

비치발리볼의 부산물같은 약속.

미아에게 일주일간 저녁을 만든다는 약속이 내일부터 시작된다.

왜 내일부터냐면, 레이와 교대하듯 미아가 돌아오기 때문이다.

좋든 싫든 내일 나는 미아를 만나야만 한다.

자연스럽게 고백의 답을 돌려줘야만 하는데────.

"……하아."

우선 오늘은 자자.

이미 답은 정해져 있으니까.

◇ ◆ ◇

다소 우울한 기분으로 맞이하게 된 다음 날.

나는 내 집을 청소하고, 빨래하고. 이어서 레이의 집 청소도 마친 뒤 내 집 소파 위에서 늘어져 있었다.

청소는 그리 빈번히 할 일도 아니라고 생각했던 시기도 있었지만 청결함이 유지되면 의외로 기분도 좋아진다.

나 자신은 정말 아무 생각 없이 시간을 죽인다는 감각으로 청소할 때가 많다.

"……슬슬 됐나."

작게 중얼거린 나는 스마트폰을 쳐다봤다.

그러자 이미 미아의 연락이 알림창에 떠 있었다.

나는 내 조리도구 세트를 들고 집을 나섰다.

복도를 걸어서 10초.

내 집에서 가장 멀리 떨어진 집 문 앞에 섰다.

인터폰을 누르고 잠시.

『―――――들어와.』

스피커 너머로 미아의 목소리가 들리자 나는 문을 열었다.

"시, 실례합니다……."

어쩐지 동갑내기 여자애가 혼자 사는 집에 들어간다고 생각하니 갑자기 긴장된다.

레이의 집도 여자 혼자 사는 집인 건 마찬가지지만── 그, 청소 같은 걸 하느라 하도 들락날락했기 때문인지 이미 긴장감 같은 건 일절 사라졌다.

그게 좋은 일인 건지 나쁜 일인 건지……. 어느 쪽이든 상관없다.

"안녕, 용케 왔네."

"……약속했으니까."

미아를 앞에 두고 나는 뺨을 긁적였다.

코티지에서 본 것 같은 실내복을 입은 그녀는 역시 어딘가 신선했다.

실내복인데도 촌스러운 분위기가 전혀 없는 건 옷걸이가 좋기 때문인 거겠지.

"어라? 이 실내복은 전에도 보여줬던 것 같은데 이제 와서 두근거리는 거야?"

"헛소리는. 그렇게 평소와 다른 모습 하나로 마음이 흔들릴 만큼 연약한 정신머리가 아니야."

"흐응. 그런 것치고는 조마조마해하는 것처럼 보이는데."

시끄럽다.

"뭐 됐어. 우선은 대화할까. ────대답, 들려줄 거지?"

"……그래."

미아가 안내하는 대로 나는 실내에 발을 들여놓았다.

내부 인테리어는 이미지 컬러인 파란색이 많이 들어가서 어딘가 시원한 분위기의 물건들로 구성되어 있었다.

이 레이아웃 자체는 상당히 취향일지도 모른다.

"자, 앉아."

시키는 대로 소파에 앉았다.

미아는 냉장고에서 페트병 물을 두 개 꺼내더니 하나를 나에게 내밀었다.

"땡큐."

"미안해. 너처럼 커피를 타주고 싶지만 아쉽게도 그런 종류는 집에 없어서."

"신경 쓰지 마. 남이 대접해주는 거에 불평할 만큼 쪼잔하진 않으니까."

커피메이커는 내가 필요해서 산 것뿐이니까.

"······자, 그럼."

나는 물을 한모금 마신 뒤 고개를 들었다.

쓸데없이 시간을 들이는 건 피하고 싶다. 그만큼 말하기 어려워질 게 뻔하기 때문이다.

"먼저 결론부터 말할게."

"······응."

나는 한 박자 쉰 뒤 입을 열었다.

"나는 너와 사귈 수 없어."

이 말을 들어도 미아의 표정은 변하지 않았다.

마치 그런 말을 하리라고 알고 있었다는 듯한 태도다.

"뭐, 그렇겠지. 일단 이유를 들을 수 있을까?"

"······내가 애인이 되고 싶어 하는 상대는 평생 계속 사랑할 수 있다고 확신한 상대뿐이야. 그래서 이런 어린 나이에 일시적인 감정으로 정하고 싶지 않아."

전에도 미아에겐 비슷한 말을 했던 것 같다.

게다가── 나와 그런 관계가 된다는 건, 필연적으로 나 대신 계속 돈을 벌어야 한다는 소리다.

듣기 거북한 표현이 되고 말았지만, 그게 내가 지향하는 길이니 어쩔 수 없다.

그런 책임을 짊어지게 할 상대이니 더욱 신중하게 찾아야만 한다.

더는 버려지는 건 사양이다.

"······괜찮아?"

"어, 응. 괜찮아."

표정이 어두워지는 바람에 괜한 걱정을 끼치고 말았다.

지금은 내 일을 생각하게 할 시간이 아니다.

제대로 이유를 말해야지────.

"──게다가. 너는 그냥 내가 좋아서 사귀고 싶은 게 아니잖아?"

미아의 표정이 그제서야 변했다.

"무슨, 의미야?"

"네게서 호감을 못 느끼는 건 아니야. 다만 그게 전부는 아니라고 봐."

말로 표현하는 건 어렵지만, '그래야만 하는 이유'가 있다는 느낌이 들었다.

"그 이유를 도저히 말하기 싫다면 굳이 안 물어볼 거다. 하지만 나도 아무런 설명도 듣지 못한 채 무언가에 이용당하는 건……
조금 기분이 안 좋아."

"……응, 그렇지. 그건…… 미안해."

미아는 순순히 사과했다.

나는 그걸 받아들이고 이어질 말을 기다렸다.

"지난번에 내 꿈은 해외에서 활동하는 거라고 말했었지?"

"어."

"극히 최근 일인데, 그 꿈에 가까워질 기회가 생길 것 같아."

미아는 본인의 물을 한 모금 마신 뒤 말을 이었다.

"해외에 인맥이 있는 유명 영화감독이 신작에 캐스팅할 배우
오디션을 열어. 만약 합격한다면————."

"해외 진출의 계기가 될 수 있다는 거구나. 그거 좋은 기회잖아."

"그렇긴 한데…… 문제는 내가 응시할 그 영화가 연애물이라는
점이야."

어……, 응?

"그게 뭐가 문제라는 거야? 어떤 작품이든 비슷하게 어렵지 않
아?"

"응, 그건 그렇긴 한데. 나는…… 태어나서 지금까지 사랑이라
고 부를 만한 감정을 느껴본 적이 없거든."

그녀는 어딘가 안타까운 듯 눈을 가늘게 떴다.

"뭐라고 말해야 하지……. 계속 어머니 같은 사람이 되고 싶다

고 생각하면서 살아서 그런가, 주변 사람에겐 별로 시선이 안 갔어. 굉장히 부끄러운 이야기지만 아직 반 애들의 이름을 덜 외웠을 정도로."

"그건…… 일도 있으니까 어쩔 수 없지 않아?"

"나는 그걸 이유로 삼고 싶지 않아. 사람에 따라서는 불쾌할지도 모르잖아. 아무튼. 나는 연애라는 걸 잘 몰라. 그래서 오디션용 대본을 받았을 때 어떻게 연기해야 하는지 머리가 새하얘졌어."

어쩐지 듣고 있는 내가 쑥스러워지는 이야기인데.

연애라. 듣고 보면 확실히── 어려울지도 모른다.

침착하게 들으려고 하고 있지만 나 자신도 연애 감정에 해박하냐고 묻는다면 그건 아니다.

"그래서. 모른다면 실제로 애인을 만들어보면 되지 않을까 했지."

"……그럼 딱히 내가 아니어도 되는 거잖아."

"아니, 그것만은 제대로 할게. 나는 너니까 고백한 거야. 내가 가장 신뢰하는 너에게."

미아와 눈을 마주쳤다.

그 눈을 보는 한 거짓말을 하거나 숨기는 분위기는 어디에도 없었다.

이 부분은 믿어도 될 것 같다.

"린타로. 뻔뻔하다는 건 알지만 말하게 해줘."

"……뭘."

"애인인 척해줄 수는 없을까?"

그 질문의 의도를 알 수 없어서 나는 무심코 고개를 갸우뚱했다.

"레이가 돌아오지 않는 동안만이라도. 나와 애인다운 일을 해 줘. 물론 네가 하고 싶지 않은 건 안 해도 돼."

다른 사람에게는 부탁할 수 없어——.

진지한 얼굴로 그렇게 말하는 미아를 앞에 두고 내 표정은 딱 딱해졌다.

결코 이 부탁에 불쾌함을 느낀 건 아니다.

다만 어떻게 해야 할지 알 수 없었다.

'하지만…….'

미아는 정말로 난처해하고 있다.

그야말로, 심하게 궁지에 몰린 것처럼.

"——조건이 있어."

"어?"

"일주일간 요리를 만들어준다는 약속. 이걸 없었던 걸로 해준 다면 네게 협력할게."

"그, 그런 걸로 괜찮아?"

"의외로 매일 요리한다는 것도 힘들거든? 뭐, 애인다운 행동에 요리를 만들어서 대접한다는 게 포함될 수도 있으니까 반드시 만 들지 않겠다는 건 아니지만."

이중삼중으로 약속이 겹치면 아무래도 무거운 짐이 되어 나쁜 쪽으로 느끼게 된다.

여기서 리셋을 요구하는 건 일종의 자기방어를 위해서였다.

"……응, 알았어. 그렇게 할게. 그래서 네가 협력해준다면."

"교섭 성공이네."

우리는 계약의 증표로서 악수했다.

그렇긴 한데.

"애인다운 일은…… 뭐지?"

"……뭘까."

"애초에 너 레이에게 이상한 조언하고 그랬잖아. 연애를 잘 모른다는 것도 거짓말인 거 아니야?"

"의심하는 마음도 이해하지만 그건 전부 창작물에서 습득한 거야. 현실과는 별개라는 것쯤은 알아."

──하긴, 이상한 지식이라고는 생각했었지만.

"일단은 내일 둘이서 외출해보지 않을래?"

"……아, 데이트?"

"그렇게 말하니까 조금 민망하지만, 맞아. 마침 요즘 화제작인 로맨스 영화가 개봉된 모양이니까 공부 겸 영화관에라도 가볼까 하는데."

"오…… 로맨스 영화라."

그러고 보니 마지막으로 영화관에 간 게 언제였더라.

몇 년 전에 유키오가 보고 싶어했던 B급 영화를 같이 보러 간 게 마지막이었던 것 같다.

으음, 데이트 이전에 조금 두근거리는데.

"알았어. 같이 갈게."

"고마워. 그럼 내일 역 앞에서 만날까?"

"밖에서 만나기부터 하는 거냐……."

"당연하지. 약속 장소로 간다는 두근거림. 이런 것부터 이해해야 하니까."

땡볕 아래에서 기다리는 건 지긋지긋한데.

————아니, 이 경우 오히려 아주 일찌감치 역 앞으로 가면 될지도 모른다.

1시간 전 정도로 일찍 도착해서 카페라도 들어가서 냉방 속에서 기다리는 거지.

그만한 시간이 있으면 이동하는 중에 흘린 땀도 들어갈 테니 땀투성이인 채로 나란히 걷는 걸 피할 수 있을 거다.

"내일 역 앞에서 10시 어때?"

"괜찮네. 영화가 끝난 뒤에 점심 먹기 좋고."

"그렇지? 그럼⋯⋯."

그때 성대한 꼬르륵 소리가 울려 퍼졌다.

내 시선은 자연스럽게 미아의 배로 빨려 들어갔다.

그녀는 순간 얼굴이 빨개지더니 그걸 가리듯이 고개를 돌렸다.

"미, 미안⋯⋯. 오늘은 네가 만든 저녁을 먹을 예정이라 따로 먹을 걸 준비하지 않아서⋯⋯."

거기까지 말한 뒤 미아는 갑자기 당황했다.

"아, 아아! 하지만 애인인 척해준다고 했으니까 약속대로 식사는 괜찮아. 나중에 배달이라도 시킬 테니까."

"⋯⋯하하, 상관없어."

나는 자리에서 일어나 가져온 짐 안에서 앞치마를 꺼냈다.

모처럼 도구를 준비했으니까. 이대로 안 쓰고 돌아가는 것도

아깝지.

"말했잖아? 절대 안 만든다는 건 아니라고. 최대한 빨리 만들 테니까 거기서 기다려."

"으, 응……."

나는 얼떨떨한 듯한 미아를 버려두고 부엌으로 향했다.

다행히 부엌의 구조는 같으니까 평소와 감각이 같다.

빠르게 만들 수 있는 요리라면—— 음, 역시 파스타지.

"……그나저나 처음부터 애인 연기를 해달라고 하면 이렇게 귀찮아지진 않았을 텐데. 나도 꽤 진지하게 고민했거든?"

"아니, 그…… 정말 미안해. 아무래도 내가 그리 좋은 성격은 아니었던 모양이야. **남이 원하는 것**은 공연히 나도 갖고 싶어진 단 말이지."

대체 무슨 소릴 하는 건지.

나는 그걸 적당한 농담으로 치부하고 식사 준비에 들어갔다.

다음 날.

나는 평소처럼 일어난 뒤 세수와 양치질을 마치고 내가 갖고 있는 옷과 씨름을 벌였다.

레이 때도 그랬지만 여자애와 외출할 때는 이게 제일 어렵다.

애초에 나는 옷이 많은 편이 아니고, 센스에 자신도 없다.

개중에는 유즈키 선생님이 떠넘긴 것도 있고————.

"……역시 무난한 게 제일 좋지."

나는 한숨을 쉬며 헐렁한 느낌으로 입는 칠부 소매 티셔츠에 스키니진을 입었다.

아니, 응. 너무 원 패턴이지.

아무리 그래도 조금 더 레퍼토리를 늘리는 게 나을까? 유키오가 돌아오면 같이 쇼핑하자고 해야겠다. 어차피 머그잔 사러 가기로 약속했으니까.

지갑을 넣은 숄더백을 맨 나는 그대로 집을 나섰다.

목적지는 역 앞.

현재 시각은 약속 시각으로부터 한 시간 전. 예정대로 카페에서 시간을 때울 생각이다.

밖으로 나오자마자 머리 위에서 쏟아지는 햇살과 아스팔트에서 반사되는 열기에 내 몸이 노릇노릇해지기 시작했다.

진짜로 덥다. 얼마 후면 여름방학이 끝나는데 여름은 아직 끝나지 않을 모양이다.

'도착하면 반드시 아이스 커피를 마시겠어……!'

그렇게 결심하고 역 앞으로 가는 길을 걸었다.

이윽고 약속 장소 근처까지 도착한 나는 놀라운 광경을 목격했다.

"어…… 미아?"

약속 장소로 설정한 동상 앞에 익숙한 얼굴의 여자가 서 있었다.

그녀는 레이와 마찬가지로 검은색의 긴 머리 가발로 변장했다.

그리고 아까부터 연신 손거울을 꺼내 자신의 얼굴을 거듭 확인하고 있었다.

나는 놀란 얼굴로 그녀에게 다가갔다.

"너 왜 이렇게 일찍 왔어?"

"어── 린타로?!"

그녀도 놀란 듯 고개를 들고 나를 보았다.

"너, 너야말로……. 아직 1시간 전인데?"

"나는 카페에서 열을 식힌 뒤에 오려고 했거든."

"그…… 그랬구나. 아, 나도 그렇게 하려고 생각했어."

그럼 왜 여기에 있는 건데──라는 말을 삼켰다.

어딘가 초조한 듯 가발을 만지작거리는 등 안절부절못하는 모습인 데다 시선도 침착하지 못하다.

설마 이 녀석 엄청 기대하고 있었던 건가?

그런 거라면 미아에게도 귀여운 구석이 있구나……. 평소와 다르게.

"……카페 갈까? 어차피 영화 시작할 때까지 시간 있으니까."

"으, 응…… 그래."

우리는 나란히 역 앞 카페로 향했다.

"그런데 너도 변장 참 잘한다."

"이렇게라도 하지 않으면 밖을 편하게 돌아다닐 수 없으니까. 어때? 어울려?"

"어, 미아다운 느낌이 흐릿해졌는데 미인이라는 건 전혀 안 변했네."

"……린타로, 어쩐지 칭찬이 익숙한 거 아니야?"

"글쎄. 생각한 걸 말하는 것뿐이니까 그리 어려운 건 아닌데."

애초에 외모에 대한 의견을 요구했는데 거기서 솔직하게 대답하지 않는 게 부자연스럽지 않냐.

"저기, 린타로."

"왜."

"애인이라면 손을 잡는 것도 일종의 스킨십이라고 생각하는데, 어때?"

"미안하지만 그건 무리."

"……왜?"

어딘가 못마땅한 듯한 미아의 얼굴을 보며 나는 한숨을 한 번 쉰 뒤에 대답했다.

"네가 그랬잖아? 내가 하고 싶지 않은 건 안 해도 된다고. 손을 잡는 것처럼 주변에서 봤을 때 애인인 게 티 나는 모습을 보이는 건 내 안에선 NG야."

손을 잡는다거나 팔짱을 낀다거나.

그런 행위는 만에 하나 미아의 변장이 들통나는 일이 일어났을 때 주변에 변명할 수 없을 우려가 있다.

그리고 더위 때문에 손이 땀으로 축축하다.

이대로 손을 잡는 건 아무래도 부끄러웠다.

"……흐응. 뭐 좋아."

미아는 뺨이 부루퉁해져서 내 반걸음 앞을 걸었다.

뭐지. 왠지 오늘의 그녀는 어딘가 어린아이 같은 느낌이 든다.

"린타로, 빨리 가자."

"어, 어어."

착각인가?

카페에서 시간을 보낸 우리는 그대로 영화관으로 향했다.

학생 두 명으로 구매한 티켓의 타이틀은 '봄이 피어나는 사랑'.

수수한 여고생이 부자 미남과 다정한 스포츠맨에게서 어택을 받는 스토리라고 한다.

원작은 만화.

타입이 다른 두 남자와의 삼각관계가 매력이라고 하는데——.

"……뭔가 여자애들이 많지 않아?"

아까부터 영화관에 드나드는 인간이 대부분 어딘가 예쁘게 꾸민 느낌의 여자애들 뿐이었다.

딱히 남자가 없는 건 아니고, 어른이 없는 것도 아니지만 조금 불편함을 느꼈다.

"그럴 만도 해. 배우들이 요즘 여자애들 사이에서 아주 인기 많은 사람들이거든. 자, 여기 티켓."

"어어, 땡큐……."

미아가 내민 티켓을 받은 나는 그걸 몇 초 바라보았다.

"……새삼스럽지만 나는 돈을 안 내도 되는 괜찮은 거야?"

"정말 새삼스럽네. 아까도 말했지만 데이트비는 전부 내가 부담할 거야. 그게 네 하루를 받아 가는 인간의 의무라고 생각하니까."

"아니, 하지만 여자한테 전부 내게 하는 건 역시 좀."

"남자냐 여자냐는 상관없어. 오늘은 내 서비스를 즐겨주면 돼."

으음, 뭐 됐다.

사준다고 하니 순순히 신세 지기로 하자. 돈도 아낄 수 있으니까.

이렇게 내 자존심은 홀랑 무너졌다.

"너는 팝콘 먹는 파야? 나는 사려고 하는데."

"어, 뭐 일단은 먹는 파…… 인가?"

"그럼 큰 사이즈를 나눠 먹기로 할까. 후후, 어쩐지 '그럴싸한' 느낌이 나네."

이 '그럴싸함'이란 애인다워졌다는 말인 거겠지.

듣고 보니 무언가를 같이 나눠 먹는다는 건 참으로 애인답다.

……레이와는 이미 몇 번이나 하고 있는 느낌이 들지만.

"무슨 맛이 좋아?"

"나는 이럴 때는 버터 간장 맛."

"절묘하네. 나도 무조건 그 맛이라고 생각하던 참이거든."

캐러멜 맛이나 짭짤한 맛도 좋지만, 개인적으로 캐러멜 맛은 금방 질리고 짭짤한 맛은 아주 조금 허전하다.

그렇게 되면 역시 내 안에서는 버터 간장 맛이 딱 좋은 포지션을 차지한다.

"그럼 팝콘만 사면 바로 안으로 들어갈까."

"그래."

슬슬 입장 시작 시각이 다가오고 있다.

팝콘과 음료를 산 우리는 상영관 안으로 발을 들여놓았다.

자리가 순식간에 차더니 이윽고 만석이 되었다.

이게 최신 인기 영화의 힘인가.

"영화관은 시작하기 전부터 특유의 두근거림 같은 게 있지 않아?"

"맞아. 그리 공감받은 적은 없지만 사실 첫 부분에 넣는 다른 영화 예고 같은 걸 보는 것도 싫지 않단 말이지."

"나는 그 마음 이해해. 전에 봤던 영화의 최신작이 나온다는 걸 알게 되거나 순수하게 재미있어 보이는 영화의 예고를 보면 이득 본 기분이 들잖아."

그런 잡담을 하고 있었더니 이윽고 상영관의 불빛이 꺼졌다.

완전히 캄캄해진 시야 저편에서 거대한 스크린에 지금 막 얘기하던 영화 예고들이 시작되었다.

이 시간이 가장 영화관에 왔다고 실감할 수 있다.

화면의 크기, 소리의 박력. 그 모든 것이 특별하다고 느껴진다.

『그것은 수수한 나의 봄 이야기————.』

이윽고 예고가 끝나자 그런 모놀로그와 함께 영화 본편이 시작되었다.

주인공은 촌스러운 인상을 주는 수수한 여고생.

하지만 인기 배우가 연기하다 보니 동그란 안경 너머로 고운 얼굴이 있었다.

아무래도 그건 연기자 때문만은 아니고, 원작이라는 만화에서도 꾸미면 빛나는 소박한 보석이라 표현된다…… 는 모양이었다.

소박한 보석은 대체 뭔 소리냔 생각도 들지만, 이런 거에 하나하나 태클을 걸었다간 창작물을 즐길 수 없으므로 머리 한구석으로 치워버렸다.

『그 녀석이랑 나, 어느 쪽을 선택할 거야!』

『그, 그런 건! 갑자기 선택하라고 해도 고를 수 없어!』

『됐어! 너 같은 건 아무 데나 가 버려!』

오만한 부자 미남이 그렇게 말하며 화면에서 떠나갔다.

혼자 남은 주인공이 눈물을 흘리자 그때를 노렸다는 듯 스포츠맨이 다가왔다.

그리고 주인공을 껴안고는 귓가에 속삭였다.

『나라면 너를 울리지 않아.』

으음, 닭살 돋는다.

영화를 보던 여자들에겐 그 목소리와 대사가 먹힌 건지 대부분 황홀한 얼굴로 스크린을 보고 있다.

미아는 무슨 표정일까?

궁금해진 나는 시선만 돌려 옆자리를 봤다.

"……흐음."

흥미롭다는 얼굴이다.

두근거림이나 그런 건 제쳐놓고, 진지하게 무언가를 배우려하는 표정.

아마 달콤한 말을 들은 주인공의 얼굴을 뜯어보고 있는 거겠지.

여기서 장면이 하나 끝나고, 주인공이 혼자서 생각하는 장면으로 전환되었다.

여전히 두 남자 사이에서 흔들리는 그녀는 이윽고 하나의 결론을 내놓았다.

『나는…… 역시.』

그렇게 주인공이 달려간 곳에는 스포츠맨이 있었다.

하지만 그녀는 그에게 사죄와 함께 마음을 받아들일 수 없다고 고백한 뒤 그대로 오만한 미남에게 가 버렸다.

『나는! 네가 좋아!』

『이제 절대로 널 놓지 않을 거야.』

그런 대화가 오가며 결국 두 사람은 맺어졌다.

으음, 잘 모르겠다.

내가 너무 현실적으로 생각하기 때문인 건지, 아무리 봐도 스포츠맨이 더 애인으로 사귀기 좋은 것 같은데.

부자인 건 플러스 요소가 크지만 저런 성격과 사귀는 건 진지하게 따져봐도 어렵다.

어디까지나 나는 나이기 때문에 나오는 의견일 뿐이니 굳이 입 밖으로 내지는 않지만, 조금 이해가 가지 않는다는 건 사실이다.

"흐음…… 그렇구나. 이렇단 말이지. 그럼 가자, 린타로."

"어. 만족했어?"

"음, 어느 정도? 솔직히 원래 갖고 있던 지식과 다른 점을 배웠냐고 한다면 미묘한 부분이지만."

자리에서 일어나 상영관을 뒤로하며 우리는 영화에 대한 의견을 주고받았다.

미아도 현실에서 애인으로 사귄다면 단연코 스포츠맨이라고 했다.

미아 왈, '나는 그 부자를 너무 놀려서 미움받을 것 같으니까'라나.

그 광경이 어쩐지 상상이 갔다.

"그럼 이제 어떻게 할까?"

"어……. 시간대가 애매하긴 하지만 점심이라도 먹을까? 지금이라면 조금은 비어있겠지."

"그래. 아, 그럼 먹어보고 싶은 게 있는데 괜찮을까?"

"그래? 뭔데?"

"가는 길은 알고 있으니까 이대로 따라와. 어디인지 기대하면서 가는 거지."

나는 고개를 갸웃거리면서도 그녀를 따라갔다.

미아가 가는 곳이니까. 분명 세련된 카페나 레스토랑에라도 안내할 생각이겠지.

평소에는 그런 장소는 비싸서 주저하지만, 오늘은 미아가 산다고 했으니까 발걸음도 그리 무겁지 않다.

———나도 참, 좀스럽구나.

"자, 도착했어. 여기 계속 와 보고 싶었거든."

그렇게 도착한 가게에서 풍기는 냄새는 진한 마늘 냄새……?

"여기 라멘집이잖아!"

"맞아. 어디로 안내할 줄 알았는데?"

눈앞에 있는 간판에는 채소 2배, 마늘 2배 등 보기만 해도 속이 그득해질 것 같은 단어가 적혀 있었다.

이 가게 자체는 나도 싫지 않다.

다만 여자가 데려올 줄은 예상하지 못했던 것뿐이다.

"최근까지 계속 몸매를 유지해야만 하는 일이 많아서 칼로리가 너무 높은 건 피했거든. 그런 일감이 일단락되었으니 오늘이 드디어 온 기회야."

"그, 그러냐……."

"그럼 들어가자."

정면으로 당당히 들어가는 미아의 등이 어딘가 용감한 전사처럼 보였다.

그러고 보면 레이도 득의양양하게 라멘집에 들어갔었던가.

……어쩔 수 없지.

조금 위축되긴 했지만, 나는 딱히 이런 가게가 처음인 것도 아니고 오히려 괜히 멋들어진 곳보다 고마웠다.

미아를 따라 가게에 발을 들여놓자 라멘집 특유의 식권 자판기 앞에서 고민하는 미아의 모습이 눈에 들어왔다.

"린타로, 어쩌지? 뭘 시켜야 할까?"

"……처음이라면 기본 메뉴를 시키면 되지 않아? 이따 점원이 이것저것 질문할 텐데 그때도 처음에는 전부 보통으로 해달라고 하면 돼."

"응? 잘 모르겠지만 알았어."

맨 위에 있는 기본 라멘을 구매한 미아는 내 쪽으로 몸을 돌렸다.

"린타로는 어느 걸 먹을래?"

"나도 기본으로. 토핑 같은 건 딱히 고집하는 게 없으니까."

"그렇구나. 그럼 살게."

"미안……."

"오늘은 넌 아무것도 신경 안 써도 돼."

그렇게 말하며 미아는 내 몫의 식권도 샀다.

우리는 나란히 자리에 앉아 카운터 너머에 있는 점원에게 그 식권을 건넸다.

"라멘 둘! 선택은요?"

"네? 아, 보통으로…… 라고 하랬지?"

미아의 질문에 나는 고개를 끄덕였다.

점원에게 그렇게 전달하자 그는 고개를 끄덕인 뒤 주문을 복창했다.

그로부터 몇 분 뒤, 우리 앞에 숙주와 양배추가 가득 올라간 그릇이 놓였다.

"오오……. 실물은 생각보다 더 크네."

"다 먹을 수 있어?"

"응, 여유롭게."

"그럼 내 거 남으면 부탁한다."

"아하…… 그래."

아니, 뭐 다 먹을 수는 있을 테지만 기름이 대량으로 들어가면 먹는 도중에 속이 안 좋아질 가능성도 없지는 않다.

음── 괜찮다고 생각하고 싶지만.

"뭐, 우선은 불기 전에 먹을까. 잘 먹겠습니다."

"……잘 먹겠습니다."

미아의 선창에 맞춰 손을 모은 뒤 젓가락을 들고 먹기 시작했다.

아니, 정확하겐 먹기 전에 먼저 발굴 작업부터 들어갔다.

숙주와 양배추로 올린 산을 흘리지 않도록 조심하며 무너트린 끝에야 간신히 면에 젓가락이 접촉했다.

여기까지 오면 마치 광부가 된 듯한 기분이다.

"음~~! 맛있어!"

내가 면 발굴 작업에 고전하는 사이에 옆에서 그런 목소리가 들렸다.

무심코 시선을 돌리자 그곳에는 뺨을 감싸며 행복해하는 미아의 얼굴이 있었다.

"아…… 미안, 조금 푼수처럼 보였어?"

"아니, 조금 의외라서."

"의외?"

"굳이 따지라면 쿨한 녀석이라는 인상이 있었으니까 그런 식으로 표정이 크게 바뀐 거에 조금 놀랐거든."

"후후, 그래서 안 어울린다고?"

"그런 말은 안 했잖아. 오히려…… 왠지 네가 더 가까워진 느낌이 들어서 조금 기뻐."

"어⋯⋯?"

처음 만났을 때 나는 미아를 계속 경계했다.

그때 이 녀석은 그만큼 정체를 알 수 없었기 때문이다.

그건 그녀가 속내를 보이지 않으려고 의식했기 때문일 테고, 지금 생각해 보면 레이가 데려왔다는 이유로 처음 보는 남자를 무턱대고 믿는 게 더 위태위태하다.

그로부터 상당한 시간이 지났으나 미아는 레이 이상으로 아이돌로서의 '미아'를 유지하는 것처럼 보였다.

개인적인 상상에 불과하지만, 만약 내가 이 녀석이었다면 늘 아이돌로 지내는 건 도저히 견딜 수 없다.

레이조차 오프 시간을 만들고 있는데 미아에게는 그게 없으니까.

그런 튼튼한 가면을 만들어냈던 그녀의 맨 얼굴이 조금이라도 보였다는 사실.

사소한 일이라도 어쩐지 그게 기뻤다.

"너희들이 너무 초인이라서 한두 번 놀란 게 아니니까⋯⋯ 응? 왜 그래?"

"────어? 아, 응! 그러게!"

"⋯⋯갑자기 왜 그래?"

얼굴이 새빨개져서 떠는 미아를 의아한 눈으로 쳐다봤다.

그러자 그녀는 바로 고개를 돌려 내 시선에서 도망쳐버렸다.

"뭐야, 설마 쑥스러워?"

"아, 아니? 그, 글쎄⋯⋯. 모르겠어."

미아는 달아오른 얼굴을 식히려는 듯 옆에 있던 물을 단숨에 비웠다.

하지만 문제가 하나.

"그거 내가 마시던 컵인데……."

"풉."

침착함을 잃어버렸기 때문인지 미아는 내가 마시던 물을 마시고 말았다.

기도에 들어가는 바람에 콜록콜록 기침하는 그녀의 등을 문질러주면서 진정하기를 기다렸다.

"으…… 이, 이제 괜찮아."

"정말 괜찮아?"

"응. 갑자기 동요해서 미안해."

우선 사레들린 건 괜찮아진 모양이다.

미아는 가슴을 쓸어내리며 마음을 달랜 후, 다시 라멘을 먹기 시작했다.

"정말로 이제 괜찮으니까, 불기 전에 먹자."

"어…… 그래."

무언가에 쑥스러워하는 미아는 그 정도로 동요하는 건가.

그걸 안 것만으로도 여기에 온 가치는 있었던 건지도 모른다.

"우욱……. 나는 더 이상 못 먹어."

"어라? 의외로 소식이네."

"시끄러워……. 남고생이 다 세 그릇씩 먹어 치우는 위장이라고 생각하지 마."

매일 몸이 둔해지지 않을 정도로는 운동하고 있으나, 부활동에 바쁜 남고생의 운동량과 비교하면 한참 떨어진다.

게다가 여름이기도 하다 보니 살짝 더위 먹은 감이 있었다.

결코 내가 소식인 건 아니다. 변명이 아니라.

"너는 더위 먹거나 그런 거 없어? 보니까 공깃밥 대자도 추가로 주문하던데."

"으음, 없는 건 아니지만 그 이상으로 몸이 칼로리를 원한다는 느낌? 요즘은 여름답게 파워풀한 댄스 연습이 많았으니까. 나는 레이나 카논만큼 신진대사가 좋지 않아서 너무 많이 먹은 뒤에는 어느 정도 다이어트가 필요하지만."

"흐응……. 그렇지만 애초에 용케 들어간다?"

나는 불룩한 구석이 없는 미아의 배로 시선을 보냈다.

레이도 그렇지만 왕창 먹은 직후에도 배가 전혀 나오지 않는다.

설마 복근으로 누르고 있다거나 하는 건 아니겠지?

"으휴, 아까부터 어딜 보는 거야?"

"배."

"너 정말 솔직하다."

미아는 입가를 가리며 웃었다.

이런 대화를 하는 사이에 그득하던 배도 다소 편해졌다.

당분간은 문지를 필요가 있을 것 같지만 걷는 데는 지장이 없다.

"좋아, 우선 지금까지 생각하던 것은 전부 달성한 것 같은데. 이제부터 어떻게 할래? 오늘은 끝까지 맞춰줄 수 있어."

"으음, 그럼 염치 불고하고 그렇게 할까. 아직 가보고 싶은 곳이 있었거든."

"가보고 싶은 곳?"

"커플이 갈 법한 곳이야."

커플이라는 단어에 무심코 숨을 삼킨 나를 보며 미아는 다시 유쾌하다는 듯 웃었다.

후우, 이로써 간신히 본래의 모습이라고 할 수 있으려나.

미아가 앞서 걷고 나는 그 뒤를 따라갔다.

이윽고 도착한 그 장소는 요란한 소리로 가득한 역 앞의 대형 게임 센터였다.

"게임 센터라."

"응. 솔직히 나 혼자서는 전혀 온 적이 없는 장소고 레이나 카논과도 온 적이 없었으니까 조금 호기심이 있었거든. 너는 잘 알아?"

"아니, 나도 손에 꼽을 정도로밖에 안 왔어."

"그래?"

"큰 소음이 싫다고 해야 하나……. 다양한 효과음이며 음악이 마구 뒤섞이잖아? 그래서 내가 좋아서 먼저 찾아오고 하는 일은 없었단 말이지."

미성년자이기 때문에 들어간 적은 없지만 빠칭코 가게 앞은 게임 센터보다 싫다.

아마 게임 센터보다 더 관심이 안 생기기 때문이겠지.

"아…… 그럼 혹시 별로 즐기지 못하려나……?"

"그렇진 않아. 알레르기도 아니고, 싫어하는 것도 아니니까. 너와 함께라면 오늘은 어디든 가 주마."

"……그런 거라면 감사히 그렇게 할게."

조금 미안해하는 얼굴로 게임 센터에 들어가는 미아를 보고, 지금 한 말은 실수였다며 마음속으로 반성했다.

도착한 뒤에 가게 앞에서 내키지 않는 태도를 보이다니, 미아에게도 게임 센터에게도 면목이 없다.

싫다고 할 거면 더 똑바로 말했어야 했다.

더불어 가능한 한 가고 싶지 않다고 했다면 묘한 분위기가 되는 일도 없이 다른 장소에 갈 수 있었을 텐데————.

무슨 일에든 어중간하게 굴고 싶지 않다.

"린타로! 인형 뽑기가 있어!"

가게 안에 들어가자마자 미아는 흥분한 듯 내 손을 잡아당겼다.

그녀의 시선 끝에는 다양한 색의 곰 인형이 놓인 뽑기 기계가 있었다.

"기왕 온 거 해보지 않을래?"

"……그래. 해보자."

"응!"

그렇게 말하며 미아는 기계를 향해 걸어갔다.

갑자기 밝게 행동하는 건 한 번은 가라앉았던 우리 사이의 분위기를 띄우기 위해서겠지.

이런 배려는 솔직히 고맙다.

나도 사양하지 않고 묻어가기로 했다.

이렇게 시작 게임으로 인형 뽑기 게임을 플레이하게 된 우리였는데——.

"".............""

밝게 돌아갔던 우리의 분위기는 다시 서서히 가라앉았다.

"……저기, 인형 뽑기 너무 어려운 거 아니야?"

"쉽게 잡으면 장사가 안될 테니까."

"그건 그렇지만……."

이미 천 엔이 기계 속으로 사라졌는데도 인형은 한 개도 뽑힐 기색이 없다.

들은 바로는 집게의 악력이 난이도에 관여한다고 하는데, 지켜본 바로는 악력이 아주 약해 보였다.

"린타로, 해보지 않을래?"

"어……? 어차피 안 뽑힐 텐데."

"그래도 괜찮아. 나만 노는 것도 불공평하고."

불공평은 아니지 않나.

자기 지갑에서 100엔 동전을 투입하는 시점에서 부담은 전부 미아가 지는 셈인데, 그 점은 노코멘트인 모양이었다.

아무튼 본인은 플레이할 마음도 없는 것 같으니 내가 안 하면 돈이 아깝지.

"끝난 뒤에 뭐라고 하지 마."

"안 한다니까. 괜찮아, 널 믿어."

"그건 압박감을 준다고 하는 거 아니냐?"

내가 지적하자 미아는 즐겁다는 듯 킬킬 웃었다.

뭐, 재미있어하면 그걸로 됐나.

"……후우."

숨을 내쉬고 우선은 어떻게 해야 할지 관찰했다.

미아의 플레이를 보면서 나라면 어떻게 할지 생각하긴 했지만, 이렇게 버튼 앞에 서자 또 느낌이 조금 달랐다.

우선 가로축을 맞추자.

결국 미아도 위치까지는 쉽게 맞출 수 있었다.

집게의 악력을 전혀 기대할 수 없는 이상 운 좋게 옆구리 같은 거에 걸리길 기도할 수밖에 없다.

"여기, 인가……?"

불안해하면서 가로축을 맞춘 뒤 세로축을 움직이는 버튼에서 손을 뗐다.

천천히 내려가는 집게를 어딘가 체념한 눈으로 지켜보며 나는 그 순간을 기다렸다.

곰 인형의 몸으로 집게발이 파고들었다.

그리고 들려 올라가던 도중, 집게 끄트머리가 곰의 표면 위로 스르륵 미끄러졌다.

"하아……. 말했잖아, 어차피 안 된다고————."

"잠깐만! 린타로!"

"어?"

미아는 기계에서 눈을 뗀 내 어깨를 두드려 억지로 앞을 보게 했다.

그러자 믿어지지 않는 광경이 시야에 들어왔다.

"말도 안 돼……."

곰의 몸을 잡지 못하고 빠져버렸던 집게발이 곰의 겨드랑이에 걸려있었다.

그대로 어영부영 곰이 허공으로 들리더니 출구 속으로 툭 떨어졌다.

어안이 벙벙한 채 나는 투명한 플라스틱 문을 열고 떨어진 경품을 꺼냈다.

"뽑았네……."

"그러게, 뽑았어……."

뭐라 말할 수 없는 침묵이 나와 미아 사이에 퍼졌다.

"……자, 줄게."

"어?"

나는 들고 있던 곰 인형을 미아에게 내밀었다.

"네 돈으로 뽑은 거니까 네 거잖아? 자."

"아, 아니야. 네 힘으로 뽑은 거니까 그건 네 거지."

"내가 가져서 어쩌라고……. 인형을 장식해두는 취향은 없는데?"

"나도 딱히 모으는 건 아니지만……."

그녀는 곰 인형과 내 얼굴을 연신 번갈아 쳐다보았다.

그리고는 조심조심 내 손에서 인형을 받아 갔다.

"뭐…… 네가 준다고 하면 받기로 할까."

"그러니까 처음부터 네 거…… 아니, 됐다."

어떤 구실이든 받았으면 그걸로 됐다.

남자 중에도 인형을 수집하는 사람은 있고 그걸 부정할 마음은 없지만, 단순히 나에게는 그런 취향이 없다.

어차피 옷장 속에 처박히게 될 거라면 나 말고 다른 사람에게 가는 게 훨씬 낫지.

"……고마워, 린타로."

미아는 어딘가 기쁘다는 듯이 나에게서 받은 인형을 껴안았다.

라멘을 먹을 때와 비슷한, 앳된 인상의 표정이었다.

이런 모습을 볼 수 있게 된 것만으로 인형을 뽑은 보람이 있다고 할 수 있다.

————그냥 운이지만.

"또 해보고 싶은 게임 있어?"

"어, 그…… 여기에 스티커 사진 있나?"

"응? 아, 아마 안쪽 코너에 있을걸."

"같이 찍어주지 않을래? 애인이라면 둘이서 찍은 스티커 사진을 휴대폰 뒤에 붙이고 그러잖아?"

언제 얘기를 하는 거냐.

아니, 혹시 요즘에도 하나?

'……이 부분은 별로 안 건드리는 게 낫나.'

어딘가에서 누군가의 지뢰를 밟을 것 같은 예감에 나는 생각을 멈췄다.

"미아가 하고 싶다면 할게. 그, 애인답게 할 수 있을지는 모르겠지만.”

“고마워. 무슨 일이든 경험이 중요하니까 아무튼 해보고 싶었어.”

가게 안쪽으로 걸어가자 역시 스티커 사진 코너가 존재했다.

만약을 위해 소문으로 들었던 남자 출입 금지 같은 제약이 없는지 확인해봤지만 그런 건 없는 모양이었다.

“린타로, 저기가 비었어.”

몇 개의 기기가 차 있는 와중에 미아가 가리킨 기계에는 아직 아무도 들어가지 않았다.

여름방학이라고는 해도 이용하는 손님이 많다는 것에 놀라면서 우리는 천막 같은 천을 밀치고 안으로 들어갔다.

“1회에 400엔이라. 평범한 게임보다 비싸네.”

미아가 눈앞에서 100엔 동전을 투입했다.

그러자 안내 음성이 기동하더니 우리에게 지시를 내리기 시작했다.

『두 사람의 손가락으로 하트를 만들어!』

————뭐?

“흐음, 포즈도 지정해주는구나.”

“야, 어떡할 거야?! 카운트다운이 시작됐는데?!”

“우선은 해볼 수밖에 없지.”

안내 음성이 제한 시간을 알리는 카운트다운을 개시한 가운데 미아는 침착하게 손가락을 움직여 반쪽짜리 하트를 만들었다.

역시 아이돌. 사진을 많이 찍혀봤으니 이럴 때 냉정하다.

하지만 나는 그렇지 않았다.

당황한 채 나는 쭈뼛쭈뼛 미아의 손에 내 손을 맞췄다.

『3, 2, 1!』

찰칵하는 소리가 울렸다.

아무래도 지금 그 포즈로 찍힌 모양이다.

『다음은 어깨를 붙여!』

이 자식은 왜 이렇게 밀착하는 요구만 하는 거냐.

기계 주제에 인간을 가지고 노는 듯한 태도로 나오고 말이야.

"음, 확실히 애인다운 놀이 같아. 이다음도 전부 지시대로 찍어 볼까."

"……오냐."

미아의 어깨가 내 어깨에 딱 붙었다.

가슴이 두근거리는 청춘의 파동을 느낄 새도 없이 순수한 민망 함만이 밀려들었다.

더불어 이 광경이 사진으로 남으니까 민망함이 한층 가속했다.

『다음은 포옹!』

한 대 때려줄까, 이 녀석.

"이건 아무래도 좀 부끄럽네."

"아니, 하려고?"

"해 봐야 알지. 응?"

손조차 안 잡았는데 껴안을 수는 있냐고 자문했다.

아니, 무리지.

다만── 손을 잡는 걸 거부한 건 주변의 눈이 있었기 때문이다.

변명할 수 없게 되는 사태를 막기 위해 친구라고 주장할 수 있는 거리감을 유지할 필요가 있었다.

하지만 지금은 골칫거리인 보는 눈이 없다.

'……그래도.'

나는 한 걸음 미아에게서 거리를 벌렸다.

"……그래, 그건 못 하는구나."

"미안. 싫은 건 아니지만 사귀지도 않는 여자와 전신으로 밀착하는 건 못 하겠어."

"같이 목욕하러 들어가는 건 괜찮았는데?"

"그렇게 나오니 할 말이 없네."

싫지 않은 건 사실이다.

이런 절세 미녀와 포옹이라니, 남자로서는 오히려 최고로 기쁘다.

하지만, 어째서일까.

그걸 뿌듯하게 받아들일 수 없다.

"……응, 좋아. 오히려 네가 확고해서 안심했어."

"확고…… 한 건가?"

"애초에 같이 목욕한 것도 뭐든 말하는 걸 듣는 권리를 써서 억지로 들어간 거니까. 오늘은 이미 데이트하는 것만으로도 소원을 들어준 셈이니까 떼쓰진 않을 거야."

미아는 그렇게 말하며 포기한 듯 웃었다.

내가 뭐라고 대답하려 하자 그녀는 자신의 검지를 내 입술에 대서 말을 막았다.

"단. 다음 포즈는 반드시 받아줘야겠어."

"……떼쓰지 않는 거 아니었냐?"

"이건 정당한 요구라고 보는데."

미아는 장난기 있게 웃고는 카메라로 몸을 돌렸다.

뭐, 그 정도는 괜찮겠지.

부디 간단한 게 나오길 빌면서 나도 다음 지시를 기다렸다.

『다음은 공주님 안기!』

————가까스로 세이프.

"아하하, 재미있는 포즈네. 음, 공주님 안기라."

"후우…… 그 정도라면 나도 괜찮아."

"그렇구나. 그럼 힘 빼."

"어?"

미아는 나에게 한 걸음 다가오더니 오금과 목 뒤로 손을 뻗었다.

나는 그 움직임에서 재빨리 거리를 벌린 뒤 믿어지지 않는 걸 보는 눈으로 그녀를 쳐다봤다.

"왜 피하는 거야? 이건 할 수 있다며?"

"아니, 아니지! 왜 네가 안아 드는 쪽인데!"

"나는 왕자님 캐릭터잖아?"

무슨 당연한 걸 물어보냐는 표정으로 미아가 고개를 갸웃거렸다.

확실히 미아는 밀피유 스타즈 안에서 쿨한 캐릭터이자 항간에서는 왕자님이라고 불릴 정도라고 한다. 세 명 중에서 여성 팬이

제일 많고, 남성 팬과 여성 팬 사이에서 논쟁이 일어나는 일도 많이 있다고 한다.

그렇다고 해도 이 상황에서 내가 공주님이 될 수는 없다.

"하아……. 내가 드는 쪽, 네가 들리는 쪽. 오케이?"

"어……?"

"어? 는 무슨! 나는 그것만은 절대 양보 안 할 거야!"

강하게 주장하며 나는 미아가 어안이 벙벙해진 사이에 방금 막 그녀에게 당할 뻔했던 걸 고스란히 돌려주기로 했다.

오금과 목 뒤에 손을 끼워 아래에서 건져 올리듯 단숨에 안아 들었다.

"꺗…… 어? 어?"

"자, 이거면 됐지?"

여자의 신비라고 해야 하나. 역시 미아도 다른 두 사람과 마찬가지로 상상했던 것보다 가벼웠다.

실제로는 그렇지 않을 테지만 이대로 부러지는 게 아닐지 걱정될 만큼 손에서 느껴지는 감각이 가느다랗다.

그런 감상을 느끼고 있을 때 카운트와 함께 스티커 사진이 찍혔다.

"……만족했냐?"

이걸로 요구는 달성했다.

확인을 위해 미아의 얼굴로 시선을 내렸다.

"어………… 으, 응."

안아 드는 바람에 생각보다 가까이 있던 그 얼굴은 새빨갛게 물들어 있었다.

어딘가 촉촉한 눈은 내 눈을 똑바로 응시하고 있어서 왠지 민망하다.

잠시 그 상태로 있었더니 다음 사진이 찍히고 말았다.

두 장 연속으로 같은 포즈를 찍는 건 아깝다.

그렇게 생각한 나는 천천히 그녀의 몸을 세워서 바닥에 내려놨다.

"……다음으로 마지막이래. 어떻게 할래?"

스티커 사진기에서는 마지막 한 장이라는 음성이 흘러나왔다.

아무래도 마지막은 자유 포즈인 건지 구체적인 지시는 없다.

"뭐야, 괜찮아?"

아까부터 대폭으로 줄어든 말수를 걱정하자 미아는 가슴을 누르며 고개를 끄덕였다.

"저기, 린타로."

"왜?"

"마지막으로 하나 부탁해도 될까?"

"내용에 따라."

"한 번만 더 안아 든 포즈로 찍어줘."

나는 그 요구의 진의를 알 수 없어서 고개를 갸웃거렸다.

"괜찮겠어? 이미 두 장이나 같은 포즈로 찍어버렸는데."

"괜찮아. 마지막 한 장은 우가와 미아로서 너와 찍고 싶어."

미아는 내 눈앞에서 가발을 벗었다.

그러자 검은색의 보브컷이 모습을 드러냈다.

화장 때문인지 이목구비가 평소와 조금 다르긴 하지만, 그곳에 있는 건 확실히 내가 아는 미아의 외모였다.

"여기서라면 변장을 풀어도 주변엔 보이지 않으니까 괜찮지?"

"……그래. 그 정도라면."

기뻐하며 고개를 끄덕인 미아는 다시 나에게 몸을 맡겼다.

조금 전과 마찬가지로 그녀의 몸을 안아 들자 카운트다운과 함께 셔터음이 났다.

이번에는 서로를 바라보는 자세가 아니라 카메라를 보는 자세.

솔직히 무지막지 부끄러웠지만…… 뭐, 미아가 만족스러운 표정을 지었으니 잘 된 걸로 칠까.

나──우가와 미아는 유명인이라는 이름의 아이돌이다.

내가 소속된 밀피유 스타즈는 신곡을 내면 CD는 금방 매진되고, 다운로드 사이트에서는 한 달 정도는 계속 상위권을 유지할 정도로 인기다.

콘서트를 열면 티켓이 순식간에 매진되고, 굿즈 매상도 끝없이 치솟는다.

이렇게까지 실적이 있으니 조금은 자랑해도 괜찮겠지?

아니, 그런 건 지금은 상관없나.

즉 무슨 말을 하고 싶으냐면, 아무리 말을 골라봤자 나는 도저히 일반인이라고 부를 수 없는 존재가 되어버렸다는 점이다.

물론 되고 싶어서 된 것이니 후회하지 않는다.

하지만 정말 가끔, 내가 '미아'가 아니라면. 그런 생각을 할 때가 있다.

이렇게 다시 변장하고 있을 때 특히 그렇다.

처음으로 길거리에서 알아보는 사람이 있었을 때는 스스로도 의외일 만큼 들떴던 것으로 기억한다.

내가 유명해졌다고, 성공했다고 무척 기뻐했었다.

하지만 그렇게 스타가 된 기분을 맛볼 수 있었던 건 고작 일주일 정도였다.

길에서 나한테 사람이 모여들면 그 규모만큼 통행을 방해받는 사람이 있다.

다른 사람에게 폐를 끼치는 행동은 당연히 삼가야 한다. 그러니 나는 누구보다도 정성스럽게 내 외모를 위장하기로 했다.

변장도 변장대로 평소와는 다른 내가 된 것 같은 느낌이 들어서 처음에는 즐거웠다.

하지만 외모를 위장하는 것도 조금씩 조금씩 지쳐서, 지금은 최대한 밖에 나가고 싶지 않다는 생각마저 하게 되었다.

그런 식으로 살았기 때문에 나는 그의 옆자리를 원했던 건지도 모른다.

"음……. 문제 없겠, 지?"

거울에 비친 나를 보고 고개를 한 번 끄덕였다.

여기는 우리가 스티커 사진을 찍은 게임 센터 안에 있는 화장실.

고작 한 번의 촬영을 위해 변장을 풀어버린 나는 집으로 돌아가기 위해 다시 변장하는 중이다.

귀찮다는 생각은 들지만 린타로에게 폐를 끼치지 않으려면 필요한 일이다.

"응?"

간신히 '미아'다움이 사라졌다고 생각하며 최종 확인을 하고 있을 때, 세면대 위에 놓았던 스마트폰 화면에 알림이 나타났다.

아무래도 린타로가 라인을 보낸 모양이었다.

『미안. 배가 아파서 나도 화장실 다녀올게. 잠깐 기다려줘.』

"저런……."

나는 무심코 이마를 짚었다.

구체적인 이유는 모르지만 대충 낮에 먹은 라멘이 원인일 것 같았다.

밀려드는 죄책감 속에서 나는 어떻게 할지 고민했다.

'……약. 그래, 약을 사다 주자.'

근처에 약국이 있었을 텐데.

거기서 배탈약을 사 오면 조금은 속죄가 될지도 모른다.

거울로 변장을 점검한 뒤 나는 밖으로 뛰쳐나왔다.

인형 뽑기 기계에서 오래 놀았기 때문인지 해가 서서히 저물어가고 있었다.

"벌써 이런 시간인가……."

나는 하늘을 올려다보며 혼잣말을 중얼거렸다.

오늘이 끝난다. 그게 어딘가 아쉬워서, 오랫동안 느끼지 않았던 하루가 짧다는 현상을 맛보았다.

'생각했던 것보다 훨씬 즐거웠나 보네……'

린타로 옆에 있으면 나는 '미아'가 아니라 '우가와 미아'로 돌아갈 수 있다.

그게 얼마나 감사한 일인지, 평소 얼마나 고마워하는지 분명 그는 이해하지 못할 것이다.

하지만 그걸로 괜찮다.

나는 게임 센터에서 조금 떨어진 위치에 있는 드럭 스토어에 들어가 약과 물을 샀다.

도중에 일단 린타로에게 게임 센터 밖으로 나온 것을 알리고 우선 그 주변에서 기다리라고 했다.

'앓아누운 남자친구의 병문안을 가는 여자친구는 이런 느낌일까?'

봉지에 든 약과 물을 보며 설정한 목표를 달성한 것에 기쁨을 느꼈다.

곧 이 애인 놀이도 끝난다.

"아아, 아쉬워라."

린타로도 없으니, 나는 느슨해진 입에서 그런 말을 흘렸다.

————그때 내 눈앞을 한 남자가 가로막았다.

"아가씨 참 예쁜데! 돈 버는 일에 관심 없어?"

"……뭐?"

첫 만남에 미안하지만 나는 이 사람에게 좋은 인상을 받지 못했다.

칠칠치 못하게 걸친 정장에다 화려한 금발을 왁스로 단단하게 세팅한 머리카락.

이러면 멋있지? 라고 말하는 듯한 태도는 어딘가 거슬려서, 자신에게 가장 잘 어울리는 패션을 일절 이해하려 하지 않는 모습은 어딘가 우스꽝스럽기까지 했다.

"나는 밤일 같은 걸 중개하거든. 너처럼 잘 벌 수 있을 법한 사람에게 권유하고 다니고 있지. 하지만 다들 이야기를 잘 들어주지 않아서……. 이번 달 할당량이 위태롭거든. 이해가 되니? 잠깐 남자를 상대하면 간단히 큰돈을 벌 수 있는 일을 소개해줄 테니까 잠시 사무소까지 와 주지 않을래?"

"……."

대충 흘려넘긴 말 구석구석에서 느껴지는 한 이 남자는 스카우터인 모양이다.

하지만 어딜 봐도 이 사람은 떳떳한 일로 스카우트하는 사람들의 평판을 깎아 먹는 짓밖에 하지 않고 있다.

스카우트하는 대상인 여성을 멸시하는 듯한 발언이 섞여 있고 돈만 강조한다.

돈 자체는 나쁜 게 아니라고 해도 말하는 게 너무 더럽다.

이런 녀석들은 무시하는 게 상책이다.

"뭐야, 좀 기다려달라고."

"어……?"

보통 이런 사람은 무시하면 포기하고 가는데 이 사람은 어딘가 짜증이 섞인 말투로 내 팔을 붙잡았다.

갑자기 세게 잡혀서 그런가 조금 아프다.

"나 난처해하고 있다는 거 느껴졌지? 그런데 무시하는 건 이상하지 않아?"

"……바쁜데요."

"그러니까, 나는 네가 이야기를 안 들어줘서 곤란하다고. 좀 도와달란 말이야."

틀렸다. 이 사람은 말이 안 통한다.

주변 사람들도 그걸 이해했기 때문인지 우리를 피하듯이 걸어갔다.

그 마음을 이해할 수 있기 때문에 비난하지도 못하지만, 가능하면 도와달라고 내 안의 약한 부분이 소리쳤다.

"네가 사무소에서 이야기를 들어주기만 해도 나를 엄청 도와주는 거야. 부탁할게. 돈 벌게 해줄 테니까."

"미, 미성년자라서, 그런 일은 못 합니다."

"에이. 이렇게 어른스럽게 생겼으면서 미성년자일 리가. 거짓말하지 마."

내 팔을 잡고 있던 남자의 손이 더 세게 파고들었다.

여기서 학생증을 보여주면 미성년자라는 건 증명할 수 있다.

하지만 그건 내가 밀스타의 미아라는 걸 증명하는 양날의 검이기도 했다.

이런 남자에게 미아라는 게 들키면 무슨 행동을 저지를지 알 수 없다.

"이렇게 곤란해하고 있으니까…… 이제 그만 꺾여줄 수 있지 않아? 자, 바로 저기 있는 빌딩이 우리 사무소니까!"

"윽――――――."

"아무 말 않는다는 건 오케이라는 거지! 그럼 가자!"

아니다.

하지 말라고 외치려고 했는데 목소리가 나오지 않았을 뿐이다.

내 상태에 동요를 감출 수 없다.

어째서인지 눈꼬리에 눈물이 맺히고 몸이 굳었다.

"그렇게 무서워하지 마. 나쁘게는 안 할 테니까."

내가―― 무서워한다고?

아, 그렇구나.

나는 지금 이 사람에게 겁먹었다.

이렇게 남자가 들이대는 경험은 처음이 아니고, 그때마다 의연하게 대처했지만 오늘만큼은 못하고 있다.

아마 그건 지금 내가 '미아'가 아니게 되었으니까.

'린타로……!'

마음속으로 그의 이름을 불렀다.

설령 소리친다고 해도 린타로가 여기에 오진 않는다.

내가 기다리라고 라인을 보냈으니까.

지금쯤 내가 돌아오는 걸 게임 센터 근처에서 기다리고 있겠지.

도움을 기대할 수 없다.

내가 할 수 있는 건 움츠러드는 다리로 어떻게든 이 자리에서 버티도록 노력하는 것.

사소하게 저항하는 나를 보고 남자는 노골적으로 짜증 난 표정을 지었다.

"쳇…… 진짜 귀찮게 구네! 그냥 따라와!"

"―――저기."

"또 뭐야?!"

"그 사람 제 일행인데요."

갑자기 붙잡혔던 팔이 편해졌다.

남자의 팔은 옆에서 끼어든 누군가에게 붙들려 있었다. 아무래도 그 사람이 나에게서 남자의 팔을 강제로 떼어준 모양이다.

천천히, 그 팔의 주인에게 시선을 옮겼다.

"오, 간신히 무사한 모양이네."

거기에 있던 **린타로**는 나와 눈을 마주치고는 어딘가 안심했다는 듯 웃었다.

무슨 일이 일어난 건지 이해하지 못해 멍하니 그를 쳐다보자 스카우터 남자는 한층 더 짜증 난다는 듯 잡혔던 팔을 강제로 뿌리쳤다.

"아…… 꼭 있다니까. 이렇게 영웅 심리에 취한 녀석이. 진짜 매번 짜증 나게. 이쪽이 쉽게 때리지 못한다고 우쭐해져서 일을 방해해대고……. 이제 됐어, 귀찮다. 너 잠깐 따라와."

남자는 린타로를 뒷골목 쪽으로 끌고 가려고 멱살을 잡았다.

원래 행실이 나쁜 인간이었던 건지 그 동작에는 어딘가 익숙한 분위기와 특유의 박력이 있었다.

뒷골목으로 끌려가면 린타로는 남자의 기분이 풀릴 때까지 얻어맞을 게 틀림없다.

설령 그 폭력 행위로 자신이 경찰에게 신세 지게 된다고 해도, 분노로 이성을 잃은 눈앞의 남자는 애초에 그런 것까지 머리가 돌아가지 않는 거겠지.

"린타로! ————윽."

어떻게든 린타로가 폭행당하는 사태를 피하기 위해 나는 둘 사이에 끼어들어 남자의 팔을 떼어놓으려고 시도했다.

하지만 그런 나를 막은 건 다름 아닌 린타로 본인이었다.

————어째서?

그런 말이 입에서 새어 나갔다.

린타로는 한 손을 내 쪽으로 향하고는 움직이지 말라고 눈짓했다.

그 더없이 냉정한 눈에 무심코 순순히 따르고 말았다.

"이 손, 폭력인 걸로 해석해도 되죠?"

"뭐?"

린타로는 멱살을 잡은 손을 움켜쥐고는 스무스한 동작으로 비틀었다.

"윽......, 아야야야야야야야!"

참지 못하고 손을 놓은 남자는 계속해서 린타로의 손에 의해 순식간에 뒤를 잡혔다.

등 뒤로 꺾인 팔과 어깨를 눌리자 남자는 고통스러운 소리를 지르며 몸부림치는 게 고작이었다.

형사 드라마 같은 곳에서 자주 보는 포박법이지만, 실제로 보게 되자 감탄이 나올 뻔했다.

"버둥거리면 어깨 관절에 문제가 생길 테니까 가만히 있는 게 나아요."

"윽…… 이 새끼가."

한층 분노를 불태우는 남자의 눈을 보고 린타로는 한숨을 쉬었다.

그리고 나에게 시선을 옮기더니 잡고 있던 남자의 등을 전방으로 걷어찼다.

"도망쳐!"

"어? 으…… 응!"

남자가 앞으로 고꾸라질뻔하는 사이에 린타로가 나에게 손을 내밀었다.

그리고 내가 그 손을 잡자마자 그는 전력으로 이 달리기 시작했다.

"머…… 멈춰!"

"멈추란다고 멈추는 인간이 어딨냐……!"

팔을 잡힌 채 나는 달렸다.

눈앞에는 린타로의 등이 있다.

사람이 늘어났기 때문인지 스카우터와의 거리는 점점 벌어졌다.

위험한 술래잡기가 그와 함께 하니 어째서인지 즐거웠다.

"하하, 그렇게 웃는 걸 보면 애프터 케어는 필요 없나 보네."

"어?"

조금씩 속도를 늦추다 달리는 걸 그만둔 린타로는 나를 돌아보고 그렇게 말했다.

어느새 나는 달리면서 웃고 있었던 모양이다.

한때는 그렇게 무서워했는데, 고통도 그 순간만 넘기면 잊어버린다고 하지만 나도 참 계산이 빠른 인간이다.

"우선 역 앞으로 돌아가자. 여기서부터는 천천히 걸어서."

"……응."

그가 이끄는 대로 나도 걸어갔다.

남자가 쫓아오는 기색은 이미 없다.

완전히 따돌렸다는 생각에 그제야 내 머리도 침착해졌다.

"아…….''

"응? 왜 그래?"

"……아니. 아무것도 아니야."

침착해지자마자 한 가지 사실을 깨달아버린 나는 바로 입을 다물었다.

그렇지 않으면 분명 린타로가 **손을 놔 버릴 테니까**.

그가 손을 잡아당기는 한은 이대로 어리광부리자── 그렇게 생각했다.

"계속 전화해도 안 받으니까 혹시나 해서 달려갔는데…… 깜짝 놀랐어. 네가 그런 남자에게 걸려서."

"어? 전화?"

스마트폰을 보자 린타로의 말대로 부재중 전화 알림이 화면에 떠 있었다.

그러고 보면 영화관에 들어갔을 때부터 계속 매너 모드로 바꿔 놓았다는 게 떠올랐다.

"미안해, 눈치 못 챘어."

"그랬냐. ……나 원. 다음부터는 정말로 조심해. 이번에는 늦지 않았지만 내가 늘 곁에 있는 건 아니니까."

늘 곁에 있는 건 아니다, 라.

린타로의 말이 맞다.

다른 학교. 아이돌 스케줄. 뭘 봐도 시간적인 측면에서 그를 의지할 수 없다는 건 확실하다.

"하아. 네가 내 전속 매니저가 되어주면 좋을 텐데."

"하하, 그럼 내가 일해야 하잖아. 그런 건 사양이야."

아, 이렇게 꼴사나운 부분을 보여주면 왠지 안심된다.

린타로가 계속 린타로로 있어 준다는 건 내 버팀목이다.

멋있기만 했다간 분명 내 심장이 못 견뎠을 테고.

"그러고 보면 린타로, 합기도 할 줄 알았구나."

"합기도? 아, 아까 그거……. 그게 합기도…… 인가?"

"어? 뭐야?"

"집안 사정으로 초등학생일 때 다양한 학원에 다녔거든. 그중에 무도도 있었는데 공수도에 유도에 검도도 있었던가? 그래서 기초는 대충 경험해봤지만, 솔직히 이젠 뭐가 어느 기술인지도 기억 안 나. 오늘 그건 몸이 기억하고 있어서 진짜 다행이었다고 할까…….”

그렇게 말하며 린타로의 얼굴이 조금 괴로운 표정으로 바뀌었다.

하지만 내가 그걸 지적하기 전에 그는 평소와 같은 얼굴로 돌아갔다.

“하여간 인생이란 뭐가 도움이 될지 모르는구나. 결국 그걸로 널 구했으니 잘 된 거지.”

“……그래. 정말 고마워.”

“네가 순순히 고맙다고 하니까 근지러운데.”

“너무하잖아. 나도 예의는 중시한다고.”

드디어 나도 평소의 나로 돌아왔다고 해야 할까.

우리는 서로를 쳐다보며 웃었다.

“……지금이니까 들어줬으면 하는데.”

“응?”

“나 사실은 왕자님이 아니라…… 공주님이 되고 싶었어.”

내가 그렇게 말하자 린타로는 어딘가 놀란 듯한 표정을 지었다.

“어릴 때 신데렐라나 백설공주 동화책을 읽을 때, 나도 이렇게 귀여운 드레스를 입어보고 싶었던 게 지금도 기억나. 하지만 어머니가 그러더라고. 넌 공주님이라는 얼굴이 아니라고.”

“…….”

“어머니를 사랑하지만, 그때만큼은 아무래도 화가 났어. 어째서 그런 말을 하는 거냐고. ……하지만 지금은 어머니의 말이 맞다는 걸 알았지.”

아이돌을 지망한 이유는 TV에 나오는 아이돌이 귀여운 의상을 입고서 춤을 췄으니까.

나도 같은 옷을 입어보고 싶다.

그런 마음에 아이돌이라는 길을 통해 예능계로 뛰어들었다.

"결국 아이돌이 되어서 받은 의상은 너도 알다시피 왕자님 계통의 멋있는 코디뿐이지. 나에게 귀여움 같은 건 처음부터 요구하지 않았던 거야."

그래서 나는 사람들의 기대에 부응하기 위해 왕자님 캐릭터를 받아들였다.

아이돌로서 활동하기 위해서는 필요한 일이라고 선을 긋고——.

"귀여움을 요구하지 않는다, 라. 뭐 세간의 평가로 보면 그렇겠지."

"응……. 그래서 이미 오래전에 포기했어."

"하지만 오늘의 너는 누구보다 공주님 같았어."

린타로는 어딘가 놀리는 듯한 어조로 말했다.

그때 오늘 있었던 일이 내 머릿속에서 플래시백했다.

라멘집에서 그의 물컵을 마시는 바람에 사레들린 것.

스티커 사진을 찍다 공주님 안기에 동요한 것.

위험한 사람에게 잡힌 걸 구해진 것.

떠올려 보니 전부 부끄럽다.

"아까도 말했지만, 오늘은 평소와 다른 널 볼 수 있어서 기뻤어. 미아도 신이 나면 제 나이답게 보이는구나 하고."

"그건――――."

"그건?"

"……아니, 아무것도 아니야."

내가 입을 다물자 그는 고개를 갸웃거렸다.

하지만 지금 내 입 밖으로 튀어 나갈 뻔한 건 아무리 그래도 너무 부끄러워서 말할 수 없다.

'아니야, 린타로.'

내가 공주님일 수 있었던 건 네 덕분이야.

네가 나를 계속 공주님으로 대했으니까, 나는 왕자님을 그만둘 수 있었다.

――그렇게 말하고 싶은데, 이미 그 앞에서 '미아'를 연기할 수 없는 나는 수치심에 패배했다.

"오늘은 고마워, 린타로. 덕분에 연기의 감을 잡은 것 같아."

"그러냐."

린타로가 해줘서 기뻤던 것.

그것을 잊지 않으면 분명 잘 될 것이다.

'잊지 않으면, 이라……. 잊을 수 있을 리가 없는데.'

나는 내가 생각했던 것보다 쉬운 여자였던 건지도 모른다.

이렇게나 간단히, 지금까지 구축했던 내 이미지를 무너트려 버렸으니까.

"저기, **린타로**."

"응……?"

"……후후, 아무것도 아니야."

"뭐야. 이상한 녀석."

미안해, 린타로.

역시 쑥스러우니까 지금은 마음속으로만 말할게.

―――나를 두근거리게 해줘서 고마워.

현을 손가락으로 튕겨서 소리를 낸다.

경쾌하게 울리는 저음의 멜로디였지만 후렴이 끝나기 직전에 그 소리는 내 손가락이 멈추면서 들리지 않게 되었다.

"……집중이 안 돼."

현에서 손을 뗀 나는 소파에 등을 맡겼다.

미아와 데이트한 날로부터 이미 사흘이 지났다.

그녀와의 약속은 레이가 돌아올 때까지 가짜 애인으로 지내는 것.

그리고 그 약속은 오늘로 끝난다.

본래대로라면 레이의 부재 기간을 일주일 정도로 잡고 있었는데, 무척 순탄하게 작업이 진행된 건지 오늘 저녁에 돌아오게 되었기 때문이다.

그 데이트 이후 미아와 특별한 무언가를 했냐고 묻는다면 아니라고 대답할 수밖에 없다.

기껏해야 여름방학 숙제를 도와준 정도인가?

솔직히 그 이상 민망한 일을 하지 않고 끝난 건 순수하게 다행이었다.

다만————.

'나는 왜 껄끄러운 거지…….'

어제까지는 미아를 만나고, 오늘부터는 레이를 만난다.

어쩐지 여자를 휙휙 갈아치운 것 같은 죄책감이 느껴져서 기분이 꿉꿉했다.

'아니, 왜 내가 끙끙 앓아야 하는 거야?'

그래. 딱히 누군가와 사귀는 것도 아니니까 끽해야 친구와 같이 놀았다고 생각하면 되는 거다.

──그렇게 스스로를 타일러도 내 마음은 영 후련해지지 않았다.

"……괜찮아?"

"으억?!"

갑자기 귓가에서 들린 목소리에 나는 놀라 소리치면서 돌아보았다.

그곳에는 나와 마찬가지로 놀란 얼굴인 레이가 서 있었다.

그녀는 나를 보며 눈을 몇 번 깜빡였다.

"미안, 그렇게 놀랄 줄은 몰랐어."

"너, 너…… 언제 돌아온 거야?"

"지금 막. 평소처럼 문 열고 들어왔어. 그랬더니 린타로가 전혀 눈치 못 채길래 말을 걸었어."

"아…… 미안. 생각 좀 하느라."

자리에서 일어나 대신 레이를 소파에 앉힌 뒤 부엌으로 향했다.

"아이스 커피 타려고 하는데, 마실래?"

"응, 마시고 싶어. 돌아올 때도 아주 더웠으니까."

"알았어. 잠깐 기다려."

평범한 커피를 탈 때와 다르게 아이스 커피를 타려면 얼음을 고려해서 커피 자체를 진하게 탈 필요가 있다.

그래봤자 하는 일은 크게 달라지지 않는다.

원두를 넉넉하게 쓰고 물의 양은 평소처럼 따르면 된다.

잔에 얼음을 넣고 그 위에 진하고 뜨거운 커피를 붓는다.

이제 얼음이 녹으면 딱 좋은 농도가 된다.

"커피 크림이랑 시럽은 하나씩 넣었어. 만약 농도가 맘에 안들면 조절할 테니까 말해."

"고마워."

레이는 나에게서 잔을 받은 뒤 빨대로 커피를 마셨다.

"음, 맛있어. 딱 좋아."

"그러냐. 그럼 다음부터 같은 분량으로 만들게."

"그렇게 해주니까 나는 린타로에게서 떨어질 수 없어."

"호들갑은."

나쁘지 않은 기분을 맛보며 나도 소파에 앉아 아이스 커피를 마셨다.

차가운 커피가 위로 들어오며 어딘가 들떠있던 머리를 냉정하게 식혀주었다.

"일 되게 빨리 끝났네."

"응. 동영상 사이트에서 나올 짧은 광고 촬영이었는데, 급하게 필요한 타임이 짧아져서 절반 정도의 시간으로 끝났어."

"그래……."

"저기, 린타로."

"왜, 왜?"

"미아와 데이트했다는 거 진짜야?"

————땀이 확 터졌다.

전신의 수분이 증발해버린 것 같은 착각을 느끼며 목이 급격하게 말랐다.

'아니, 이상하잖아?'

맞아. 왜 내가 바람피우다 들킨 남편 같은 반응을 보여야 하는 거냐고.

나쁜 짓은 안 했다.

그래, 그 마인드로 가자.

"어, 뭐. 다음 일감 때문에 연애하는 감정 같은 걸 알고 싶다고 해서 협력했어."

으음, 뭔가 변명같이 들리잖아? 난감하네.

"근데 왜 네가 그걸 알고 있는 거야?"

"미아가 보란 듯이 자랑했으니까."

레이는 내내 못마땅한 얼굴로 나에게 스마트폰 화면을 보여주었다.

거기에는 나와 미아가 손으로 하트를 만든 스티커 사진이 떠 있었다.

새삼 이런 식으로 보니까 진심으로 쪽팔린다.

"······치사해. 나도 린타로와 데이트하고 싶어."

"아니, 그······ 너와는 이미 여러 번 했잖아?"

"그건 그래. 하지만 더 하고 싶어."

불쑥 레이가 몸을 내미는 바람에 얼굴이 코앞으로 접근했다.

촬영장에서 평소와 다른 샴푸를 사용했기 때문인지 평상시와는 조금 다른 냄새가 코를 간질였다.

이런 거리에선 의식하지 않으려고 해도 심장이 뛴다.

"아······ 알았어. 다음엔 네가 하고 싶은 거 해줄게."

"진짜?"

"그래. 또 같이 놀러 가도 되고, 다른 하고 싶은 게 있다면 그것도 괜찮고."

"그럼 문화제 때 같이 돌아줘."

문화제라.

다시 냉정해진 머리로 생각했다.

"아니······ 불가능하지?"

"왜?"

"둘이서 학교 안을 돌아다닌다는 건 어서 스캔들 내달라고 말하는 거나 마찬가지잖아. 자살행위라고."

니카이도를 설득하기 위해 사용한 팔촌 설정으로 밀어붙이려고 해도 친척과 함께 문화제를 즐긴다는 건 어쩐지 부자연스럽다.

대부분 그걸로 수긍해준다고 해도 일부에게 의심받는 것만으로도 귀찮아지는 건 피할 수 없다.

"그건······ 그래. 그럼 다른 거 생각할게."

"야, 은근슬쩍 소원권 늘어난 거 아니야?"

"착각이야."

"그건 억지잖아……."

방심할 수 없는 여자 같으니.

'뭐, 상관없나.'

나는 역시 레이가 조르는 건 거절할 수 없는 모양이다.

게다가 이렇게 요구해준 덕분에 죄책감이 흐릿해졌다.

내 머릿속도 참 단순한가 보다.

"일은 당분간 쉬는 거야?"

"응. 스케줄에 상당히 여유가 생겼어. 학생은 여름방학 숙제하느라 힘들 거라면서 여유가 생긴 시간은 전부 휴가로 빼줬어."

"아이돌 활동도 여름방학인가."

"그런 거지."

즉 오늘부터는 거의 매일 레이를 위해 밥을 차릴 수 있다는 건가.

"음……. 모처럼 일이 일단락되었으니 오늘은 호화롭게 만들까."

"괜찮아?"

"네가 열심히 한 덕분에 나도 이렇게 이 집에서 살 수 있는 셈이니까. 이 정도는 쉽지."

레이가 돌아온다는 건 알고 있었기에 재료는 사 놓았다.

덕분에 다소 호화로운 식사를 만들기엔 충분했다.

"참고로 뭐 먹고 싶어?"

"그럼 햄버그."

"오케이. 맡겨줘."

나는 앞치마를 들고 조금 폼 잡는 말투로 대답했다.

◇ ◆ ◇

여름방학이라는 학생의 휴식 시간은 순식간에 지나가 새 학기가 왔다.

아직 후덥지근한 더위가 남아있는 가운데 시업식을 마치고 그다음 날.

이미 새 학기 수업이 시작되어 몇몇 애들은 질렸다는 표정을 짓고 있는 점심시간.

나는 변함없이 유키오와 책상을 사이에 두고 앉아 도시락을 먹으며 이야기꽃을 피웠다.

"린타로, 지난번에 산 머그잔 제대로 잘 보관하고 있어?"

"당연하지. 네가 올 때를 위해 깨끗하게 넣어놨어."

"그럼 됐어. 응."

그렇게 말하며 유키오는 어딘가 만족스러운 표정을 지었다.

여름방학 후반. 나는 약속대로 유키오와 함께 머그잔을 사러 갔다.

나와 레이가 사용하던 돌고래 캐릭터가 그려진 것과 같은 계통의 머그잔을 산 유키오가 드물게 잔뜩 들떠 있었던 게 기억에 선명하다.

"그러고 보면 베이스는 어때?"

"베이스? 어…… 베이스 말이지."

"어라? 혹시 막혔어?"

"아니, 연습 자체는 매일 빼먹지 않고 하고 있고 좋아지고는 있어── 아마도. 다만 두 사람과 맞추는 연습을 한 번도 안 했으니까 뭐라 말할 수 없는 것뿐이지."

"아하……. 나는 악기는 잘 모르지만 다른 사람과 맞춘다면 뭐든 꽤 어려워질 것 같긴 해."

나는 빈말로도 협조성이 좋은 편도 아니고, 기술적인 측면도 아직 시작한 지 한 달 미만인 초보.

솔직히 최근 일주일 정도 내내 불안했고, 성장 속도도 느려져서 어떻게 해야 할지 알 수 없는 시간도 조종 있었다.

"지금은 이런 느낌이지만 실전이 다가오면 스튜디오를 빌려서 연습한다고 하니까, 그렇게까지 조급한 건 아니야."

"와, 그렇구나. 나도 린타로가 베이스 치는 거 기대하고 있으니까 힘내."

"그래, 할 수 있는 건 할게."

나는 계속 현을 누르는 바람에 딱딱해진 손끝을 만졌다.

집안일 말고 다른 일에 이렇게까지 열중한다는 게 아주 조금 뿌듯했다.

"어…… 그리고 보면 오늘 오후 수업 뭐였더라?"

"문화제 부스 정하기야. 벌써 한 달 뒤니까."

우리 학교는 학생이 많아서 그런지 문화제 자체가 상당히 대규모다.

모든 반이 제법 열정을 발휘하는 데다, 신입생 중에는 이 학교의 문화제를 체험하고 자기도 해보고 싶어서 지망하는 사람도 있을 정도다.

"작년엔 뭐 했더라?"

"잊어버렸어? 포장마차야. 타코야키를 할지 야키소바를 할지로 의견이 갈라져서 반대로 전부 해버리자고 했었잖아."

"……그러고 보면 그랬었지."

생각났다.

야키소바, 타코야키, 솜사탕, 빙수로 총 네 종류의 가게를 교실 안에 열었다.

"작년엔 꽤 성황이었는데 올해는 어떻게 되려나."

"뭐, 테마만 망하지 않으면 실패하지도 않겠지."

"그러게. 우리 반도 열심히 하는 애들이 모여있으니까."

역시 큰 이벤트를 앞두고 있으니 교실에서는 약간 들뜬 분위기가 느껴졌다.

그만큼 기대하는 애들이 많다는 증거다.

시간이 흘러 오늘의 마지막 교시.

우리가 자리에 앉아서 기다리자 담임인 하루카와 유리 선생님이 교실에 들어왔다.

기립부터 시작하는 인사를 마친 우리를 앞에 두고 하루카와 선생님은 헛기침을 한 번 한 뒤에 이야기하기 시작했다.

"올해에도 이 계절이 왔습니다. 기다리고 기다리던 문화제 부스 결정!"

"""오오오!"""

일부 까불거리는 성격의 학생들에게서 환호성이 터졌다.

이 분위기로 귀찮음 비중이 큰 부스로 정하지 않으면 좋겠는데.

"좋아, 의욕은 잘 있나 보네. 아, 본격적으로 회의하기 전에 문화제 실행위원만 먼저 정하기로 할까."

"""……"""

"요 녀석들아, 노골적으로 시선 피하지 마."

뭐, 그 역할이 제일 귀찮으니까. 분위기가 다운되는 것도 이해할 수 있다.

아무리 열심히 하는 애들이 모여있다고는 해도 귀찮은 일을 솔선해서 받아들이는 건 또 사정이 다르다.

나도 솔직히 부스가 뭐가 되든 이 실행위원만 피할 수 있다면 그걸로 충분하다.

"하아…. 그럼 우선 실행위원에 관심 있는 사람."

하루카와 선생님이 우리를 떠보았다.

여기서부터 시작되는 건 반 아이들 사이의 눈치 싸움.

누군가가 해 줬으면 하는 마음이 담긴 시선이 교실 안을 오갔다.

"……이렇게 될 줄 알고 있었지만 선생님은 조금 슬프구나. 뭐! 마음은 이해하지만!"

귀찮다는 건 선생님도 인정한단 소리다.

"하지만 이대로는 진행을 못 하니까, 다음은 다 알다시피 추천제로 가 볼까. 누구 이 사람이라면 맡길 수 있겠다는 사람 있어?"

시작됐다.

문화제 실행위원 추천, 바꿔 말하자면 제물 선정이다.

여기서 추천받으면 좀처럼 거절하기 어렵다는 건 말할 것도 없다.

그리고 그걸 다들 이해하고 있으니까 좀처럼 친구를 팔아먹지도 못한다.

————그런 고로.

여기서도 대답이 없는 건 당연한 일이었다.

"……하아. 작년엔 꽤 금방 정해졌는데 말이야."

그건 우리가 문화제 실행위원이 고통을 이해하지 못했기 때문이다.

지금쯤 1학년들 사이에선 바로 정해졌겠지.

그리고 의도치 않게 제물이 된 그 성실한 녀석이 손해를 보는 거다.

"어쩔 수 없지. 그러면…… 카키하라는 어때? 나는 꽤 잘할 거라고 보는데."

"네? 제…… 제가요?"

아이들의 시선이 카키하라를 향했다.

아무래도 올해의 제물은 정해진 모양이다.

"카, 카키하라라면 안심하고 맡길 수 있지!"

"응! 적임자라는 느낌!"

"전부터 믿음직스럽다고 생각했어!"

이때다 하고 반 아이들에게서 동의가 터졌다.

카키하라는 완전히 록 온 상태.

물론 거절하는 녀석은 이런 상황에도 가차 없이 거절한다. 적어도 나였다면 거절했다.

하지만 카키하라의 성격상————.

"……아, 알았어! 내가 너희들의 기대에 부응할게!"

""""오오!""""

————이렇게 된다.

마치 미리 짜놓기라도 한 듯한 흐름으로 문화제 실행위원은 카키하라로 결정되었다.

하지만 이렇게 말하는 건 좀 그렇긴 해도, 적임자인 건 맞다.

다들 인정하는 모범생이자 부활동이나 위원회에 소속되지 않았으니 이중으로 부담될 일도 없다.

조건만 놓고 본다면 이보다 더 적합한 인간은 없었다.

"좋아! 그럼 실행위원은 카키하라로 결정! 그럼 학급 위원장인 니카이도, 앞으로는 카키하라를 잘 도와줘."

"앗…… 알겠습니다."

선생님이 니카이도에게 말을 걸 때, 시야 구석에서 카키하라가 작게 주먹을 불끈 쥐는 게 보였다.

'아하……. 의외로 책사구나, 카키하라.'

문화제 실행위원은 반에서 한 명이지만, 그 보좌로 학급 위원장이 붙는다는 건 일종의 암묵룰이었다.

암묵룰이라는 표현을 사용한 건 정식 제도로 존재하는 게 아니기 때문이다.

적어도 하루카와 선생님이 담당하는 반에서는 그런 시스템일

뿐이다.

이 기간에 학급 위원장은 본래의 일보다 문화제 실행위원 보좌를 우선해야만 하니, 필연적으로 두 사람이 함께 보내는 시간이 늘어나게 된다.

후야제 라이브를 위한 사전 준비로서는 최상이라고 할 수 있는 상황이었다.

실행위원업무에 사리사욕이 개입하는 건 좋은 일이 아닐지도 모르지만 나는 전혀 상관없다.

본인의 연애 사업을 위해 우리의 골칫거리를 받아들여 준 셈이니까.

오히려 나름대로 보상이 있어야겠지.

"그럼 이후 진행은 카키하라와 니카이도에게 맡길게."

"알겠습니다."

카키하라와 니카이도는 자리에서 일어나 하루카와 선생님과 교대하여 교탁 앞에 섰다.

"그럼 바로 뭘 할지 정하기로 할까. 의견이 있는 사람은 손을 들어줄래?"

이렇게 의제는 매끄럽게 문화제 부스 선정으로 넘어갔다.

카키하라가 우리에게서 의견을 듣고 니카이도가 그걸 칠판에 적는다.

딱히 대화가 오간 것도 아닌데 역할 분담이 딱딱 맞는 건 역시 오랫동안 알고 지낸 덕분인 걸까.

"나! 나! 귀신의 집 하고 싶어!"

"귀신의 집이라. 첫 번째 의견으로는 대중적이네."

한 남학생의 의견이 칠판에 적혔다.

우리가 1학년일 때, 비교적 인기가 많은 종목인 귀신의 집은 학년이라는 권력 하에 2학년이 담당했었다.

정확하게는 인기 있는 건 죄다 2학년이 쓸어갔다고 할 수 있다.

이건 다소 어쩔 수 없는 일이기도 하다. 최고학년인 3학년이 수험 공부로 허덕이는 이상 이미 노하우도 있으면서 가장 자유롭게 움직일 수 있는 게 2학년이기 때문이다.

이러면 필연적으로 2학년의 신청이 가장 잘 통과된다.

"쇼 같은 건 어떨까? 연극이나 댄스 같은 퍼포먼스 종류."

"쇼라……. 꽤 힘들 것 같지만 보람은 있을 것 같네."

한 여학생의 의견이 칠판에 적히자 이로써 선택지는 두 개가 되었다.

"쇼의 내용에 대해서는 일단 의견이 다 나온 뒤에 한 번 더 아이디어를 받을게. 지금은 다른 의견을 들려줘."

"아…… 그럼 카페는 어때? 이것도 흔하긴 하지만."

"좋네, 카페도 작년엔 2학년 중심이었으니까 다들 울분이 쌓여 있지 않을까?"

카키하라가 농담을 던지자 우리 사이에 웃음이 터졌다.

거의 모든 애들에게 짐작가는 게 있었기 때문이다.

카페도 귀신의 집과 맞먹는 인기 콘텐츠라서 작년에는 아니나 다를까 지금의 3학년이 독점했다.

올해야말로 하겠다며 불타오르는 사람도 많겠지.

참고로 나는 너무 귀찮지만 않다면 비교적 뭐든 괜찮다 파다.

딱히 꼭 카페나 귀신의 집을 하고 싶은 것도 아니니까 지금은 분위기에 맞춰서 일단 웃었다.

"지금처럼 거리낌 없이 의견을 말해줘. 첫 의견 같은 건 몇 개가 나오든 좋은 거니까."

이럴 때의 카키하라는 역시 든든하다.

카키하라의 깔끔한 진행 하에 의견 제출은 상당히 순탄하게 흘러갔다.

그리고 거기에서 다수결로 어느 정도 선택지를 좁힌 뒤 결국은 다들 동경했을 카페라는 항목이 살아남았다.

뭐, 여기까지는 타당하다고 봐야겠지.

"──음, 그럼 카페로 하자. 문제는 무슨 카페냐는 점인데…….
아즈사는 아이디어 있어?"

"나? 으음……. 전통풍? 여자는 기모노, 남자는 진베이 같은 걸 입으면 즐겁지 않을까?"

"좋은데! 우선 칠판에 적어줘."

카키하라의 반응에는 다소 편애가 섞여 있을 테지만, 니카이도의 의견 자체는 나쁘지 않다.

화려한 장식을 만들 필요도 없고, 전통풍이라면 물방울떡 같은 걸 만들면 교내의 화제성도 확보할 수 있을 것이다. 투명한 물방울처럼 생긴 떡인데 예쁘게 플레이팅하면 SNS에 올리기도 좋을 것 같다. 사실 만드는 법도 의외로 간단하고.

그 후에 몇 가지 아이디어가 나온 결과 최종적으로 남은 건 '전통풍 카페', '메이드&집사 카페', '여장 카페' 셋이 되었다.

훌륭하게 뻔한 아이디어가 남았다고 하고 싶은 마음은 있지만 고등학생이 동경하는 마음도 이해는 간다.

"의외로 순조롭게 여기까지 왔네. 그럼 다음은 또 다수결로 어떤 아이디어를 택할지 정하자."

"카키하라! 그 전에 질문!"

막 다수결로 넘어가려는 타이밍에 어떤 까불거리는 남학생이 손을 들었다.

"응? 어떤 질문인데?"

"메이드 카페로 정해지면 오토사키도 코스프레하는 거야?"

그 말에 아이들(대부분 남자)의 시선이 레이를 향했다.

그때까지는 거의 방관하는 자세였던 그녀는 갑자기 화제의 중심이 되는 바람에 난처한 표정을 지었다.

"어…… 나?"

"헉! 오토사키의 메이드복 보고 싶어!"

이어서 이번에는 여학생들의 흥분한 목소리가 터졌다.

대인기 현역 아이돌의 메이드복을 코앞에서 볼 수 있다니, 쉽게 경험할 수 있는 일이 아니다.

팬에겐 평생의 추억이 되겠지.

"……첫날은 일반인도 오니까 안될 테지만 둘째 날이라면 괜찮을 거야."

"""오오!"""

오늘 이 환호성을 몇 번이나 듣는 건지.

애들의 기세가 너무 좋은 나머지 그 레이조차 당황한 게 보였다.

"아, 어쩌다 보니 먼저 말이 나와버렸지만 오토사키가 문화제에 참가하는 건 둘째 날 뿐이야. 첫날은 일반인이 들어오니까 뭔가 사건이 일어나면 큰일이잖아."

"네, 선생님."

하루카와 선생님의 말에 다들 동의했다.

우리 학교의 문화제는 이틀 동안 열리는데, 첫날이 학교 관계자가 아닌 사람도 출입할 수 있는 날. 그리고 둘째 날이 학생들끼리만 즐길 수 있는 날로 구성되어 있다.

일반인이 드나들 수 있는 상태에서 레이가 접객하거나 돌아다니거나 했다간 태평하게 문화제를 하지 못하게 되리라는 건 틀림없다.

역시 유명해지는 건 좋은 일만 있는 건 아니라는 걸 실감하게전형적인 기회다.

"하하하……. 이 흐름을 보면 뭐가 될지는 정해진 거나 마찬가지지만, 일단 다수결을 거칠까."

어딘가 어이없다는 듯한 얼굴인 카키하라가 거수를 요구하자 8할이 메이드&집사 카페에 손을 들었다.

이 흐름을 따라 나도 슬쩍 메이드&집사 카페에 손을 들었다.

딱히 뭐가 되든 상관없다면 사람이 많은 아이디어에 손을 드는 게 무난하다.

다른 뜻은 없다.

────없거든?

"그럼 바로 메뉴나 역할 분담도 대략 정해놓자. 아이디어 있는 사람?"

카키하라의 질문에 대답하기 위해 몇 명이 손을 들었다.

전부 처음부터 카페에 의견을 내놓던 애들이었는데, 하고 싶다고 하던 녀석들답게 아이디어를 여럿 제출했다.

홍차, 커피, 콜라, 오렌지 등 주스 종류.

마실 것이 대강 갖춰지자 문제는 식사 메뉴로 넘어갔다.

"음료 아이디어는 이만하면 됐나. 그럼 먹을거리 말인데⋯⋯."

"카키하라, 음식은 시도에게 부탁해보는 게 어때?"

"어? 린타로를?"

갑자기 니카이도가 이름을 꺼내는 바람에 반 애들의 시선이 나에게 모였다.

정말로 너무 갑작스러워서 나는 동요를 숨기지 못했다.

"내⋯⋯ 내가?"

"응. 지난번 조리 실습 때 재료를 아주 잘 다뤘으니까 무언가를 만든다면 의지할 수 있을 것 같아."

"아, 아하⋯⋯. 그렇구나."

같은 조에서 요리했던 카키하라, 노기, 도모토는 이해했다는 듯한 표정을 지었다.

그리고 레이가 아무도 눈치채지 못하게 작게 고개를 끄덕끄덕하는 걸 보고 나는 작게 한숨을 쉬었다.

"지금은 바로 떠오르는 게 없지만 아까 전통 카페를 하면 아이디어를 내려던 메뉴는 있어. 물방울떡이라고 투명한 떡인데⋯⋯."

"투명하다고? 어떻게?"

"한천 파우더라는 젤리 재료를 쓰는 건데, 별로 어렵지도 않으니까 의외로 금방 만들 수 있을 거야."

"오, 좋은데! 우선 아이디어로 접수해도 될까?"

"그래, 이런 거라도 괜찮다면."

내가 제안한 물방울떡이라는 글자가 칠판에 추가되었다.

진짜로 대충 떠올린 아이디어인데 아무도 반대하지 않아서 안심했다.

어쩐지 이렇게 반 애들 앞에서 날 의지하면 평소보다 더 쑥스럽다.

하지만 나쁜 기분도 아니었다.

"이렇게 다들 의견을 많이 내줘. 이 문화제가 학교생활에서 가장 신나게 할 수 있는 이벤트라고 해도 과언이 아니잖아. 후회하지 않도록 열심히 하자."

카키하라의 말에 반이 점점 하나로 뭉치는 게 느껴졌다.

사랑에 빠진 나머지 헛발질하는 인상이 강해졌던 카키하라였지만, 역시 선두에 서 있을 때는 카리스마를 발휘한다.

그러니까 니카이도, 부디 내가 아니라 옆에 있는 그 녀석을 봐주지 않겠냐? 제발.

"너 정말 코스프레 할 거야?"

"어?"

문화제 부스가 정해진 날 밤, 나는 설거지를 하며 소파에 앉아 있는 레이에게 물었다.

왜 그런 걸 물어보는 건지 알 수 없다는 표정을 지은 그녀는 식후 디저트인 바닐라 아이스크림을 먹는 손을 멈추고 시선을 이쪽으로 향했다.

"아니……. 진짜로 코스프레하는 건가 하고……."

"응. 나 때문에 애들에게 폐를 끼치는 것도 있을 테니까, 적어도 해달라는 건 해주고 싶어."

"……그러냐."

첫날에 참가하지 못하는 거나 평소에도 일 때문에 행사에 참여하지 못할 때가 많다는 부분에서 레이 나름대로 죄책감을 느끼는 거겠지.

하지만, 그래도————.

'뭔가 기분이 꿉꿉하단 말이지…….'

어느새 계속 같은 접시를 닦고 있었던 걸 깨달은 나는 복잡한 기분에 빠지며 잔뜩 붙어버린 거품을 물로 헹궜다.

"린타로."

"왜……."

"혹시 내가 코스프레하는 거 싫어?"

무심코 어깨가 튀었다.

마음속 어딘가에서 그럴 리 없다고 생각하던 부분을 찔리는 바람에 스스로도 놀랄 만큼 동요해버린 모양이다.

'나는 정말로 레이가 코스프레하는 게 싫은 건가……?'

한 번 심호흡한 뒤 침착하게 생각해봤다.

코스프레 자체는 딱히 마음대로 하라는 느낌이다. 응, 이건 진심이다.

애초에 남이 무슨 옷을 입든 나와는 상관없으니까 애초에 싫어할 필요도 없다.

그럼 왜 이렇게 답답한 걸까.

"……모르겠어."

"모르겠어?"

"남이 하는 일에 뭐라고 참견하려고 한 적도 없었는데……."

손에 묻은 거품도 씻은 뒤 마지막 접시를 다른 식기와 마찬가지로 건조 바구니 안에 넣었다.

냉동실에 있는 내 바닐라 아이스크림을 꺼내서 나도 레이처럼 소파에 앉았다.

"미안하다. 뭔가 잔소리한 것처럼 되어서."

"으으응, 괜찮아. 오히려 기뻐."

"어? 왜?"

"그보다 아이스크림 녹겠다."

어딘가 기쁜 듯한 레이의 태도에 의문을 느끼면서도 나는 컵에 든 아이스크림으로 시선을 내렸다.

확실히 가장자리가 물렁물렁한 게, 이미 내 체온에 녹기 시작했다는 게 명백했다.

"……그것도 그렇네."

숟가락으로 물렁해진 부분을 자른 뒤 입으로 가져가자 조금 비싼 아이스크림 특유의 매끄러움이 혀 위에서 사르르 녹았다.

이 아이스크림은 여름방학 후반에 유즈키 선생님에게 가서 아르바이트했을 때 선물로 들어온 걸 나눠준 건데, 다음에는 내 돈으로 사고 싶단 생각이 들 정도로 맛있었다.

이것 덕분에 내 기분도 조금은 풀렸다.

"그러고 보면 남자들도 집사복 입는 거지?"

"응? 어, 그랬지."

카키하라나 도모토가 입으면 나름대로 그럴싸할 테고, 원래 여학생들에게 인기였던 걸 고려하면 집객 효과도 있을 것이다.

유키오의 집사복도 인기일 것 같다. 그 녀석도 여학생들에게 상당히 인기니까.

"린타로도 입어?"

"어. 첫날과 둘째 날로 요리 담당과 홀 담당을 교대한다고 하니까 반드시 한 번은 입게 될 거야."

"그렇구나."

어쩐지 신기한 대화다.

그런 식으로 생각하고 있었더니 레이는 아이스크림 컵을 비운 뒤 내 쪽으로 몸을 틀었다.

"저기, 린타로는 내 메이드복 보고 싶어?"

"뭐, 뭐?!"

너무 놀란 나머지 아이스크림을 떨어트릴 뻔했다.

어떻게든 놓치지 않은 채 자세를 바로잡자 마침 소박한 의문을 입에 담은 어린아이처럼 눈을 깜빡이는 레이와 눈이 마주쳤다.

"나는 보고 싶어. 린타로의 집사복. 분명 멋있을 거야."

"……기대가 지나치잖아. 절대 별거 없을걸."

"으으응, 절대 그렇지 않아."

뭐, 그야 보통 그렇게 각이 잡힌 옷은 안 입으니까 신선함은 있을지도 모르지만————.

"하지만 그 집사복을 다른 사람은 별로 안 봤으면 좋겠어. 무리라는 건 알지만, 적어도 처음에 보는 건 나야. 이건 수영복 때랑 마찬가지."

"어, 어어……. 여전히 특이하네."

"린타로는?"

"어?"

"린타로는 내 메이드복, 보고 싶어?"

"아니, 뭐……. 보고 싶기는 하지만."

아————.

무심코 작은 목소리가 흘렀다.

그런 나를 보고 레이가 웃었다.

지금 그녀는 조금 전까지 내가 느끼던 답답함의 정체를 폭로했다.

그건 본의 아니게 레이가 나에게 느끼는 감정과 같은 것…….

"자, 잠깐 뭣 좀 사고 올게……."

"이 시간에?"

"내일 도시락에 쓸 재료가 부족해. 지, 지금 안 가면 아침엔 못 가니까."

"……그건 어쩔 수 없지. 도시락은 중요해."

도시락이라는 말에 선뜻 믿은 레이를 두고 소파에서 일어났다.

그리고 지갑과 스마트폰과 집 열쇠만 챙긴 뒤 샌들을 신고 밖으로 나왔다.

"……살았다."

맨션 앞에 있는 화단에 앉아 숨을 내쉬고 고개를 푹 떨궜다.

몇 번이나 말한 것 같지만, 여태까지 살면서 나를 이렇게까지 동요하게 만든 건 오토사키 레이뿐일지도 모른다.

그녀와 함께 있는 시간은 기분 좋지만 불현듯 침착함이 어디론가 날아가 버린다.

고작 그런 일로 이렇게 도망치는 건 내가 보기에도 한심하지만.

……묘하게 뜨거워진 뺨을 식히기 위해 나는 하늘을 올려다보았다.

"━━━━뭐 하는 거야? 너."

그때 익숙한 빨간 머리 여자와 눈이 마주쳤다.

"으억?!"

"뭘 요란하게 놀라고 있어? 아니면…… 갑자기 이런 미소녀가 나타나서 동요한 거야?"

"하아. 놀랐잖아, 카논."

"어라?! 목소리가 작았나?! 설마 무시당할 줄은 몰랐는데?!"

"딱히 무시하지 않았다고. 이렇게 똑바로 눈 마주치고 대화하

고 있잖아."

"네 귀는 선택 기능이 너무 좋아!"

변함없이 밤중에 듣기에는 시끄러운 카논의 목소리를 들으며 무심코 웃어버렸다.

일할 때 들고 다니는 가방과 얼굴이 잘 보이지 않도록 해주는 모자.

어딜 봐도 일하고 돌아오는 길이다.

그렇게 생각하며 얼굴을 보자 평소보다 어쩐지 피곤한 것처럼 보이기도 했다.

"퇴근한 거야? 고생했다."

"천만에. 뭐, 나에게는 솔로곡 뮤비 촬영쯤이야 식은 죽 먹기지만."

"……그런 것치곤 피곤해 보이는데."

"……그래. 오늘은 푹 잘 수 있을 거라고 확신할 만큼은 피곤해."

"굉장히 피곤하단 거잖아."

이런 때야말로 내가 나설 차례지.

"그럼 비장의 카드가 있으니까 내 집에— 아."

"응? 뭐야, 그 '아차!' 하는 얼굴."

"아니……. 그러고 보면 집에 레이를 남겨둔 상태라……."

"싸우기라도 했어? 네가 이렇게 밖에 있는 것도 드문 일인데."

"싸운 건 아니고…… 그, 조금 거북하다고 해야 하나 민망하다고 해야 하나."

무심코 작아지는 내 대답을 들은 카논이 성대한 한숨을 쉬었다.

"하아, 어차피 또 레이의 아무 생각 없는 한 마디에 페이스가 흐트러진 것뿐이지?"

이 녀석 초능력자냐?

내가 대놓고 입을 다물자 카논도 확신한 건지 한 번 더 크게 한숨을 쉬었다.

설마 이 녀석이 날 보고 황당해하다니── 되게 분하네?

"그런 건 매번 있는 일이니까 신경 써봤자 소용없잖아. 아이돌과 엮였다고 들떠있어도 곤란하니까!"

"어, 어어……. 알아."

그렇지.

괜히 들떴으니까 괜히 기대해서 괜히 동요하는 거다.

────음, 어쩐지 냉정해졌다.

간신히 시도 린타로가 바닥에 발을 딛고 똑바로 선 느낌이 들었다.

"고마워, 카논. 머리가 식었어."

"……그, 럼 됐고."

카논은 팔짱을 끼고 어딘가 안심했다는 듯 웃었다.

그 안심이 어떤 의미인 건지 나는 모른다.

다만 그녀의 의사와는 달리 무의식중에 우러난 것이라는 건 알았다.

……그래서 나는 눈치채지 못한 걸로 했다.

"그럼 네가 말한 비장의 카드를 보기로 할까."

"오냐. 아마 손해는 안 볼걸."

나는 바지에 묻었던 약간의 흙을 털고 일어났다.

카논과 함께 집으로 돌아가자 거실에 남아있던 레이가 놀란 얼굴로 우리를 보았다.

"응? 어째서 카논이 린타로와 같이 있어?"

"엔트런스에서 마주쳤어. 피곤해 보이길래 얼마 전에 준비해놓은 비장의 카드를 대접해주려고."

"비장의 카드?"

"사실은 내일까지 아껴놓으려고 했는데……."

나는 카논에게 소파에 앉으라고 하고 냉장고를 열었다.

"비장이라니 뭐지? 카논은 알아?"

"나도 아까 막 합류한 거라 아무 말도 못 들었어. 하지만 뉘앙스로 보아 피로가 풀리는 무언가인 것 같은데……"

"그래……."

두 사람의 대화를 들으며 나는 냉장고에서 황금색 액체가 담긴 병을 꺼냈다.

안에는 노란색 껍질이 달린 과일을 얇게 자른 조각이 담겨 있어 보기에도 무척 아름다웠다.

"이게 내 비장의 카드. 레몬 벌꿀 절임이야."

""오오…….""

두 사람의 감탄이 겹쳤다.

눈앞의 테이블에 내려놓자 둘 다 병을 빤히 바라보기 시작했다.

"사실은 내일까지 절여놓을 생각이었지만, 시간상 이미 충분할 거야. 게다가 맛도 확인해보고 싶었으니 두 사람이 좀 실험대가 되어줘."

"실험대라니 너……. 뭐, 네가 만든 거라면 상관없지만."

말 자체는 별로 솔직하지 않은 카논이었지만 싫은 건 아닌 모양이었다.

오히려 호기심에 사로잡힌 것처럼 보이기도 했다.

"응, 나도 대환영. 이 시점에서 이미 맛있어 보여."

"생각보다 예쁘게 생겨서 나도 놀랐어. 좋아, 우선 먹어볼까."

두 사람에게 앞접시를 주자 각자 병에서 레몬 조각을 하나씩 집었다.

그리고 거의 동시에 입에 넣더니 거의 동시에 눈을 부릅떴다.

"너…… 너, 너무 맛있어!"

"맛있어……!"

카논과 레이의 감상에 나는 말 없이 고개를 끄덕였다.

레몬만 먹으면 아무래도 신맛과 껍질의 쓴맛이 자극적이라는 인상이 강했는데, 그걸 벌꿀의 단맛이 완벽하게 커버하고 있다.

그리고 달면서도 레몬 특유의 청량함이라고 해야 할지, 개운해지는 느낌이 중독적이다.

―――참고로.

이번에 사용한 레몬은 전부 국산이다.

가격은 조금 비쌌지만, 굳이 국산을 이용한 건 제대로 이유가 있었다.

먼저 껍질에 약이 묻어있을 가능성이 낮다.

해외에서 수입한 건 오래 보존해야만 하는 환경상 썩지 않도록 방부처리를 한다.

하지만 그런 약이 묻은 레몬을 그대로 절이는 건 솔직히 불안했다.

따라서 그대로 절일 수 있는 국산 레몬으로 한정해봤다.

더욱 여담이지만, 국산을 입수하는 게 어려운 경우는 표면의 노란색 껍질을 필러 같은 걸로 얇게 벗기면 수입산 레몬이어도 문제없이 사용할 수 있을 것이다.

조금 번거로워지지만, 껍질에 포함된 실 같은 쓴맛 나는 부분을 조금 깎아낼 수도 있고 절임도 쉬워질 것이다.

————잡학은 여기까지 하고.

나는 자리에서 일어나 부엌으로 향했다.

그리고 잔을 세 개 꺼내 얼음을 반씩 넣었다.

얼음이 든 잔을 테이블에 놓은 후 냉장고에 넣어 차갑게 식힌 탄산수를 두 사람 앞으로 가져갔다.

"얼음으로 절반을 채운 잔에 꿀을 두 스푼. 그 위에 탄산수를 따르고…… 여기에 레몬 절임을 올리면……. 됐다, 허니 레몬 스쿼시 완성."

""오오!""

레이와 카논이 한층 더 흥분한 모양인지 반짝거리는 눈이 잔을 향했다.

같은 요령으로 두 개를 더 만들자 3인분의 레몬 스쿼시가 완성

되었다.

"사실은 더위가 피크일 때 만들었다면 좋았겠지만 깜빡 잊어버려서……. 이런 얘긴 됐어. 아무튼, 마셔보자."

세 사람 모두 목을 꿀꺽꿀꺽 움직이며 레몬 스쿼시를 마셨다.

코를 자극하는 레몬 냄새와 혀에 부드럽게 감기는 꿀의 단맛, 그리고 탄산의 상쾌함이 기분 좋게 뒤섞여 나를 놀라게 했다.

"맛있어……!"

""한 잔 더!""

"빠르잖아."

이제 막 귀가한 카논은 그렇다 쳐도, 조금 전까지 이것저것 먹고 마시고 했던 레이가 한 잔 더 달라고 하는 건 위가 좀 이상한 느낌이 든다.

새삼스럽긴 하지만.

"어쩔 수 없지……."

그렇게 말하면서도 내가 직접 만든 걸 맛있다고 말해주는 건 역시 기쁘다.

나는 쓴웃음을 지으며 한 번 더 레몬 스쿼시를 만들었다.

"아, 우선 기본형으로 만들었는데 어레인지하고 싶으면 병에 있는 걸 써도 돼. 맛을 조금 진하게 만들거나 반대로 탄산을 추가할 수도 있고."

"그럼 나는 한 숟갈 추가해봐야지!"

카논에게 꿀을 뜨기 위한 숟가락을 건넨 뒤 나는 놀랐다.

의기양양하게 꿀을 추가하는 카논 옆에 처음과 완전히 똑같은 기세로 레몬 스퀴시를 쭉 들이마시는 레이의 모습이 있었기 때문이다.

진짜 이 녀석의 위는 어떻게 생긴 거지? 너무 넓은 거 아니냐?

"······끄윽."

"자, 잠깐! 보통 아이돌은 트림 안 하거든?! 자각을 가지라고! 자각을!"

"미안. 긴장이 날아갔어."

"하긴, 탄산처럼 날아가 버리지······ 는 무슨 하나도 안 웃기거든?!"

"그건 카논의 과대 해석이야. 카논의 썰렁 개그."

"딱히 웃기려고 한 적 없어!"

정말로 땍땍거리는 게 잘 어울리는 여자다.

"린타로도 눈앞에서 트림하는 여자는 싫지?!"

"어? ······아니, 딱히 여자도 트림도 하고 방귀도 뀌잖아. 일일이 신경 안 써."

"바보야! 아이돌은 트림 안 해! 화장실도 안 가!"

"언제 적 이야기냐?"

구세대의 극성팬 같은 소릴 하는 카논을 앞에 두고 나는 무심코 쓴웃음을 지었다.

프로 정신이 철저한 건 역시 대단하긴 하지만, 이런 장소에서는 긴장을 풀어도 괜찮지 않을까?

뭐, 그건 내가 할 말은 아니지만.

"아무튼! 레이는 조금 더 정신 똑바로 차려! 너는 신비로운 미인 캐릭터로 잡혀있으니까 트림 같은 걸 했다간 팬들이 혹 빠질 거야!"

"……그건 그럴지도 몰라. 조심할게."

"그럼 됐고!"

마치 높으신 분처럼 고개를 끄덕인 카논은 만족한 건지 드디어 새로 만든 레몬 스쿼시를 마셨다.

역시 일과 관련된 부분에선 그녀가 가장 철저하다고 할 수 있을 것이다.

보통은 소란스럽고 놀림당하는 카논이지만, 밀스타 안에서 가장 존경스러운 사람이 누구냐고 묻는다면 카논의 이름을 꼽을지도 모른다.

"아, 그러고 보면 린타로. 너 요즘 악기 연습한다며?"

"응? 어, 문화제에서 조금 협력하게 되었거든. 3인조 밴드의 베이스를 담당하게 됐어."

"흐응……."

"그게 왜?"

"아니, 너만 괜찮다면 우리와도 조금 해보지 않을래?"

"해보지 않겠냐니…… 밴드를?"

"그래."

카논은 레이에게 힐끔 시선을 보내더니 그녀의 머리를 마구 쓰다듬었다.

"아으……."

"전에 미아와 나 사이에선 취미 수준으로 해보자고 이야기가 나왔는데, 얘가 안 내켜 했거든."

"하지만…… 연주보단 노래가 더 좋아."

"그거 자체는 딱히 상관없어. 우리도 강요하고 싶은 게 아니었으니까. 그때는 레이가 베이스를 안 하겠다고 한 시점에서 백지가 되었지만 네가 베이스를 한다면 얘는 노래만 하면 되니까 또 도전할 수 있지 않나 하는데."

그렇게 말하며 카논은 나에게 어딘가 기대하는 듯한 시선을 보냈다.

"……지금 이야기로 보아 너와 미아는 악기 경험자야?"

"남들 앞에서 연주한 적은 없지만. 나는 기타를 좋아하니까 혼자 연습했고 미아는 한때 스트레스 해소용으로 드럼을 쳤어."

다소 의외라는 생각은 들지만, 신기한 일도 아니다.

확실히 드럼 소리는 기분 좋은 데다 잘 칠수록 상쾌함을 느낄 수 있으리라는 건 상상할 수 있다.

"레이는 괜찮아?"

"응. 다 함께 하는 건 조금 즐거울 것 같으니까."

아무래도 레이도 마음은 있는 모양이다.

"이번 달은 너네 학교 문화제 일정 덕분에 우리도 휴가를 꽤 받았고, 협력해주면 린타로가 연습하는 노래로 맞출 수 있도록 익혀올게. 어때? 나쁜 조건은 아니라고 보는데."

"……그러네. 나는 거절할 이유가 없어."

"그럼 결정. 미아에게도 말해놓을게."

카논은 진심으로 기뻐하는 표정을 지으며 재빨리 스마트폰을 꺼내 라인을 보내기 시작했다.

국민 아이돌 세 명과 밴드라.

요즘 나는 이 상황을 순수하게 즐길 수 있게 된 것 같은 느낌이 든다.

그게 좋은 일인지 나쁜 일인지는 아직 모른다.

"거기, 그쪽 들어."

같은 반 여자애가 주변에 외치는 목소리가 교실 안에 울렸다.

새 학기도 시작되고 문화제 부스도 정해진 뒤로 벌써 열흘 이상이 지났다.

최근에는 거의 매일 이렇게 방과 후 교실에 모여서 문화제를 준비한다.

부활동까지 사라지는 건 아니기 때문에 참가하지 못하는 녀석들도 종종 있지만, 부활동 고문 재량으로 문화제 직전 일주일은 부활동을 쉬게 해줄 정도로는 협력 체제가 구축되어 있다.

다들 적극적으로 돌아다니는 가운데 나는 바닥에 앉아 물감을 찍은 붓을 열심히 움직였다.

지금 색칠하는 건 교실 안에서 사용할 장식용 간판이다.

"역시 만화가 어시스턴트. 색칠도 잘하네."

"헹, 오히려 먹칠만 시키니까 이런 게 더 특기야."

유키오가 간판을 받쳐주는 동안 색이 삐져나가지 않도록 깔끔하게 색칠한다.

나는 비교적 이런 작업을 좋아한다.

차곡차곡 진행하는 작업은 결과를 보기 쉬우니까 질리지 않는다.

"그나저나…… 쟤는 바빠 보이네."

"응? 아, 뭐 실행위원이니까."

힐끔 복도로 시선을 던지자 다른 반 학생이나 선배와 무언가 대화를 나누는 카키하라의 모습이 시야에 들어왔다.

녀석이 정말 우수한 인간이기 때문에 주변 사람들은 그를 의지하려고 다가간다.

따라서 카키하라는 2학년이면서도 늘 중심인물인 모양이었다.

3학년조차 의견을 물어볼 정도니 그 수완은 대단한 거겠지.

카키하라는 몇 명에게 지시를 내린 뒤 들고 있던 서류 같은 걸 안고 빠르게 걸어갔다.

바쁠 때마저 복도에선 뛰지 않는다는 교칙을 준수하다니, 내가 보기에는 지나치게 고지식하단 느낌이다.

"너무 뛰어난 것도 좋지만은 않다니까."

"그러게. 요즘 꽤 피곤해하는 얼굴이라 솔직히 걱정돼."

주변 사람은 별로 눈치채지 못한 것처럼 보이지만 역시 카키하라의 얼굴에는 피로가 보였다.

가능하면 부담을 줄여주고 싶어서 무언가 할 수 있는 일이 없냐고 물어봐도 카키하라 본인은 괜찮다고 고집한다.

문화제 실행위원업무를 잘 모르는 이상 마음대로 간섭할 수도 없고.

완전히 허용량을 넘어버리기 전에 어떻게든 할 수 있다면 좋을 텐데————.

"니카이도도 있으니까 아마 큰일은 안 나겠지. 우선 우리는 우리가 맡은 일을 하자, 유키오."

"……그래."

그 후에도 우리는 묵묵히 간판 만들기에 정성을 쏟았다.

그러는 사이에 한 시간 정도 지났을 때.

"그러니까 우리도 해야 하는 일이 있다고 했잖아!"

"그렇게 변명하면서 하나도 안 돕는 건 치사하단 뜻이라고!"

복도에서 성난 목소리가 울렸다.

교실 안이 확 조용해지고, 무슨 일이냐며 몇 명이 복도로 얼굴을 내밀었다.

나도 유키오도 신경 쓰였기 때문에 살그머니 복도를 내다봤다.

그러자 남자 몇 명, 여자 몇 명으로 나뉘어서 서로를 노려보는 다른 반 애들이 시야에 들어왔다.

"아, 청춘이구나."

"어, 청춘이네."

우리는 남일이라고 생각하며 태평하게 구경했다.

선두에 선 여자는 아마도 문화제 실행위원. 들고 있는 서류가 아까 카키하라가 갖고 있던 것과 똑같았다.

그리고 그녀와 싸우는 남자는 아마도 야구부 2학년 에이스.

여름에 3학년이 은퇴해서 지금은 주장이 되었다던가.

아까 들린 목소리와 각자의 입장을 대조해보면 쟤들이 싸우는 원인은 바로 알 수 있었다.

문화제 준비에 바쁜 실행위원과 새로운 팀으로 바뀐 야구부를 이끌어가고 싶은 주장.

실행위원 쪽은 문화제 준비를 더 도와달라고 하고 싶지만, 야구부 쪽은 새 팀으로 더 연습하고 싶은 거겠지.

야구부는 올해 여름 대회에서 상당히 아쉽게 졌다고 하니까, 내년을 대비해 열정적으로 타오르는 게 틀림없다.

둘 다 이해를 못 하는 건 아니지만…….

"너희들! 뭐 하는 거야?"

그곳에 카키하라가 돌아와 언성을 높였다.

카키하라는 두 사람 사이에 끼어들어서 어느 정도 거리를 벌리게 했다.

"왜 싸우고 있는 건데?!"

""하지만 얘가…….""

두 사람에겐 상대방 잘못이다. 당연하지.

대충 사정을 알아차린 카키하라는 어금니를 꽉 깨문 뒤 숨을 뱉었다.

"하아……. 야구부는 더 연습하고 싶고, 반에서는 더 준비에 시간을 쏟아주길 원하는 거고. 그런 거지?"

카키하라의 질문에 각자 고개를 끄덕였다.

"서로 입장이 있다는 건 알지?"

""…….""

"하지만 타협해야만 하는 부분이 있다는 것도 알지?"

두 사람은 말없이 카키하라의 이야기를 들었다.

저 녀석들에게 필요한 건 냉정해지는 시간이다.

딱히 서로를 싫어하는 건 아니다.

가능하면 거친 말은 쓰고 싶지 않을 것이다.

"상대방의 입장이 되어서 한 번 더 생각해 봐."

두 사람은 민망한 듯 시선을 마주쳤다.

그리고는 서로 무언가 이해한 모양이었다.

"……미안해. 부활동도 중요한데. 계속 '부활동 같은 건' 뒤로 미뤄주길 바랐지만, 그만큼 열심히 하고 있다는 거였는데."

"나야말로…… 그, 미안해. 실행위원으로서 문화제를 성공시키고 싶겠지. 생각하는 건 같았어."

문화제를 성공시키고 싶은 실행위원과 내년에야말로 야구부가 계속 승리할 수 있도록 부원들을 이끌어야만 하는 야구부 주장.

확실히 리더라는 입장은 같다.

"내일부터 연습 시간을 조금 줄일게. 무거운 물건을 옮기거나 할 때는 사양하지 말고 부탁해줘."

"……알았어. 그렇게 할게!"

팽팽하게 긴장되었던 복도의 분위기가 누그러졌다.

카키하라가 안도하며 가슴을 쓸어내리는 걸 보고 사태가 무사히 해결되었다는 걸 이해했다.

"고마워, 카키하라. 좀, 너무 내 생각만 했었나 봐."

"화해해서 다행이야. 그럼 나는 갈 테니까……."

그렇게 말한 뒤 카키하라는 다시 바쁘게 걸어 그 자리를 떠났다.

어느새 구경꾼들도 원래대로 작업에 돌아가서 아무 일도 없었다는 듯 시간이 흐르기 시작했다.

"와, 역시 대단하네. 카키하라."

유키오의 말에 나는 고개를 끄덕였다.

저런 게 카리스마인 걸까. 저 녀석의 말은 많은 사람의 가슴에 쉽게 와닿는 느낌이 든다.

발언 하나하나에 설득력이 있다고 해야 하나 뭐라고 해야 하나.

'저런 녀석이 인기가 없을 리 없지⋯⋯.'

우수하다 보니 지금도 떠나가는 카키하라의 등에 열렬한 시선을 보내는 여자애가 있다.

그래, 인기가 많다.

그런데, 그런데도————.

"아, 시도! 카키하라 못 봤어?"

"⋯⋯아, 니카이도. 유스케라면 저쪽으로 갔는데."

"그렇구나, 고마워."

어째서 얘는 저 녀석이 활약하는 장면을 족족 놓치는 걸까.

이쯤 되면 오히려 대단하다.

이 여자 혼자서 저렇게 모든 것을 가지고 태어난 듯한 카키하라 유스케라는 남자를 불쌍하게 만들 수 있으니까.

카키하라의 뒤를 쫓아가듯 교실에서 떠나는 니카이도를 배웅한 뒤 나와 유키오는 간판 작업으로 돌아갔다.

이러니저러니 해도 집중해서 한 시간 정도 지났을 때 다른 곳에서 작업하던 여자애가 교실에 있는 애들을 불렀다.

"미안! 박스 버리러 다녀와 줄 사람 있어?"

보아하니 물건을 나르는 데 쓰거나 장식에 사용한 종이 박스 쓰레기가 교실 구석에 몰아둔 형태로 쌓여있었다.

확실히 저래서야 방해다.

"……어라? 린타로 다녀오게?"

"어. 마침 몸이 뻐근한 느낌이었으니까 기분 전환 겸 다녀올게."

"오케이. 그럼 나는 나머지 하고 있을게."

"그래, 맡기마. 대신이랄 건 없지만 돌아올 때 마실 거 사 올게."

"와. 그럼 적당히 탄산음료로 부탁해."

"오냐."

나는 자리에서 일어나 박스 버릴 사람을 찾던 여자애한테 갔다.

"내가 버리고 올게. 교사 뒤에 가면 되는 거지?"

"앗, 고마워 시도! 맞아. 교사 뒤에 버리는 장소가 있으니까 거기에 가져다줘. 다른 반이 버린 것도 있을 테니까 장소는 알아보기 쉬울 거야."

"알았어."

나는 가득 쌓인 박스를 테이프로 적당히 묶어서 들어 올렸다.

아무리 박스라고 해도 이만큼 쌓이면 제법 무겁다.

게다가 부피가 상당해서 여자애가 버리기엔 조금 버거울 것이다.

"으랏차……."

짊어지듯 어깨에 올린 뒤 교사 뒤로 향했다.

그 애가 말했던 대로 확실히 다른 반에서 버린 쓰레기가 쌓여 있는 장소가 있었다.

알아보기 쉬워서 좋네.

쓰레기더미로 던지듯이 박스를 버린 뒤 손을 털고 발걸음을 돌렸다.

하지만 몸을 돌린 직후 아는 얼굴을 발견하는 바람에 무심코 발을 멈췄다.

"오토사키, 너 역시 남자와 사귀면 안 된다고 사무소가 금지한 거야?"

"어? ……대놓고 그런 말을 들은 건 아닌데."

그곳에는 교사 벽을 등진 레이와 그 앞에 선 키 큰 금발 남자의 모습이 있었다.

아마 B반의 킨죠인가 하는 이름이었던 걸로 기억한다.

킨죠를 구체적인 말로 표현하라면 날라리.

비슷비슷한 녀석들과 어울리면서 자기들은 잘나가는 패거리라고 주장하는 듯한 태도로 소란을 피운다.

말버릇은 '존나 쩌는데?'

……미안, 이건 편견이다.

솔직히 말버릇을 알 만큼 가까이 가 본 적도 없다. 하지만 어떤 인간인지는 대충 알았을 것이다.

소문에 불과하지만 같이 노는 녀석들은 행실이 나쁜 불량 학생들이라나.

그런 점으로 봐도 별로 좋은 인상은 아니다.

──그리고 이건 아무래도 상관없지만 금발이 두 명 있으니까 조금 눈부시네.

레이의 머리색이 더 예쁘지만.

아무튼, 저쪽은 날 알아채지 못한 모양이다.

알아보기 전에 빠져나가자.

"그럼 나와 몰래 사귀지 않을래?"

그 말이 들린 순간 나는 나도 모르게 쓰레기산 뒤로 숨어버렸다.

저 멍청이는 갑자기 무슨 소릴 하는 거냐.

'그리고 나는 왜 숨은 거야……!'

이 상황. 빨리 사라지는 게 의외로 괜찮은 전재가 되었을 텐데 남아버리는 바람에 도저히 움직일 수 없게 되었다.

누가 좋다고 남의 고백 이벤트에 동석하고 싶겠냐.

게다가 대상은 저 녀석이고————.

"봐봐, 나 최근에 모델이 되었잖아? 이미 연예인 연락처도 여러 개 손에 넣었거든. 앞날이 탄탄하지 않아? 나와 사귀면 장래를 보아 절대 이득일 거야."

"……."

모델이 되었다고? 전혀 몰랐는데.

사실이라면 확실히 대단한 일이지만.

뭐, 생긴 건 나쁘지 않으니까 불가능하진 않겠지.

"문화제도 같이 돌자. 아예 들켜도 괜찮잖아? 상대가 나라면 세간에서도 받아들일걸."

"무슨 소린지는 알았지만 미안해. 너와는 사귈 수 없어."

"……뭐? 뭐야 너."

킨죠의 미간에 깊은 주름이 파였다.

"너 좀 콧대가 높은 거 아니야? 아이돌이라고 해봤자 여자잖아? 얌전히 날 따르라고."

"계속 말하지만 미안해. 너와는 사귈 수 없고 사귀고 싶지도 않아."

"……진심으로 하는 말이야?"

레이는 킨죠의 말에 즉각 고개를 끄덕였다.

아무리 해도 소용없다는 듯한 그 태도를 앞에 두고 킨죠가 혀를 찼다.

"쳇……. 반드시 후회하게 해주겠어."

참으로 소인배 같은 퇴장 멘트구나.

우선 일이 커지진 않았으니 나는 가슴을 쓸어내렸다.

최악의 경우엔 뛰쳐나가야만 한다고 생각했으니 아무 일도 없었던 게 그저 고맙다.

그렇게 생각하지만 이 안심감은 그것과는 또 별개인 느낌이 든다.

……아무튼, 계속 이러고 있을 수는 없지.

쓰레기산 뒤에서 나오자 인기척을 알아차린 레이가 시선을 던졌다.

"린타로, 왜 그런 곳에 있어?"

"쓰레기 버리러 왔더니 갑자기 눈앞에서 고백 이벤트가 시작됐거든. 차마 나갈 수가 없었어."

"그건 미안."

"사과할 필요 없어. ……킨죠가 널 불러낸 거야?"

"응. 할 말이 있다고 해서 따라왔더니 갑자기 사귀자고 했어."

담담하게 대답하는 레이에게서 동요는 보이지 않는다.

뭐라고 하지, 몹시 익숙하다는 인상이다.

"아이돌이 된 뒤에도 이런 일이 있구나."

"그렇게 많지는 않지만 없어진 건 아니야. 추억을 만들기 위해서라고 하는 사람도 있었고, 아까처럼 이상하게 자신감이 넘치는 사람도 있었어. 솔직히 좀 민폐야."

두근거림 같은 감정은 일절 보이지 않고 어딘가 피곤하다는 표정을 짓고 있었다.

"……뭐, 네가 이상한 남자에게 걸리지 않아서 다행이야. 아니면 내가 필사적으로 너희의 꿈을 위해 참는 의미가 없어지니까."

"무슨 의미야?"

"어? 무슨 의미냐니……."

————무슨 의미일까.

고개를 갸웃거리며 내 발언을 돌아봤다.

나는 무언가를 참고 있는 걸까.

눈치채지 못하도록 꾹꾹 담아두었던 탱크에 작은 균열이 가며 안에 있던 '무언가'가 흘러나오는 듯한, 그런 감각.

이 감정을 방치하면 안 된다.

딱 하나, 그런 예감에 휩싸인 나는 머리를 털어 생각을 전환했다.

"다들 아직 준비하고 있을 테니까 우리도 돌아가자. 농땡이 쳤다고 오해받으면 귀찮잖아."

"……응, 알았어."

레이는 희미한 미소를 지은 뒤 내 옆에 서서 걸었다.

"그러고 보면 린타로는 고백받은 적 있어?"

"어? 음…… 없다면 없고 있다면 있나."

"무슨 뜻이야?"

"유치원에서 받은 고백을 포함하면 한 번. 그걸 빼면 제로."

차마 대여섯 살 때의 고백을 자랑스럽게 떠들 수는 없다고 해야 하나. 그야 소중한 감정이라는 건 틀림없지만 고등학생이 된 뒤에 느끼는 감정과는 별개라고 생각한다.

그래서 정확한 횟수에는 넣지 않는다.

무슨 말을 하고 싶냐면, 결코 무시하는 건 아니라는 소리다.

"유치원에 들어갔을 때 나를 엄청 따르던 여자애가 있었어. 나중엔 결혼해달라고 하더라."

"그래서 어떻게 했어?"

"응? 어……. 불가능하다는 건 알고 있었으니까 애인이라면 괜찮다고 했던 것 같은데. 그 후에 졸업했고 거기서부터는 각자 다른 학교였지. 벌서 10년 넘게 안 만났네."

어린이 특유의 귀여운 연애라고 할 수 있을까.

흐릿한 당시의 기억을 떠올리자 마음이 조금 따뜻해졌다.

"아마 이름이 유즈—— 응? 얼굴이 그게 뭐야?"

"……그냥."

문득 레이에게 시선을 던지자 그녀는 웬일로 뺨을 불룩하게 부풀리며 불편함을 드러내고 잇었다.

처음 만났을 때 나와 카논이 노는 걸 질투하는 눈으로 봤을 때보다 지금이 더 현저하게 못마땅해하는 게 느껴졌다.

하지만 그 얼굴조차 귀여운 매력을 품고 있으니 어쩐지 웃음이 나왔다.

"재미없었어? 이 이야기."

"별로 듣고 싶지 않은 이야기라는 건 확실해."

"그렇구나. 그럼 또 잊어버릴게."

"……거짓말이야. 이런 이야기로 싫어할 만큼 어린애는 아니야."

"그러냐. 그럼 그런 걸로 해 두마."

나에게도 이 이야기를 여기서 끊어준 건 다행이었다.

이 이상 깊게 이야기했다간 초등학생 시절을 떠올리게 될지도 모른다.

'첫사랑이라…….'

그 자리에 들어맞는 상대는 역시 유치원 때의 그 아이일 것이다.

지금은 당연히 연애 감정이 없지만, 어딘가에서 건강하게 잘 살기를 바랄 뿐이다.

◇ ◆ ◇

레이가 고백받는 현장을 목격한 날로부터 며칠 뒤.

문화제까지 곧 2주만 남게 되는 오늘, 나는 가정과실에서 몇 명의 애들 앞에 서 있었다.

"그럼 시도. 물방울떡을 만드는 법을 가르쳐줄 수 있을까?"

"그래. 이해하기 쉽게 설명할 수 있을지는 모르겠지만 해 볼게."

니카이도에게 가식적인 미소를 지은 나는 준비한 재료로 시선을 내렸다.

한천 파우더와 물, 콩가루, 흑설탕 시럽.

재료는 이만큼 있으면 충분하다.

"먼저 한천 파우더와 물을 정해진 양만큼 냄비에 넣어서 끓을 때까지 강불로 가열한 뒤 약불에서 저어줘."

설명한 대로 냄비에 재료를 넣고 먼저 강불로 설정했다.

그리고 부글부글 끓기 시작한 걸 확인한 뒤 이번에는 약불로 설정했다.

"중간중간 저어주면서 2분 동안 끓이는 거야. 시간이 지나면 냄비째로 얼음물로 식히며 약 3분에 걸쳐 잔열을 빼줘."

말하는 대로 순서를 거쳐 물방울떡의 반죽을 완성했다.

다음은 둥근 얼음을 만드는 얼음틀 같은 것에 담고 1시간 이상 기다리면 완성.

"기다리는 시간을 고려해서 일단 집에서 만든 걸 가져왔어. 어떤 맛인지 모를 테니까 이걸로 확인해봐."

""오오…….""

내가 음식통에 넣어서 가져온 물방울떡을 보여주자 니카이도를 포함해 어느 정도 요리를 할 줄 아는 녀석들에게서 감탄이 나왔다.

시식 타임으로 물방울떡을 올린 종이 접시를 애들 앞에 놓자 저마다 이쑤시개로 찍어서 입에 가져갔다.

"와! 맛있어!"

"다행이다. ……이런 식으로 요리 자체도 간단한 편이니까 그렇게 힘들지는 않을 거야. 조심해야 하는 건 불 정도? 처음에는 강불이니까 눈을 뗄 수 없지만, 끓기만 하면 약불로 충분하니까 최대한 화력을 올리지 말아서 사고 가능성을 조금이라도 낮추는 방향으로⋯⋯."

"그러게. 거기만 조심하면 어렵지 않을 것 같아."

내 의견을 받아들인 니카이도를 보고 나는 안도하며 가슴을 쓸어내렸다.

실제로 당일에 내놓을 먹거리는 다른 것도 예정되어 있지만, 일종의 유니크함도 있으니 아마 이 물방울떡이 메인이 될 것이다.

이로써 어느 정도는 반에 도움이 되었겠지.

"그럼 이젠 전날에 각자 만들어서 확인해보자. 오늘은 또 각자 작업으로 돌아가 줄래?"

니카이도의 말에 따라 모여있던 반 애들은 저마다 맡은 구역으로 돌아갔다.

나는 사용한 식기를 정리해야 하므로 남아서 스펀지에 세제를 뿌려 냄비를 닦기 시작했다.

"시도는 역시 대단하네."

"어?"

설거지에 집중하던 그때, 어째서인지 이 자리에 남았던 니카이도가 말을 거는 바람에 무의식중에 고개를 들었다.

"요리도 잘하고, 참 친절하고⋯⋯. 있어 주기만 해도 무척 안심이 돼."

"하하하, 그건 과찬이야."

"그렇지 않아!"

니카이도는 내 말을 단호히 부정하고는 배꼽 앞에서 손가락을 꼼지락거렸다.

부끄러워하는 듯한, 쑥스러워하는 듯한, 그런 인상이다.

"……저기, 시도. 괜찮다면 말인데."

"응?"

"후야제의 캠프파이어, 같이 보내지 않을래?"

──솔직히 나올 거라고 예상했던 화제다.

사실 우리 학교의 후야제엔 스테이지 말고도 교정 중심에서 열리는 캠프파이어도 있다.

캠프파이어라고는 하지만 딱히 포크 댄스를 추거나 하는 것만은 아니다.

교사가 간식거리를 가져다주거나, 캠프파이어 주변에서도 스테이지의 공연을 즐길 수 있기 때문에 각자 자유롭게 밤을 즐긴다.

"아, 스테이지에 선다는 이야기는 들었으니까 그게 끝난 뒤여도 되는데……."

나는 잠시 생각하기 위해 시선을 내렸다.

거절하면 니카이도는 분명 상처받을 것이다. 연애 경험이 희박한 나라고 해도 그 정도는 안다.

"……미안. 지금 조율 중인 사람이 있어."

그래도 처음부터 내 대답은 정해져 있었다.

"아…… 그렇구나. 아니야, 괜찮아. 말해본 것뿐이니까."

"권해줘서 고마워. 기뻤어."

"응. 그럼 또 무슨 기회가 있으면 불러게 해줘."

"그래, 알았어."

적잖은 충격을 받은 듯한 니카이도는 어떻게 해야 할지 망설이는 듯한 기색을 보인 뒤 이곳에서 떠나는 걸 선택했다.

처음부터 이랬으면 좋았던 건지도 모른다.

계속 거짓말하고, 얼버무리고.

나 자신은 그들에게 휘둘리고 있다고 생각했지만, 니카이도가 보기엔 그 반대.

그녀를 휘두르는 건 나.

그걸 간신히 깨닫고 죄책감이 치밀었다.

유일하게 다행인 건, 서로 관계를 뚜렷하게 만드는 대화는 하지 않았다는 점일까──.

"……니카이도!"

"어?"

교실에서 나가려는 니카이도의 등에 대고 말을 걸었다.

니카이도는 놀라서 내 쪽을 돌아봤다.

"유스케를 잘 지켜봐 줘."

"……? 으, 응. 알았어."

마지막으로 고개를 갸웃거린 뒤 그녀는 교실을 뒤로했다.

'괜한 참견이었지…….'

쓸데없이 나대는 짓이었다는 건 이해하고 있다.

하지만 순간적으로 나오고 말았다.

부디 조금이라도 괜찮으니까 카키하라를 봐줬으면 좋겠다.

니카이도에겐 그럴 의무가 없지만, 어떻게든 나는 그 녀석의 노력이 보답받길 바란다.

"……어디 보자."

여기서 문제가 발생했다.

이미 조율하고 있는 사람이 있다고 말했지만 솔직히 그런 건 일절 정하지 않았다.

차마 이유도 없이 너와 문화제를 같이 보내고 싶지 않다고 거절하는 건 거부감이 있었다고 해야 하나, 너무 원한을 살 것 같아서 무서웠다.

막연히 스테이지가 끝난 뒤에는 카키하라나 도모토와 같이 있게 될 거라고 예상했고, 만약 두 사람이 따로 같이 보낼 상대가 있다면 자연스럽게 유키오와 같이 있을 테지만──.

다만, 조금 전 발언은 아무리 생각해도 내가 같이 보내고 싶은 여자애가 있다는 듯한 말투였다.

남자와 같이 있으면 괜한 오해를 받을지도 모른다.

"정 안 되면 유키오를 여장시…… 아니, 아니지."

이런 식으로 이용하는 건 친구로서 너무 못할 짓이다.

그 녀석도 싫어할 테고, 나도 여장한 이나바 유키오를 좋아한다고 오해받는 건 사양이다.

그럼 어떻게 할까.

'……레이의 얼굴밖에 안 떠올라.'

나는 설거지를 마친 뒤 물기를 닦은 손으로 머리를 부여잡았다.

누구 한 명, 어떻게든 이성과 특별한 시간을 보내야만 한다면 그 상대는 레이가 좋다.

이건 내 솔직한 감정이었다.

하지만 그것도 어렵다.

둘이 같이 있는 걸 다른 사람에게 들키지 않도록 레이가 권하는 것도 거절했다.

어떻게든 머리를 굴려야 하는데——.

"……응?"

우선 교실에 돌아가려고 했을 때, 교복 주머니에 넣어두었던 스마트폰이 울렸다.

화면을 보자 카키하라, 도모토와 만든 그룹 라인에 연락이 와 있었다.

『내일 오후 1시에 역 앞에서 집합! 악기 까먹지 마!』

보낸 사람은 도모토다.

읽음 표시가 찍힌 이상 나는 바로 '오케이'라고 적어 보냈다.

내일은 드디어 첫 파트 맞추기다.

으으, 생각할 게 너무 많아서 위가 아프기 시작했어…….

"읏차……."

나는 어젯밤까지 연주하던 베이스를 케이스에 넣고 등에 멨다.

오늘은 휴일. 그리고 내가 카키하라, 도모토와 결성한 밴드의 첫 합동 연습일이다.

맨션에서 밖으로 나와 보자 비교적 기온이 내려갔다는 걸 깨달았다.

"……슬슬 가을인가."

어쩐지 애수가 느껴져서 작게 중얼거리며 이 기후에 고마워했다.

솔직히 베이스는 들고 다니는 악기 중에서도 상당히 무거운 부류에 들어갈 것이다.

주변기기의 존재를 제외하고 본체만 따진다면 기타보다 베이스가 약간 더 무겁다.

받은 뒤로 한동안은 무게에 휘둘리지 않도록 세심한 주의를 기울이며 다뤘다.

이렇게 등에 메어보니 몸이 둔해지지 않을 정도로 운동도 해놓길 잘했단 생각이 든다.

"어이! 린타로! 여기야!"

"아……."

역 앞으로 이동하자 먼저 와 있던 카키하라와 도모토가 나를 보고 손을 들었다.

카키하라는 나와 마찬가지로 기타를 등에 멨고, 도모토는 무언가 트렁크 같은 걸 끌고 있었다.

"약속 시각보다 일찍 모였네. 스튜디오 예약 시간까지 조금 남았으니까 천천히 가자."

"그래, 알았어. ……그런데 류지의 그 가방은 뭐가 들어있는 거야?"

"어? 이거? 스튜디오에 도착하면 보여줄게."

도모토는 득의양양하게 말하며 앞장섰다.

뒤를 따라가서 도착한 곳은 역 근처에 있는 조금 어둑한 빌딩숲이었다.

어두운 이유는 6층 이상의 건물이 많기 때문이기도 하지만, 여기에 더해 소위 '밤의 가게'가 많다는 점도 꼽을 수 있다.

지금은 아직 정오가 좀 지난 시각. 이런 가게들은 문을 열지 않았다.

어딘가 불안한 기분이 들면서도 얌전히 따라가자 우리는 요란하게 장식된 문을 열고 들어갔다.

"안녕하심까, 점장님."

"오, 왔구나. 꼬맹이."

"이제 꼬맹이가 아니라고. 그보다 세팅 다 했어?"

"늘 하던 그거잖아? 점장인 나를 이렇게 부려 먹는 건 너 정도라니까."

문 너머 카운터에 앉아있던 화려한 남자와 도모토가 친근하게 인사를 나눴다.

아무래도 제법 깊은 관계인 모양이다.

"아, 너희가 이 녀석의 밴드 멤버?"

"앗…… 네."

점장의 질문에 카키하라가 조심스럽게 대답했다.

그 태도를 보고 나는 의문을 느꼈다.

평소 같은 기력이 없다고 해야 하나, 표정이 밝지 않다고 해야 하나.

역시 실행위원 일로 피곤한 걸까?

어쩐지 보기에 불안하다.

"5번 스튜디오를 써. 앰프 연결법 같은 건 알아?"

"그건 내가 알려줄 거야."

"오, 그러냐. 그럼 즐기다 가~."

손을 가볍게 흔드는 점장의 배웅을 받으며 우리는 그가 말했던 5번이라 적힌 문을 열었다.

방음 처리가 된 두꺼운 문을 보자 레이가 사무소를 안내해줬을 때가 떠올랐다.

안에는 기타나 베이스의 소리를 증폭하기 위한 대형 앰프와 보컬용 마이크, 그리고 깔끔하게 배치된 드럼 세트가 놓여 있었다.

"그 점장님은 우리 삼촌이야. 내가 드럼을 시작한 것도 그 사람의 영향이지. 예약이 없는 날에 가끔 드럼만 치게 해줘."

"아하…… 좋은 분 같더라."

"나쁜 사람은 아니야. 뭐 섬세함은 별로 없지만."

그럼 세트로 걸어가며 도모토가 점장에 대해 설명했다.

어릴 때부터 잘 따랐던 건지 이야기하는 얼굴이 무척 즐거워 보였다.

"그럼 먼저 앰프 쓰는 법부터. 유스케도 실제로 큰 걸 쓰는 건 처음이지? 조금 까다로울지도 모르지만 외우기만 하면 간단해."

거기서부터 도모토의 앰프 사용법 강좌가 시작되었다.

겉보기가 투박해서 잘 사용할 수 있을지 우려했는데, 자세히 순서를 들으니 그렇게까지 어렵지는 않은 것 같았다.

앰프의 전원을 켜기 전에 볼륨이 0인지 아닌지 확인한다거나, 두 개를 연결하기 위한 코드는 악기, 앰프 순으로 연결한다거나.

정말로 사소한 부분만 조심하면 망가트릴 일은 없을 것 같다.

"그리고…… 린타로가 궁금해하던 가방의 내용물은 바로 이거야."

그렇게 말하며 도모토는 가방의 지퍼를 열었다.

"이건 내 마이 스네어. 비치된 걸로도 문제없이 쓸 수 있지만, 역시 내 나름대로 튜닝한 스네어가 있으면 느낌이 달라지지."

"와…… 본격적이네."

"하하, 그냥 폼 잡고 싶은 것뿐이야."

도모토는 소중히 스네어를 안고 베이스 드럼 앞 의자에 앉았다.

그 태도에서 정말로 드럼이라는 악기를 좋아한다는 게 전해졌다.

기타나 베이스만 해도 어느 정도 계속 사용할 수 있는 성능을 고려하면 최소한이라도 몇만은 나간다.

그러니 스네어도 절대 저렴하지 않을 것이다.

사랑은 가격이 아니라고 하는 사람도 있지만, 나로서는 가격은 사랑을 나타내기 위해 빠르고 쉬운 지표다.

시간도 그렇고 체력도 그렇고, 유한한 것을 무언가에 소비한다는 건 사랑이 없으면 어려운 일이다.

그렇게 사랑을 쏟을 수 있다는 게 역시 좀 부러웠다.

"그럼 튜닝이 끝나면 우선 맞춰보자."

신이 난 모습으로 도모토가 자신의 스네어를 한 번 두드렸다.

실제로 나도 몸이 들뜨는 걸 느꼈다.

지금까지 혼자서 연습했던 성과가 셋이서 맞춰봄으로써 그제야 모양을 갖춘다.

기대되지 않을 리가 없다.

베이스 헤드에 달린 페그를 돌려 소리를 조율하는 튜너를 써서 어긋난 소리를 조정했다.

기타와 보컬을 담당하는 카키하라는 악기 튜닝 말고도 마이크도 조절해야 한다.

그게 끝나는 걸 기다린 뒤 우리는 서로를 쳐다보았다.

"좋아…… 카운트부터 간다?"

도모토가 스틱을 들고 탁탁 소리 냈다.

그리고 그 카운트에 맞춰서 우리는 연주를 시작했다.

드럼이 박자를 지켜주고, 베이스가 바닥에서 받쳐주고, 기타와 보컬이 당당히 메인 멜로디를 달린다.

──라는 것이 이상적이지만, 나는 아직 받쳐줄 수 있을 만한 실력은 없다.

평소에도 드럼을 좋아해서 연습하는 도모토는 그렇다 치고, 그렇게까지 오래 하진 않았다고 하나 경험자인 카키하라도 상당히 잘했다.

애초에 기타를 연주하면서 노래할 수 있다는 것 자체가 레벨이 다르다.

'……아니, 괜한 생각을 할 때가 아니지.'

감탄할 여유는 없다.

기술이 부족한 만큼 지금은 아무튼 박자 유지에 힘을 쏟아야 한다.

다소 실수하는 건 무시. 그리고 소리가 많아서 어렵다고 느끼는 부분은 연주에 크게 영향이 가지 않는 범위에서 생략.

필사적으로, 아무튼 필사적으로 손가락을 움직였다.

어느새 도모토가 내 박자에 맞춰주고 있는 걸 느낀다.

내가 이 첫 단체 연습에 버거워하고 있다는 걸 알아차린 모양이다.

드럼의 리듬이 조금 느려지자 자연스럽게 카키하라의 리듬도 차분하게 변해갔다.

확실히 원곡에 비해 박자는 느려졌지만, 오히려 세 사람 사이에서 뒤죽박죽 섞이지 않는 것에 놀랐다.

'좋겠다……. 열중할 게 있어서.'

살짝 여유가 생기자 나는 도모토에게 시선을 보냈다.

그러자 도모토는 그런 나에게 시선을 맞춰서 즐겁다는 듯 웃었다.

이 정도 실력이 쌓일 만큼 열중할 수 있는 취미가 있다는 건 어떤 기분일까.

도모토가 진심으로 부럽다.

……카키하라는 어떨까.

생각해 보면 내가 선을 그어서 그들이 나에 대해 잘 모르는 것과 마찬가지로 나도 그들에 대해 잘 모른다.

카키하라는 지금 즐겁게 연주하고 있을까.

우리에게 등을 보인 채 노래하는 녀석의 표정은, 지금은 아직 보이지 않았다.

연습을 시작하고 얼마 후…….

"장난하냐!"

도모토의 성난 목소리가 울려 퍼졌다.

연주가 멈추고 스튜디오 안에 불편한 분위기가 흘렀다.

분노의 대상인 **카키하라**는 평소의 밝은 모습을 잃어버린 표정으로 도모토를 돌아봤다.

"린타로도 처음 만져보는 악기인데 엄청 연습 열심히 연습해서 필사적으로 따라와 주고 있는데……! 왜 주역인 네가 적당히 연주하는 거야!"

"……윽."

————확실히.

가장 초보자가 간섭하면 안 된다고 생각했지만, 첫 연주 이후로 횟수를 거듭할수록 카키하라의 실수가 눈에 띄기 시작했다.

내가 박자를 따라잡을 수 있게 된 덕분에 더욱 그게 현저히 드러나고 말았다.

스튜디오에 들어오고 1시간 이상이 지났지만, 그 대부분은 제대로 연습하지 못했다고 말할 수 있을 것이다.

"우리는 네 고백을 성공시키려고 시간을 쓰는 거잖아! 네가 의욕이 없으면 우리는 어떡하라고!"

"————잖아."

"뭐?"

"이만큼 연습해도 결국 고백이 성공하지 못하면 의미 없잖아!"

이렇게 언성을 높인 카키하라를 나는 처음 봤다.

도모토도 카키하라가 이런 식으로 폭발할 줄은 몰랐던 건지 적잖은 동요가 보였다.

"……어차피 실패할 고백을 위해 너희의 시간을 쓰게 할 수는 없어. 귀찮아지면 그만둬도 괜찮아."

"너……."

"미안. 오늘은 이만 돌아갈게."

우리가 어안이 벙벙해진 사이에 카키하라는 기타를 정리하고 스튜디오에서 나가 버렸다.

그리고 그 등을 지켜본 도모토는 분하다는 듯 주먹을 쥐었다.

"……젠장, 여기까지 와서 겁먹다니."

아니, 분하다기보다는 괴로워 보인다.

"왠지 안색이 안 좋던데, 분명 어디 아팠던 거야."

"……그럴지도 모르지만."

어차피 이 분위기에선 연습은 불가능하다.

이렇게 말하는 건 좀 그렇지만, 나도 솔직히 오늘의 카키하라에게는 좋은 인상을 받지 못했다.

도모토도 딱히 실수 자체에 화낸 건 아닐 것이다.

문제는 그 의욕 없는 자세다.

이건 사람에 따라서 의견이 달라질지도 모르지만, 어떻게든 니카이도와 사귀고 싶다고 상담한 카키하라보다 우리가 더 의욕적인 건 좀 이상하다고 본다.

저 녀석이 이미 포기해버렸다면 우리가 협력할 이유는 없다.

"무슨 심정으로 한 말인지는 모르지만, 다음에 학교에서 만났을 때 물어보자. 푹 쉬고 나면 평소처럼 돌아올지도 모르잖아."

"……그래."

결국 우리는 이날 해산하고 집으로 돌아가게 되었다.

오늘은 불완전연소라고 해도 과언이 아니다.

저녁, 날이 저물기 시작한 시간대를 혼자 걸으면서 깊은 한숨을 쉬었다.

성인군자도 뭣도 아닌 나는 이 상황이 그저 귀찮았다.

레이를 비롯한 밀스타를 위해서나, 유키오를 위해 움직이는 것과는 사정이 다르다.

결국 한 번 만들어버린 벽을 무너트리는 건 어렵다는 소리다.

"후우……."

맨션으로 돌아와 내 집의 문을 열고 안으로 들어왔다.

그러자 내 신발 말고 여자 신발이 세 쌍 놓여 있다는 걸 알아차렸다.

아득한 기분으로 복도를 지나 거실로 들어가자 익숙한 녀석들의 모습이 보였다.

"어라, 어서 와."

"……일단 물어보는 건데, 여기 내 집이지?"

"뭘 이상한 소릴 하는 거야. 어딜 봐도 네 집이잖아?"

무슨 바보 같은 소릴 하냐는 시선으로 쳐다보는 카논, 레이, 미아.

전부 편안한 차림새로 어디선가 사 온 듯한 봉지 과자와 탄산음료를 즐기고 있었다.

"어서 와, 린타로. 너를 기다리고 있었어."

"미아. 나를?"

"자자, 일단은 앉아."

"……딱히 상관은 없지만, 먼저 손 씻기랑 가글은 하고 올게."

이 녀석들이 집에 있는 건 별로 상관없다.

나는 세면대에서 손을 씻고 가글한 뒤 거실로 돌아왔다.

"기다렸지. ……그래서, 무슨 용건이야?"

"린타로, 지난번 카논하고 내가 같이 있을 때 한 이야기 기억해?"

"아, 밴드가 어떻다는 이야기한 그거?"

카논이 기타, 미아가 드럼을 맡고 레이가 보컬을 한다는 걸로 기억한다.

"그 뒤에 미아에게서도 바로 오케이 받았거든."

"재미있어 보였는걸. 가끔 스튜디오를 빌려서 스트레스를 풀 겸 두드리긴 했지만, 누군가와 맞춰 본 적은 없으니까."

"……라고 해. 그걸 너한테도 말해놓고 싶어서."

이야기는 대충 이해했다.

도모토도 상당히 즐거워 보였으니, 역시 혼자서 하는 것과 밴드로 하는 건 즐거움의 종류가 크게 다를 테지.

물론 단순한 취미라고 한다면 그뿐이지만, 나도 세 사람도 평소 해야 할 일은 착실하게 해놓으니까 누가 뭐라고 할 이유는 없다.

"사정은 알겠는데, 그럼 라인 한 번 보내면 되는 거 아니야? 굳이 내 집에서 과자 파티를 할 건 없었잖아."

"그건 뭐…… 그 왜, 그거야."

"그거가 뭔데."

"그건 그거라고!"

그래, 딱히 이유는 없었던 모양이다.

일단 나는 레이의 스케줄을 파악하고 있으므로 오늘과 내일은 휴일이라는 것도 알고 있다.

즉 이 녀석들도 한가한 거다.

이런 식으로 노닥거리는 걸 보면 이 녀석들이 천하의 인기 아이돌이라는 게 전혀 믿어지지 않는다.

생긴 건 매우 훌륭하지만 태도의 문제다.

──아무튼, 굳이 따지라면 결벽증 성향이 있는 내가 집에 침입하는 걸 허락한다는 건 나 나름대로 이 녀석들을 지나치게 믿

는 듯한 느낌이 든다.

그게 문제라는 건 아니지만.

"린타로, 너 지금 연습하는 곡 있지? 모처럼이니까 그거 알려 줘. 익혀올게."

뭐야 그거 진짜 멋있잖아. ……라는 말이 튀어 나갈 뻔했지만 상대가 카논이기 때문에 자제했다.

이 녀석만큼은 우쭐거리게 만들 순 없다.

내가 말을 삼킨 뒤에 노래 제목을 말하자 카논과 미아는 고개를 주억거렸다.

"역시 처음 연습하는 곡이면 그거지. 구성도 무난하고, 특별히 어려운 파트도 없고."

"나도 완벽하지 않을지도 모르지만 거의 알아. 이거라면 **내일까지** 맞출 수 있겠어."

응? 내일?

"어…… 린타로, 내일 시간 있어?"

"그걸 처음에 물어봐야 하지 않냐? 레이."

"까먹었어."

천연덕스럽게 돌아온 레이의 대답에 무심코 한숨이 나왔다.

이 흐름에서 내가 일정이 있다면 어떻게 할 생각이었던 거냐.

아니면 쉽게 일정이 생기지 않을 만큼 한가한 녀석이라고 생각했다거나?

……정답이지만.

이번 달은 유즈키 선생님에게도 학교 일로 바쁠 테니까 안 와도 괜찮다는 말을 들었고, 유키오와도 매일 만나서 놀지는 않는다.

"하지만 밴드로 연습하기 위한 스튜디오는 예약 같은 걸 잡아야 하잖아? 괜찮아?"

"우릴 누구라고 생각하는 거야? 방금 막 매니저에게 연락해서 프라이빗 스튜디오에 드럼과 앰프를 넣어달라고 했어."

"아, 급이 다르구나."

들어보니 지난번에 내가 도시락을 가져다준 스튜디오가 프라이빗 스튜디오였다고 한다.

레이가 빌렸다고 해서 영락없이 매번 순서를 기다리며 대여하는 줄 알았는데 어디까지나 소유자가 사무소라는 의미였던 모양이다.

즉 그 장소는 '밀피유 스타즈'가 빌린 스튜디오이자, 그녀들 말고 다른 사람은 사용하지 않는다는 소리——.

"다른 아티스트들은 개인 스튜디오를 만들어서 쓰기도 하지만. 우리는 가지고 있어봤자 모임 장소로 쓰거나 놀려둘 뿐이니까 계속 대여할 수 있는 것만으로도 충분해."

카논의 부연 설명. 그렇겠죠.

"레이는 가사를 외워와. 알았지?"

"응. 알았어, 카논."

결국 착착 진행되고 말았지만 나도 이 기회는 고마운 일이었다.

오늘 스튜디오 연습에서는 만족스럽게 연습하지 못했으니 다른 사람과 맞추는 시간이 필요하다고 느끼던 참이었다.

상대가 카키하라나 도모토가 아니어도 다른 사람과 맞춰서 연주한다는 경험이 도움이 안 되진 않을 테지.

"그나저나…… 린타로 정도란 말이지. 우리와 함께 예능사무소에 오는 사람은."

"나는 아직도 너무 튀지 않을지 걱정이다."

"하하, 둘이서만 다니는 걸 누가 본다면 모를까 우리 셋과 단체로 돌아다니면 업계 관계자로 보일걸. 너는 당당하게 행동하면 돼."

당당히라.

연예인이 된 것도 아닌 내가 이 녀석들 옆에서 가슴을 펴고 걸을 수 있다고 생각하는 건가?

미리 말해두지만 도저히 무리다.

그런 내 성격을 이해하고 있기 때문인지 미아는 입가를 가리며 쿡쿡 웃었다.

"……저기, 어째 미아와 린타로의 거리가 가깝지 않아? 이름을 부를 때도 뭔가 느낌이 다르다고 해야 하나."

"응. 조금 더 떨어져."

카논과 레이가 우리를 보며 무언가를 투덜거렸다.

거리라는 말에 미아 쪽을 쳐다봤는데, 확실히 평소보다 나와 그녀 사이에 있는 공간이 좁아 보이는 것 같기도 하다.

하지만 이건 그냥 착각이겠지. 그 수준의 오차다.

"에이, 나와 린타로의 거리감은 예전부터 이랬는걸? 그렇지? 린타로."

그렇게 말하며 미아는 내 팔에 자신의 팔을 감았다.

끌어안기면서 위팔에 전해진 부드러운 감촉이 내 뇌를 휘저었다.

크윽, 왜 여자라는 생물은 이렇게 좋은 냄새가 나는 거지. 이쪽은 그럴 마음이 없는데 아찔하게 만들지 말라고.

"……미아, 린타로에게서 떨어져."

"으응? 왜? 이 정도는 평범한 스킨십 아닐까?"

왜 레이와 미아 사이에서 불꽃이 튀는 거냐.

아무튼 쓸데없는 싸움이 일어나도 곤란하니 나는 반대쪽 팔로 미아를 떼어내려고——.

"……떨어져."

——떼어내려고 했던 팔은 이번엔 레이에게 붙들렸다.

한쪽만으로도 뇌가 미쳐버릴 것 같은 부드러운 감촉이 좌우로 늘어났다.

이 감촉은 진짜로 위험하다. 진짜로 위험하다.

세상에는 중요한 건 두 번 말한다는 게 있다는 모양이다.

"아주 좋아서 인중이 길어졌네."

"안 길어졌어. 내 포커페이스를 얕보지 마라."

"그렇게 말한다는 건 역시 기뻐한단 소리잖아. 애초에 물리적으로 인중이 길어질 리도 없고."

그건 그래.

카논의 지적에 나는 무덤을 파버린 모양이었다.

참고로 나는 필사적으로 참고 있는 것 뿐이지 10대 후반 남자다운 성욕을 제대로 갖고 있다.

꾹꾹 참아서 어떻게든 마지막 선을 넘지 않으려고 노력하는 거다.

부탁이니까 그 선을 홀랑 넘어가게 만드는 짓은 하지 말아주라.

"하아……. 너희 둘, 그렇게 안이하게 남자에게 달라붙으면 안 된다고 몇 번이나 말했잖아? 냉큼 떨어져."

여기까지 오니 카논이 구원의 여신으로 보이는구나.

"미아가 떨어지면 나도 떨어질 거야."

"나도 레이가 떨어지면 떨어질게."

서로 양보하지 않고 노려보는 레이와 미아.

그 완강한 태도에 짜증이 치민 건지, 카논은 흉흉한 표정으로 두 사람의 머리에 꿀밤을 먹였다.

"작작 해! 사적인 장소에서 풀어지는 건 괜찮지만 선을 넘는 짓은 내가 용서 못 해!"

""윽…….""

두 사람이 꿀밤을 맞은 부분을 손으로 누르는 덕분에 내 팔이 간신히 해방되었다.

내가 카논에게 고맙다고 하려고 고개를 들자 어째서인지 그 타이밍을 노렸던 것처럼 꿀밤이 이마에 꽂혔다.

"으악?!"

"너도 마찬가지야. 떼어내려고 마음만 먹으면 억지로라도 뗄 수 있었잖아. 핑곗김에 즐겼던 벌이야."

"너, 너……."

"뭐야, 불만 있어?"

"……아니."

엄마 같다————.

그런 말을 하려다 나는 내 입장을 떠올렸다.

말문이 막히자 의아해하는 시선이 오는 바람에 나는 무심코 카논에게서 눈을 돌렸다.

"이상한 녀석. 자, 너희도 정신 차려!"

"카논의 꿀밤은 언제 맞아도 아프다니까……."

미아의 말로 보아 꿀밤 체벌은 처음이 아닌 모양이었다.

순식간에 얌전해진 걸 보니 어쩌면 몇 번이나 이런 일이 있었던 건지도 모른다.

확실히 폭주 성향이 있어 보이니 카논도 상당히 고생하고 있겠구나.

"……뭐, 노는 건 이 정도로 할까. 우선 내일은 사무소에서 집합하는 걸로?"

"괜찮겠네. 린타로도 장소는 알지?"

카논의 확인에 나는 고개를 끄덕였다.

몇 달 전 일을 그리 금방 잊어버리진 않는다.

"그럼 우리가 먼저 가고 나중에 린타로를 로비로 데리러 갈게. 악기 제대로 챙겨와. 알겠지?"

"알았어, 카논. ……응?"

간신히 이야기가 정리되었다고 생각한 그때, 별안간 어디선가 꼬르륵거리는 소리가 들렸다.

소리를 따라 나와 **미아**와 **카논**의 시선이 움직였다.

"———배고파."

뭐, 범인은 이 녀석일 거라고 예상은 했다.

대화하는 사이에 슬슬 저녁을 먹어도 괜찮은 시각이 되었다.

나도 본래의 역할을 다해야만 한다.

"밥 차릴게. 너희도 먹고 갈 거지?"

"괜찮아?"

"여기에 있는데 너와 미아만 돌아가라고 하는 것도 이상하잖아. 재료가 부족한 것도 아니니까 사양하지 말고 먹어."

"그래? 그럼 잘 먹을게."

나는 앞치마를 들고 부엌으로 향했다.

"맞아, 너희 먹고 싶은 거 있어?"

"나는 레이가 먹고 싶은 거면 돼."

"나도 카논과 같은 의견. 가장 배고픈 건 레이일 테니까."

역시 이 녀석들 사이가 참 좋다니까.

조금 전의 흐름도 일촉즉발인 것처럼 보이지만 사실은 그냥 장난친 거겠지.

————아마.

"그럼 레이가 먹고 싶은 걸로 맞추는데, 그래서 레이 넌 뭘 먹고 싶냐?"

"오므라이스."

"아, 그거라면 따로 준비가 필요 없어서 편하지."

닭다리살도 있고 양파도 남아있다.

여기에 당근과 피망도 섞으면 조금이나마 채소를 먹을 수도 있다.

"맞아. 린타로는 흐물흐물한 오므라이스 만들 수 있어?"

"흐물흐물?"

"응. 반숙 오므라이스."

거실에서 들린 목소리에 고개를 내밀자 레이가 이쪽으로 다가와 스마트폰 화면을 보여주었다.

거기에 떠 있는 건 치킨라이스를 달걀로 감싸는 고전적인 오므라이스가 아니라 밥 위에 살짝 익힌 달걀을 올리고, 그걸 갈라서 여는 타입의 오므라이스였다.

"이걸 먹고 싶은 거야?"

"아, 미안. 그런 게 아니야. 하지만 만들 수 있으면 먹어보고 싶어."

"못하는 건 아니지만 오늘은 무리야. 데미그라스 소스를 만드는 데 시간이 꽤 걸리거든."

"알았어. 그럼 다음에 부탁할게."

"오케이."

대화를 마친 뒤 나는 요리 작업으로 돌아갔다.

'데미그라스 소스…… 데미그라스 소스라.'

햄버그에도 쓸 수 있는 범용성이 넓은 소스니까 더 잘 만들 수 있게 되고 싶었던 건 사실이다.

문제는 본격적으로 만들려고 할수록 '레드와인'을 사야만 한다는 점이다.

미성년자가 사기에는 거부감이 있고, 팔아준다고 해도 그거대로 그 가게에 신뢰도가 떨어진다.

소문에 의하면 요리용 와인 같은 주류는 비싸다고 하고── 으으음.

"뭔가 이 대화 부럽지 않아?"

"응. 부럽네."

나와 레이의 대화를 듣고서 카논과 미아가 뭐라 대화를 나눴지만, 부엌 안쪽으로 들어박힌 나로서는 알 수가 없었다.

◇ ◆ ◇

어제와 마찬가지로 베이스를 멘 나는 카논이 말한 시간보다 조금 늦게 집에서 나왔다.

날씨는 쾌청. 기온은 높지만 역시 한여름이라고 할 정도는 아니다.

베이스의 무게 때문에 조금 느리게 걸으면서 밀스타의 사무소로 향했다.

전철을 타지 않고 갈 수 있는 거리이긴 하지만 도보로 다니기에는 조금 먼 절묘한 거리.

물론 사무소에 소속된 그 세 사람은 택시를 타고 오가지만 나는 그럴 수도 없다.

자전거를 쓰면 다소 편해질 거라고 생각했으나 실제로 시도해보자 베이스가 무거워서 나는 제대로 탈 수 없었다.

무리하면 갈 수 있지만 쓰러져서 베이스가 망가지는 것보다는 도보가 훨씬 낫다.

땀이 조금씩 맺히기 시작했을 무렵, 드디어 나는 몇 달 만에 판

타지스타 예능사무소에 도착했다.

엔트런스로 들어가 접수대로.

접수대엔 지난번에 봤던 그 직원이 서 있었는데, 나를 보고는 퍼뜩 반응했다.

"시도 님이십니까?"

"네? 아, 네."

"이야기는 들었습니다. 잠시 기다려주세요."

이번에는 미리 자세히 설명해준 모양이었다.

직원이 또 어딘가로 전화를 걸더니 잠시 후 익숙한 빨간 머리 여자가 연습복을 입고 엘리베이터에서 나타났다.

"여기야, 린타로. 시간 맞춰서 왔네."

"어. 접수처 분에게 미리 말해줘서 고맙다."

지난번에는 의심스러워하는 시선으로 쳐다봤으니 말이지.

"전에 레이가 데리러 갔을 때 배운 거야. 특히 이번은 완전히 사적인 용건이니까 한층 주변에 신경 써야지."

"정말로 그런 부분은 철저하구나."

"그래. 노래나 춤 실력이 아무리 뛰어나도 배려와 애교가 없으면 아이돌은 위에 가지 못해."

그리고 약간의 교활함도————.

그렇게 말하며 카논은 입술에 검지를 세우고 윙크를 날렸다.

본의 아니게 그 귀여움에 심장이 뛰는 바람에 나는 민망해져서 고개를 돌렸다.

"어라?! 혹시 이 카논을 보고 쑥스러워졌어?!"

"······고맙다, 카논. 그 태도를 보고 정신 차렸어."

"어째서! 왜 식는 거야!"

가만히 있으면 정말로 순수하게 귀여운데, 그걸 이 촐싹거리는 태도로 순식간에 무용지물로 만든다.

하지만 나에게는 그걸로 만족한다. 그게 더 낫다.

딱 한 번 와본 적 있는 길을 지나 나와 카논은 밀스타의 프라이빗 스튜디오의 두꺼운 문을 열었다.

안에는 카논과 마찬가지로 연습용 운동복을 입은 두 사람이 적당히 앉아 잡담하고 있었다.

"오, 왔구나."

"너희 세팅은 끝났어?"

"응. 나는 이미 끝났어. 레이의 마이크 설정도 다 했고."

미아가 가리키는 방향으로 시선을 돌리자 그곳에는 도모토가 안내해준 스튜디오에 있었던 것 같은 드럼과 커다란 앰프가 놓여 있었다.

중앙에는 마이크가 놓여 있는데 레이는 그곳으로 향했다.

"레이, 너 가사 다 외웠어?"

"하룻밤 있었으니까 충분해. 문제없음."

"좋아, 그럼 너도 준비해, 린타로!"

카논의 재촉에 나는 앰프로 걸어갔다.

어제 스튜디오에서 사용한 것과 그리 큰 차이는 없다.

도모토에게 배운 작동법을 충실하게 지키면서 베이스를 연결했다.

……그나저나.

"카논, 어째 평소보다 신난 거 아니냐?"

"그야 그렇지! 계속 이렇게 누군가와 맞춰서 연주해보고 싶었으니까!"

카논은 환한 미소를 지으며 자신의 기타를 쳤다.

도모토와 비슷한 말이 그녀의 입에서 튀어나왔기 때문인지 카논이라는 존재가 여느 때보다 더 친밀하게 느껴졌다.

『아, 아.』

스튜디오 안에 마이크를 통한 레이의 목소리가 울렸다.

평소에도 듣는 그녀의 목소리.

하지만 고작 기계 하나를 썼다고 그 목소리는 몇 달 전 그 라이브 분위기에 확 가까워졌다.

그 시간에 매료되었던 내 심장이 고작 그 정도의 일로 크게 뛰었다는 건 말할 필요도 없으리라.

『응, 언제든 할 수 있어.』

"……오케이. 너희도 준비됐어?"

카논의 물음에 나는 고개를 끄덕였고, 미아는 한 번 다이나믹하게 드럼을 두드려 언제든 시작할 수 있다는 걸 보여주었다.

"좋아, 그럼 미아! 카운트 부탁해!"

미아가 스틱을 두드려 곡의 시작을 카운트했다.

이 곡의 전주는 한 박자 빨리 보컬이 들어가고 그 뒤에 기타가 들어간다.

즉 시작 단계에서의 주역은 레이와 카논.

레이가 노래하고 카논이 연주한다.

카키하라는 둘 다 해야만 하는 기타 겸 보컬이라는 포지션이었기 때문에 위태로움 같은 게 있었지만, 역할을 분담한 두 사람에게서는 그게 없다.

그리고── 굉장히 잘한다.

'그야 그럴 테지만……..'

카논의 포지션은 현재 도모토와 마찬가지다.

오랫동안 취미로 악기를 연습했었기 때문에 이렇게 막힘없이 연주하는 게 당연하다고 할 수 있다.

그리고 레이는 노래의 프로.

원래 남성이 부르던 이 노래를 멋지게 소화하고 있다.

평소에는 어딘가 부드럽고 맑은 목소리인데, 어디서 이런 저음이 나오는 건지 너무 신기하다.

'아니, 감상할 때가 아니지.'

둘이서 소화하는 파트가 끝나면 1절이 시작된다.

여기서부터는 나와 미아도 연주에 참여한다.

한 번이라도 다른 사람과 맞춰서 연주한 경험이 살아있는 건지 어제보다 순탄하게 들어갈 수 있었다.

미아의 연주도 아마추어의 눈으로 봤을 때는 아주 뛰어났다.

도모토의 드럼에는 파워와 박력이 있었는데, 그녀의 드럼에서는 박자를 정확하게 쪼개는 정교함이 느껴졌다.

한 박 한 박이 무척 정성스럽다고 해야 하나. 아니, 아마추어가 무슨 소릴 하는 거냐 싶긴 하지만.

다만 음악에 익숙해진 귀가 없는 사람 나름대로 그렇게 느꼈다는 소리다.

'……재밌어.'

곡이 진행될수록 조금씩 가슴속에서 그런 감정이 치밀어 올랐다.

어떻게든 따라갈 수 있는 정도의 실력이 고작이어도 누군가와 함께 연주한다는 행위는 이렇게나 즐겁다.

즐거울, 터인데.

"……큭."

마지막 후렴이 가까워지는 걸 느끼며 나는 어금니를 깨물었다.

이 세 사람과 하는 협연이 즐겁기에 더욱 어제 두 사람과 한 연습이 속상했다.

그때도 더 즐겁게 할 수 있었을 텐데.

일이나 공부와는 다르게 우리가 이렇게 연주하는 건 단순한 취미다.

즐겁지 않은 취미에 의미는 없다.

마지막 후렴에 들어가는 것과 동시에 나는 지금까지 보다도 더 격렬하게 쳐보기로 했다.

어차피 연습이다. 오히려 이 정도로 격렬하게 칠 수 있게 다져 놓는 게 실전에서 당황하지 않을지도 모른다.

그저 열정적으로 치고 있었더니 카논이 씩 웃는 게 보였다.

──동시에 경쾌하게 연주하던 기타의 기세가 올라갔다.

내가 기세를 올렸기에 카논이 맞춰준 거라고 생각하니 그건 그거대로 기뻤다.

그리고 우리가 달아오르자 필연적으로 미아와 레이의 화력도 올라갔다.

최종적으로는 최고조에 도달한 채로 한 곡을 완주했다.

"제법이잖아, 린타로. 설마 처음부터 너한테 끌려가다니."

뭐, 실수도 잔뜩 했지만————.

그렇게 덧붙이며 카논은 또 놀리듯이 웃었다.

확실히 내가 그렇게 분위기를 올려놓고 그 탓에 여기저기에서 실수해버린 건 반성할 점이다.

솔직히 기세로 얼버무렸다고 해도 과언이 아니다.

하지만 덕분에 무언가를 털어낸 것 같은 느낌이었다.

"……고마워, 카논."

"어?! 뭐, 뭐야……. 너답지 않게."

솔직하게 인사한 것뿐인데 나답지 않다니 너무한 거 아니냐.

뭐, 이 녀석은 내 사정을 전부 아는 게 아니니까 어쩔 수 없다면 어쩔 수 없지.

"으음, 잘 모르겠지만 한 번 더 가자! 이번에는 조금 빠른 템포로! 린타로를 봐주려고 박자 좀 늦췄던 거 눈치챘거든! 미아!"

"어라, 들켰어?"

"당연하지. 그건 뭐 상관없지만, 의외로 린타로가 **할 줄 안다**는 걸 알았으니까 이제 괜찮지?"

"응. 다음은 원곡대로 갈게."

그렇게 이야기하는 게 들렸지만 위기감은 별로 없었다.

한 번 과감하게 연주해본 덕분에 지금은 평소보다 더 손가락이 잘 움직여지는 느낌이 든다.

'……좋아.'

내일 학교에서 카키하라와 대화해보자.

고백이 어떻다든가, 그런 이야기는 상관없다.

아무튼 카키하라가 우리와 함께 즐겁게 연주할 수 있도록 말을 나눠볼 것이다.

I don't want to work for the
of my life, but my classmate
popular idol get familiar wit

세 사람과 스튜디오에서 연습한 다음 날.

나는 카키하라, 도모토와 대화하기 위해 각오를 다지고 학교로 향했다.

하지만————.

"어? 안 왔다고?"

"그래. 연락도 없어서 좀 걱정이야."

교실에 카키하라의 모습이 없었기에 도모토에게 확인했는데, 알아낸 건 아무래도 오늘 결석인 것 같다는 것 정도였다.

니카이도도 노기도 딱히 이유는 듣지 못한 건지 도모토와 마찬가지로 어두운 표정을 짓고 있었다.

"유스케 괜찮을까? 걔네 부모님은 두 분 다 외국에 계시잖아? 어디 아픈 거라면 꽤 위험할 것 같은데……."

그러고 보면 나도 삼자면담날에 그런 이야기를 들었었다.

만약 아파서 쓰러졌을 경우 누구의 도움도 기대하지 못하는 상황일 가능성이 있다.

"……린타로, 방과 후에 좀 같이 가줄 수 있냐?"

"그래. 유스케를 보러 가는 거지?"

"어. 걔는 그렇게 약하지 않지만 만에 하나라는 게 있으니까……."

어쩌면 다른 사정이 있어서 결석한 것뿐일지도 모른다.

하지만 최근 카키하라의 상태는 어딘가 이상했다.

안색도 좀 나빴고, 정신적으로도 다운된 것 같았다.

그런 기반이 갖춰진 이상 역시 앓아누웠을 가능성이 커진다.

"니카이도, 오늘 준비 못 도울지도 모르는데 괜찮을까?"

"응. 다들 적극적으로 일해줘서 하루 정도는 여유가 있어. 반대로 카키하라를 맡겨서 미안해. 카키하라가 없는 이상 내가 지휘해야 하니까……."

문화제 실행위원인 카키하라가 없으면 필연적으로 그 보좌인 니카이도가 아이들을 지휘하게 된다.

착실하게 준비하지 않으면 안 되는 이상 그녀까지 빠지는 건 곤란하다.

"나도 오늘은 아즈링을 도울게. 어디 아픈 거라면 너무 여럿이서 가는 것도 안 좋을 테고, 학교에 남으면 나도 할 수 있는 일이 있으니까."

"그래, 좋은 생각이야. 그럼 나와 린타로는 한 번 약국에 들렀다가 유스케 집에 가는 걸로. 괜찮지?"

도모토의 물음에 나는 고개를 끄덕였다.

스포츠 드링크와 약. 일단 그런 걸 사서 가져다주는 정도라면 헛수고는 되지 않을 것이다.

어느 정도 정리되자 1교시 수업을 알리는 종소리가 울렸다.

우리는 각자 짧게 인사를 나눈 뒤 자리로 돌아갔다.

수업이 시작되고 혼자 생각할 수 있게 되자 내 안에 뭐라 말할수 없는 불안이 치솟았다.

'이대로…… 문화제 당일에도 못 오는 건 아니겠지……?'

나는 왼손을 펼쳐서 손가락 끝에 시선을 주었다.

약 한 달 정도이긴 하지만 매일 베이스를 연습한 증거라고도 할 수 있는 굳은살이 박혀 있었다.

첫날에 생긴 물집은 다음 날에 터져서 몇 번 피가 난 적도 있다.

여기에는 짧긴 해도 계속 쌓아 올린 내 시간이 담겨 있다.

아무래도 나는 이 시간이 헛수고가 되는 게 두려운 모양이었다.

항상 같이 문화제 준비를 했던 유키오에게 자세한 사정을 설명한 뒤 나는 도모토와 함께 교사를 나섰다.

도모토의 안내를 받아 전철을 타고 다섯 정거장 뒤에 내렸다.

학교와 가까운 역답게 몇 번 내려서 걸어 다닌 적이 있는 동네였다.

하지만 익숙하다고는 할 수 없는 수준의 기억이고 당연히 카키하라의 집도 모르기 때문에 오로지 도모토에게 의지할 수밖에 없다.

"……여기야. 여전히 크구나."

"어, 와……."

주택가를 도보로 약 5분.

도모토가 가리킨 장소에는 3층짜리 저택이 서 있었다.

주변의 단독주택과 비교하면 훨씬 크다.

부모님이 모두 해외에서 일한다는 건 폼이 아닌 모양이다.

우리 어깨만큼 올라오는 울타리에 달린 격자를 열고 현관 앞에 섰다.

도모토가 문 옆에 설치된 인터폰을 누르자 집 안에서 차임이 울리는 소리가 들렸다.

하지만 잠시 기다려도 아무도 나오지 않는다.

"……없는 건가?"

"아픈 거라면 자고 있을 가능성이 크다고 보는데."

"하아……. 그럼 어쩔 수 없지."

도모토는 가방에서 열쇠를 꺼내더니 열쇠구멍에 넣고 돌렸다.

철컥 소리가 나면서 현관문이 바로 열렸다.

"난 유스케의 엄마와도 아는 사이거든. 그 사람들도 유스케를 신뢰하지만 만에 하나라도 혼자 집에서 쓰러지기라도 했다간 큰일이라며 나한테 열쇠를 맡겼어. 아마 이럴 때 쓰라는 거겠지."

문을 열고 도모토와 함께 집 안으로 들어갔다.

이런 저택에서 남자 혼자 살고 있다고 듣고 다소는 어지러울 거라고 생각했는데, 그런 예상을 뒤엎을 정도로는 깔끔했다.

도모토가 말하길 일주일에 한 번 가정부 같은 사람이 와서 청소만 해주고 간다는 모양이다.

"여기가 유스케의 방이야."

계단을 올라가 2층 복도 끝으로 가자 눈앞에 있는 문을 가리키며 도모토가 말했다.

참고로 현관에 카키하라의 신발이 있는 건 확인했으니 이 집에 있다는 건 알고 있다.

"어이, 유스케! 있냐?"

도모토가 방에 대고 조금 큰 목소리로 말을 걸자 안에서 사람이 꾸물꾸물 움직이는 기척이 났다.

"으…… 류지?"

"어. 들어가도 돼?"

"어…… 그래."

방 안에서 들린 목소리는 확실히 카키하라였지만 평소의 기운이 전혀 안 보인다.

이건 명백하게 어디 아픈 거다.

"그럼 들어간다."

방에 들어가자 침대와 공부 책상, 그리고 TV와 컴퓨터가 놓인 책상이 보였다.

전체적으로 잘 정돈되어서 남자 고등학생답진 않았다.

"린타로도 왔구나……. 미안해, 연락 못 해서."

"아니, 어쩔 수 없지. 그…… 몸은 괜찮아?"

"일단 아침에 택시 타고 병원 다녀왔으니까 그렇게까지 심각한 상태는 아니야. 구체적인 병 같은 게 아니라 순수하게 피로가 쌓여서 그런 것 같다고 하더라고."

피로라.

전에 내가 염려했던 게 현실이 되어버린 모양이다.

"이만큼 바쁘면 아플 만도 하지."

도모토는 공부 책상 위에 있던 프린트를 바라보며 그렇게 중얼거렸다.

그 프린트에는 반 예산과 스케줄에 관련된 내용이 빼곡하게 적혀있었다.

 "아…… 선배들 쪽에서 조금 더 예산을 줄일 수 없냐고 해서 절약할 수 있는 부분이 없는지 계속 고민했어. 특히 의상이 비싸질 것 같으니까 그걸 업자와 전화해서 교섭하기도 하고……. 하하, 더 잘 할 수 있었다면 좋았을 텐데."

 카키하라는 어딘가 미안하다는 표정을 지으며 그렇게 말했다.

 반면 도모토는 벌레 씹은 듯한 얼굴이 되더니 주먹을 꽉 쥐고 머리를 숙였다.

 "유스케……. 그때 화내서 미안해. 나는 네가 엄청 고생하고 있다는 걸 깜빡 잊어버렸던 것 같아."

 성의가 담긴 사과를 받은 카키하라가 쑥스러운 듯 뺨을 긁적였다.

 "나도…… 미안해. 아무리 피곤하다고 해도 도와주는 류지와 린타로에게 전부 맡기는 태도를 보이면 안 되는 건데."

 하지만————.

 그렇게 말을 끊은 카키하라가 속상한 듯 표정을 일그러트렸다.

 "역시 불안해. 이렇게까지 도와줬는데 만약 고백에 실패하면 너무 면목이 없어서—— 아니, 더 솔직하게 말하자면 그래 놓고 차이면 너무 한심하잖아? 나는 아마 그게 더 무서운 것 같아."

 자신의 그 말을 얼버무리듯 웃는 카키하라는 내가 생각하는 퍼팩트맨 인싸가 아니라, 그저 수줍음을 타는 소년으로만 보였다.

 "……그럼 고백은 포기하면 되지 않을까."

 "어?"

 그런 카키하라를 보고 내 입에서 자연스럽게 그런 말이 흘러나왔다.

두 사람이 놀란 얼굴로 나를 보았다.

"굳이 고백한다고 기합을 넣으니까 압박감에 괴로워하는 거야. 무대에 선 뒤에 고백할지 말지 정해도 늦진 않잖아?"

카키하라가 니카이도에게 고백하려고 한다는 건 우리 말고는 아무도 알 수 없다.

고백하는 게 무섭다면 안 하면 된다.

용기를 내서 두려움을 떨쳐냈다면 과감하게 저지르면 된다.

그걸 선택하는 건 카키하라의 자유다.

애초에 고백 같은 건 **꼭 해야만 하는** 게 아니니까.

"······확실히 그럴지도 모르네. 애초에 고백이나 그런 건 의무감에서 하는 게 아니잖아."

도모토의 동의를 얻자 카키하라를 보았다.

그러자 그는 어깨에서 짐을 내려놓은 것처럼 후련한 표정을 짓고 있었다.

"그래······. 그렇, 지. 확실히 이상한 의무감 같은 게 있었던 건지도 몰라. 그 때문에 정말로 아즈사를 좋아하는 건지 알 수 없게 된 건지도."

사람이 의무감에 짓눌려서 본래의 목적을 잃어버리는 건 흔한 이야기다.

카키하라가 니카이도를 좋아하는 마음에 거짓은 없다. 하지만 그 감정이 흐릿해져 버릴 만큼 바쁜 일정과 압박감이 그에게서 즐긴다는 여유를 빼앗아버렸다.

그리고 여기서부터는 내 진심을 부딪칠 때다.

"나는…… 악기로 다른 사람과 맞춰보는 게 굉장히 즐거운 일이라는 걸 간신히 깨달았어. 이대로 셋이서 제대로 무대에 서고 싶어."

그러니까━━━━.

"그만둬도 괜찮다는 말은 하지 말아줘."

"……!"

이건 내 진심이자 이기심이다.

두 사람에게 처음으로 진심을 말하는 건 나에겐 상당한 용기가 필요했다.

용기를 내는 계기가 된 건 역시 어제 밀스타 세 사람과 한 연습이다.

그 시간이 무척 즐거웠으니까, 나는 이 두 사람과도 같은 시간을 보내도 싶다.

"그냥 무대를 즐긴다는 것만으로는 안 될까? 고백은…… 일단 잊고."

"……린타로."

"여기까지 열심히 했으니까 앞으로는 신나게 즐겨도 혼낼 사람은 없다고 봐."

"━━━━그래, 그럴지도 모르겠어."

이로써 조금이라도 마음이 편해지길 바랐는데, 눈앞의 미소를 보는 한 큰 효과가 있었던 모양이다.

마음속으로 함께 연주하자고 권해준 카논에게 감사를 바쳤다.

다음에 그 녀석이 집에 오면 애플파이라도 만들어줘야지.

◇ ◆ ◇

"저기! 카키하라 있어?!"

문화제를 준비하는 우리 반 교실에 갑자기 3학년 여자 선배가 나타났다.

선배는 카키하라를 찾는 건지 교실 안을 두리번거렸다.

"아! 니카이도! 카키하라 어딨는지 몰라?"

"앗⋯⋯. 카키하라라면 오늘은 몸이 안 좋아서 결석했어요."

아까 도모토에게서 연락이 와서 아팠다는 사실은 이미 알고 있다.

그대로 전달하자 선배는 세계 멸망을 눈앞에 둔 것 같은 표정을 지었다.

"아⋯⋯, 어쩌지⋯⋯."

"저기, 무슨 일이세요?"

난처한 듯 머리를 긁적인 선배가 어딘가 민망한 듯 입을 열었다.

"아니, 그게⋯⋯ 예산 이야기를 좀 했었거든. 카키하라가 그런 방면으로 조율하거나 계산하는 걸 하도 잘해서 다들 걔한테 의지했는데."

아, 그렇구나.

이 선배는 자기들이 카키하라에게 너무 의지하는 바람에 카키하라가 앓아누웠다고 생각하는 모양이었다.

그런 거라면 면목 없어 하는 태도도 이해가 갔다.

"……뭐, 아무리 잘한다고 해도 후배에게 의존하면 안 되지. 수험 핑계 대지 말고 우리끼리 조금 더 해볼게."

그렇게 말한 뒤 선배는 교실을 떠났다.

전부터 대단한 사람이라고는 생각했지만, 선배들마저 의지하는 걸 보면 역시 카키하라가 평범한 사람이 아니라는 걸 느꼈다.

그리고 내 친구가 주변 사람에게 칭찬받는 건 나도 조금 자랑스럽다.

"아즈링! 잠깐 와 봐!"

"어……? 무슨 일이야?"

갑작스러운 호노카의 부름에 나는 교실 구석으로 이동했다.

거기에는 난처해하는 반 아이들이 있었는데, 두 사람은 내 얼굴을 보고 조금 안도한 표정을 지었다.

"얘들은 장보기 담당인데, 당일에 사야 하는 물건이랑 예산이 조금 안 맞는대. 예산을 늘리거나 재료비를 줄여야 한다는데 어떻게 해야 하냐고……."

"예, 예산이 안 맞는다고?"

난감하다.

나는 예산 쪽엔 전혀 관여하지 않아서 어떻게 해야 하는지 알 수 없다.

돈이라는 중요한 부분이긴 하지만 그렇기에 적당하게 지시할 수 없으니 무언가 좋은 해결 방법을 찾고 싶은데————.

"……미안해, 나는 그쪽은 잘 몰라. 카키하라가 돌아오면 물어볼 테니까 그때까지 기다려줄 수 있어?"

"으, 응. 미안해, 마음이 급해져서."

내가 할 수 있는 일은 문제를 나중으로 미루는 것 정도였다.

반에서 사용하는 예산은 선생님에게 보고해야만 하니까 솔직히 그리 느긋하게 잡을 수는 없다.

카키하라가 돌아오길 기다릴 수밖에 없다는 게 뭐라 말할 수 없이 속이 갑갑했다.

"니카이도! 광고용 간판 재료 어디 있어?"

그렇게 장보기 팀과 헤어진 나에게 이마에 땀이 맺힌 채 숨을 헐떡이는 남학생이 달려왔다.

"어?! 아, 응……. 그거라면 다목적실에서 보관하고 있을 거야."

"그렇구나! 땡큐!"

서두르는 듯한 모습인 남자애는 그렇게 말한 뒤 복도를 달려갔다.

복도에선 뛰지 말라는 잔소리는 이미 늦은 채 그 등은 순식간에 보이지 않게 되었다.

"니카이도! 페인트 다 떨어졌는데 어디서 받으면 돼?"

"어…… 그거라면 체육창고에 있을 거야."

"고마워!"

페인트 위치를 물어본 여자애가 달려가자 이번에는 담임인 하루카와 선생님이 교실을 살펴보러 왔다.

"카키하── 아, 맞다. 오늘 안 왔지. 그럼 니카이도! 잠깐 와줄래?"

"앗, 네! 무슨 일이세요?"

"문화제 실행위원 회의가 있으니까 출석해줘. 우선 이야기를 듣기만 해도 되니까."

메모만 하고 와도 된다는 말에 나는 선생님을 따라 회의실로 향했다.

교실에 들어가자 그곳에는 이미 거의 모든 반이 모여있었다.

사람들의 시선이 나에게 모였다.

"어라? 하루카와 선생님. 카키하라 오늘 안 왔어요?"

"어? 응, 그런데…… 뭐 문제 있어?"

"아니, 그게……. 매번 카키하라가 지휘해주고 있어서 오늘 어쩌나 하고."

여자 선배가 미안하다는 듯 뺨을 긁었다.

여태까지 나는 계속 놀라고만 있다.

어디에 가도 카키하라의 이름이 들리고, 다들 카키하라를 의지한다.

가까운 곳에 있던 그가 어느새 학교 여기저기에서 의지하는 사람이 되었다.

그게 역시 자랑스럽고, 동시에── 죄책감이 밀려왔다.

'이만한 기대를 짊어질 수 있을 만큼 강한 사람이 아니라는 걸…… 나는 알고 있었는데.'

도모토는 카키하라가 피로가 쌓여서 아픈 거라고 말했다.

그렇게 몸을 혹사할 만큼 카키하라는 바쁘게 돌아다녔다는 소리다.

그동안 카키하라는 한 번도 나를 의지해주지 않았다.

──아니, 이건 변명이다.

내가 카키하라의 한계를 알아차리지 못한 게 잘못이다.

"어디 아픈 건가? 하지만 요전까지는 건강해 보였는데…….."

"아니, 하지만 되게 바빠 보였으니까 뻗는 것도 당연하지 않을까?"

"아…… 그랬지. 좀 미안하네."

선배들이 카키하라에게 미안해하고 있다.

문득 생각했다.

어째서 나는 카키하라가 몸이 나빠질 정도로 노력했던 걸 몰랐을까.

그를 보지 않았던 건 아니다.

적어도 여기 있는 사람들보다는 내가 더 같이 있는 시간이 길었다.

──예를 들어.

만약 카키하라 본인이 그렇게 되기 전에 눈치채지 못하도록 행동했던 거라면…….

『유스케를 잘 지켜봐 줘.』

머릿속으로 시도의 말을 곱씹었다.

처음 들었을 때는 무슨 뜻인지 잘 이해할 수 없었지만, 지금은 조금 알았다.

내가 이 눈으로 봐야 하는 사람은 시도가 아니다.

시도는 혼자서도 뭐든 할 수 있다.

어딘가 어른스러운 분위기를 지녔고, 신기하게도 의지하고 싶어지는 그 모습을 나는 동경했다.

마음이 끌린 것도 사실이지만, 그 이상으로 **시도같은 사람이 되고 싶다**고 생각했다.

그래서 옆에 있고 싶었다.

옆에 있으면 나도 시도처럼 어른에 가까워질 거라고 생각했으니까――.

"……윽."

깨달아버렸기에 죄책감으로 가슴이 조여들었다.

나는 내 성장을 위해 시도를 이용하려고 했다.

돌이킬 수 없는 사태가 되기 전에 알아차려서 다행이다.

……아니, 알아차리게 해줘서 다행이다.

마지막까지 역시 시도는 대단한 사람이다.

안개가 걷힌 것처럼 개운해진 머릿속에 평소 카키하라의 얼굴이 떠올랐다.

1학년 초, 학원 갔다가 돌아오는 길에 내가 무서운 사람에게 붙잡히면 그가 반드시 도와주었다.

하지만 그 모습을 봐도 나는 카키하라를 왕자님이라고 생각하지 않았다.

그렇게 부르기에는 항상 너무 필사적이었으니까.

맞서기 위해 두려움을 누르고, 그에 따라 맺히는 눈물을 참고.

카키하라는 완벽한 왕자님 같은 게 아니라, 언제나 전력을 다하는 다정한 **히어로**였다.

그런 카키하라의 버팀목이 되고 싶었기에 나는 어른을, 강한 사람을 동경했다.

어느새 울보같은 면도 고치고, 사람들이 의지하는 존재가 되어 버린 카키하라였지만 나는 알고 있었다.

카키하라 유스케라는 소년은 내 앞에선 언제나 멋있는 사람이고자 한다는 걸.

그대로 무리해서 지금도 몸이 상했으리라는 걸.

그리고, 내 앞에서 멋있는 사람이고자 하려는 의미를.

"……선생님, 죄송해요. 급한 용건이 생각했어요."

"어? 왜 그래?"

"죄송합니다! 가야만 하는 곳이 있어요!"

"어? 어?! 니카이도?!"

당황하는 하루카와 선생님의 목소리를 뒤로 복도를 평소보다 큰 보폭으로 걸어갔다.

친구가 부르는 것도 무시하고 교문을 빠져나와 달렸다.

무언가를 전하고 싶은 건 아니다. 무언가 말하고 싶은 것도 아니다.

다만 지금은── 아무튼 그를 만나고 싶었다.

"───어라, 벌써 시간이 꽤 늦었네."

도모토의 말에 스마트폰을 확인해보자 벌써 저녁 먹을 시간이라고 불러도 지장이 없는 시각이었다.

지금부터 학교에 돌아간다고 해도 하교 시간이 될 것이다.

"미안하다, 아직 몸도 회복되지 않았는데 길게 대화해서."

"괜찮아. 나도 두 사람 덕분에 기분이 편해졌으니까 오히려 들어줘서 고마워."

카키하라는 그렇게 말해주었지만 그래도 2시간 정도 이 방에서 머무르며 대화한 것은 면목이 없었다.

병은 마음에서 온다고 할 정도이니 멘탈 회복에 한몫했다면 다행이지만, 체력 측면에서는 그런 말을 할 수도 없을 것이다.

"만약을 위해 내일도 쉬고 그다음 날부터는 제대로 출석할 테니까."

"응, 기다릴게."

"……고마워. 그리고…… 그."

무언가 말하기 껄끄러운 듯한 카키하라였지만, 결심한 듯 고개를 한 번 끄덕인 뒤 입을 열었다.

"내가 돌아가면 또 같이 스튜디오에서 연습…… 해주지 않을래?"

그 질문에 나와 도모토는 서로를 쳐다보았다.

원래 그럴 생각이었던 우리에게는 새삼 진지하게 말하는 게 조금 우스웠다.

웃음이 나오려는 표정 근육을 억지로 엄숙하게 유지하며 카키하라를 바라보았다.

"예약은 잡아놨는데, 다음에 또 그런 얼빠진 연주를 했다간 가만 안 둔다?"

"나는 아직 초보자지만 그때만큼은 류지와 함께 화낼 거야. 가만 안 둘 거라고."

우리가 일부러 놀리듯이 위협하자 카키하라는 미안하다는 듯, 하지만 어딘가 즐겁다는 듯 머리를 긁적였다.

"좋아, 이렇게 일단락도 됐고! 후야제 무대에서 화려하게 불사르자! 가장 즐기는 놈은 우리다! 라는 마음가짐으로!"

"가장 즐기는 건 우리라⋯⋯. 그래. 즐기는 자는 이길 수 없다잖아."

"그래! 좋아⋯⋯ 화이팅이다!"

도모토와 카키하라는 불타오르는 기세 그대로 천장을 향해 두 주먹을 번쩍 들었다.

'⋯⋯이게 진짜 청춘이란 건가?'

그렇다면 좋겠다.

이 녀석들과 갔던 수영장에서 겪은 그 씁쓸함과는 다른 상쾌한 기분.

이런 분위기라면 전혀 불쾌하지 않다.

그런 생각을 하며 나도 주먹을 치켜들었다.

민망함이 더 커서 두 사람보다는 조심스러웠지만.

"그럼 우리는 이만 돌아━━━━."

그때 도모토의 말을 가로막듯 카키하라의 집 초인종이 울렸다.

아무래도 누가 온 모양이다.

"어? 손님?"

"으음, 아는 사람이 올 예정은 없었는데⋯⋯. 딱히 인터넷으로 뭘 산 것도 없고……."

아무튼 일단 누가 왔는지는 확인하는 게 좋겠지.

나는 자리에서 일어나 방문으로 걸어갔다.

"어차피 돌아가려던 참이니까 나와 류지가 확인하고 올까? 방문판매 같은 거라면 돌려보내야 하잖아."

차마 몸 상태가 안 좋은 녀석에게 시킬 수는 없다.

"그래, 고마워. 부탁해도 될까?"

"그럼, 맡기라고."

겸사겸사 돌아가게 될 거라고 판단한 우리는 돌아갈 준비를 마치고 방에서 나왔다.

복도를 지나 인터폰에 달린 카메라 영상을 확인하러 가자 그곳에는 예상치 못한 인물이 있었다.

"……헉?"

도모토도 놀랐지만 나도 눈을 부릅뜰 정도로 놀랐다.

그곳에 있는 건 카키하라의 짝사랑 상대, 니카이도 아즈사.

흐트러진 머리카락과 어깨를 헐떡이는 모습을 보아 상당히 서둘러 온 모양이었다.

"돌려보낼 수 없게 되었네……."

"……그러게."

둘이서 현관으로 가 문을 열었다.

문 너머에 있던 니카이도는 나와 도모토를 보고 당황한 표정을 지었다.

"아…… 둘 다 아직 남아있었구나."

"어, 어어. 무슨 일이야? 아즈사. 너도 유스케 병문안하러 왔어?"

"……응. 나도 카키하라를 위해 무언가 할 수 없을까 해서."

니카이도는 희미하게 뺨을 붉히며 그렇게 대답했다.

저 붉어진 뺨은 달렸기 때문인 건지, 아니면————.

"그렇구나. 그럼 나와 린타로는 이대로 나가는 게 낫겠다."

"응. 그래."

도모토와 서로를 쳐다본 뒤 니카이도 옆을 지나갔다.

그녀의 심경에 변화가 찾아왔다면 그건 우리에게도 좋은 일.

후야제 때 고백에 희망이 보이기 시작했다고 해도 과언이 아닐 것이다.

"……시도!"

"응?"

떠나기 직전, 니카이도가 불러서 나는 뒤를 돌아보았다.

"그때 거절해줘서…… 카키하라를 맡겨줘서 고마워! 내가 정말로 봐야만 하는 걸 드디어 깨달았어."

"……천만에."

무슨 계기로 심경에 변화가 왔는지 궁금했는데 그런 거였나.

그때 내가 확실하게 거절한 게 좋게 작용한 모양이다.

'처음부터 그렇게 할 걸 그랬어…….'

후회해도 이미 늦었다.

결국 사태를 어렵게 만든 건 우리가 각자 지니고 있던 공포심 때문이었다.

상처 받는 공포, 상처 주는 공포.

둘 다 두렵다는 건 다들 알고 있다.

하지만 그곳에서 한 걸음 내디딘다면 세상은 이렇게나 원활하게 돌아간다.

"린타로, 고마워. 여기까지 같이 와줘서."

"갑자기 왜 그래?"

"네가 우리와 어울리게 된 덕분에 전부 다 좋은 방향으로 갈 것 같거든."

도모토는 기쁘다는 듯 웃으면서 그렇게 말했다.

그게 왠지 나에게도 기뻐서.

나는 내가 생각하는 것보다 더 그들을 가까운 존재로 인식하고 있었던 건지도 모르겠다.

"그럼 내일 보자. 너도 연습 농땡이피지 마라?"

"알아. 다 함께 즐길 수 있도록 열심히 할게."

"그래. 화이팅하자."

걸어서 돌아갈 수 있는 도모토와는 역으로 가는 갈림길에서 해어졌다.

역에 도착한 나는 전철을 타고 자택 맨션에서 가장 가까운 역에 내렸다.

혼자 집으로 걸어가며 나는 가슴속 깊은 곳에서 샘솟는 만족감에 잠겨 있었다.

"응......?"

그런 내 옆으로 불현듯 검은색의 고급차가 나란히 달렸다.

내가 발을 멈추자 차도 완전히 멈추더니 조수석의 창문이 내려갔다.

"──기분이 좋아 보이십니다, **린타로 님**."

얼굴을 내민 사람은 20대 후반의 은발 여성.

어딘가 레이와 비슷한 분위기가 느껴지는 건 그녀에게 외국인의 피가 흐르기 때문인가.

"……소피아 씨."

"기억하고 계셨습니까. 영광입니다."

그녀는 사무적으로 담담하게 대답했다.

소피아 코르닐로프. 어떤 회사에 근무하는 이 여성의 이름이다.

얼굴만은 어떻게든 평정을 가장하는 나였지만 사실 마음속은 심하게 혼란스러웠다.

"대학을 졸업할 때까지 당신들과는 접촉하지 않는다고 약속했을 텐데."

"알고 있습니다. 다만 조금 긴급 사태가 일어났습니다."

소피아 씨는 품에서 봉투를 하나 꺼내더니 그걸 나에게 내밀었다.

"당신 **아버님**의 편지입니다. 내용을 확인해주십시오."

"……필요 없다고 한다면?"

"그때는 린타로 님의 집 우편함에 넣겠습니다. 확인해주실 때까지 몇 번이든."

나는 깊디깊은 한숨을 쉬고 편지를 받았다.

모처럼 좋은 기분으로 귀가하는 중이었는데 전부 엉망이 되었다.

받은 편지를 거칠게 바지 주머니에 쑤셔 넣고 그녀에게 곁눈질을 보냈다.

"……아버지에게 전해줘. 약속을 지키지 못하는 인간이 사장 노릇 하지 말라고."

"알겠습니다."

차창이 닫히고 내 옆에서 떠나갔다.

개운했던 내 마음은 어느새 먹구름이 잔뜩 껴서 어깨가 지독하게 무거워진 기분이었다.

'정신 똑바로 차려야지…….'

주머니에 넣은 편지를 힘껏 움켜쥐며 다시 집으로 걸어갔다.

모처럼 카키하라가 회복했다.

여기서 내가 휘청거릴 수는 없다.

"의상 도착했어!"

문화제 전날, 방과 후.

교실 안에 남은 우리에게 박스를 안은 여자애들이 달려왔다.

그 뒤에서 한층 더 큰 박스를 안은 카키하라가 나타나더니 그걸 우리 앞에 내려놨다.

"예산 문제로 대여하는 양을 최대한 줄이기 위해 사이즈가 조금 안 맞는 사람도 있을지도 모르지만…… 우선 날짜별로 돌려 입는 느낌으로 부탁해."

홀을 담당하는 인간은 기본적으로 남자 셋, 여자 셋이라는 구성으로 2시간마다 로테이션.

그리고 주방을 담당하는 인간도 같은 인원수로 돌리기 때문에 전원이 아무리 짧아도 홀과 주방을 2시간씩은 담당하는 시스템이다.

참고로 처음엔 시간표를 유키오와 맞출 생각이었으나 그 녀석이 같이 문화제를 돌자는 여자애의 요청을 받아들였기 때문에 없었던 게 되었다.

더 말하자면 상대방 여자애는 조리 실습 때 유키오를 끌어들였던 미야모토다.

순조롭게 청춘을 즐기는 모양이라 다행이다.

──라고 내가 유키오에게 말하자 그 녀석은 어째서인지 부루

퉁한 얼굴로 불만을 드러냈다.

상당히 오래 알고 지낸 사이지만 아직 유키오에 대해 이해하지 못하는 부분이 많다.

"이미 내부 준비는 끝났으니까 오늘은 의상 맞춰볼 수 있는 사람은 맞춰보고, 나머지는 편히 쉬어줘. 우선은! 내일부터 이틀 동안 힘내자!"

"""오오!"""

키카하라의 고무에 맞춰 반 아이들이 기합이 들어간 목소리로 대답했다.

"아, 카키하라. 내일 문제가 생겼을 때를 대비해 확인해두고 싶은 부분이 있는데…… 시간 괜찮아?"

"응? 아, 괜찮아. 뭐부터 이야기할까?"

"그럼…….."

막상 해산이라는 분위기가 되자 카키하라에게 다가가는 니카이도의 모습이 눈에 들어왔다.

카키하라가 복귀한 뒤로 지금까지 무서울 정도로 순탄하게 준비가 진행되었다.

이것도 니카이도가 전보다 더 헌신적으로 카키하라를 보좌해주었기 때문이겠지.

그날 카키하라의 집을 방문한 니카이도가 실제로 둘이서 무슨 이야기를 했는지는 모른다. 하지만 두 사람의 관계가 진전한 건 틀림없는 모양이다.

있어야 할 게 있어야 할 장소로 갔다고 해야 하나 뭐라고 해야 하나.

아무튼 내 위를 괴롭히던 원인이 하나 사라졌다고 생각해도 되겠지.

이대로라면 카키하라의 고백도 잘 될…… 지도 모른다.

"린타로, 우리도 돌아가자."

"어. 지금 간다."

학생 가방을 어깨에 걸치고 유키오를 따라 교실을 나섰다.

그때 마침 문 옆에서 대화하고 있는 두 여학생의 이야기가 들렸다.

"오토사키의 메이드복은 어떤 느낌일까?"

"정말 기대돼! 심지어 바로 옆에서 볼 수 있다니 같은 반이라서 운이 좋았다는 느낌!"

————뭐, 궁금하겠지.

여자애들의 희망 사항에 따라 홀에서 입는 의상은 메이드 카페에서 흔히 볼 수 있는 미니스커트 타입이다. 이유는 귀엽기 때문이라고 한다.

일부 남자 중에 유독 클래식 메이드를 추천하는 녀석이 있어서 살짝 논쟁이 일어날 뻔했지만, 소위 '사진빨'을 의식한 열성적인 여자애들의 압력에 패배해서 꼬리를 말고 말았다.

……불쌍하게도.

"……린타로도 오토사키의 메이드복에 관심 있어?"

"어? 어, 음, 그렇지? 건전한 남학생이니까…… 어느 정도는."

"……변태."

"때린다."

눈을 가늘게 뜨고 흘겨보는 유키오와 가볍게 투닥거리면서 걸어갔다.

'그러고 보면…… 결국 맨 처음 보여주는 건 어렵게 됐지.'

전철 창문으로 밖을 바라보며 레이와의 대화를 떠올렸다.

그 녀석은 내 집사복을 누구보다 먼저 보고 싶다고 말했지만, 대여해 온 귀한 의상을 가지고 돌아갈 수는 없었다.

결국 나도 레이의 메이드복을 처음으로 보지는 못하게 되었으니──.

어쩔 수 없는 일이라고 선을 그었지만 아쉬운 건 아쉽다.

나에게도 흑심은 꽤 있으니까.

맨션으로 돌아온 나는 오토록을 통과해 우리 집 문 앞에 섰다.

그리고 열쇠를 써서 안으로 들어갔다가 평소와는 조금 다른 위화감을 알아차렸다.

"……신발이 많아."

현관에 얌전히 놓여 있는 신발은 레이가 자주 신는 신발이다.

급한 미팅이 잡혔다면서 학교를 쉬었는데 이미 해방된 모양이다.

어차피 안에서 쉬고 있을 거라며 복도에 발을 올린 그때, 거실 문이 열리며 레이가 모습을 드러냈다.

────하지만.

"너, 너······."

"······다녀오셨어요, 주인님."

그런 말과 함께 레이는 우아하게 인사했다.

그 모습은 어딜 어떻게 봐도 메이드복······ 아니, 메이드복을 모티브로 한 밀스타의 뮤비 의상이다. 동영상 사이트에 공개된 밀스타 노래 중에서 이 의상을 본 적이 있다.

극심히 놀란 나를 앞에 두고 레이는 고개를 갸웃거렸다.

"린── 아니지, 주인님. 왜 그래?"

"아, 아니······."

뭐라고 말해야 할까.

화면 너머로만 봤던 의상을 입은 슈퍼 아이돌이 같은 공간에서 숨을 쉬고 있다.

그게 너무나도 비현실적인 일이라서 머리가 제대로 따라잡지 못한다.

"혹시······ 안 어울려?"

"아니, 아니아니아니! 그건 절대 아니야!"

면목이 없다는 듯 시선을 내리는 레이를 보고 나는 다급히 부정했다.

"아주 잘 어울려! 아주 귀여······ 운데."

"그래? 그럼 다행이야."

너무 당황한 나머지 마구잡이로 지껄이고 말았다.

침착함을 되찾기 위해 뺨을 두드린 뒤 다시금 레이의 모습을 보았다.

음, 아무런 말도 안 나올 만큼 매력적이다.

오직 이걸 입기 위해 본격적으로 화장까지 한 건지 평소보다 이목구비가 두드러져 보인다.

……여기서 냉정하게 생각해 보자.

교복을 입은 평소의 오토사키 레이조차 일반인 같지 않은 외모인데, 거기서 한층 업그레이드된다면 가까이서 보고 만 나에게 어떤 영향이 나올지.

어휘력이 증발해버려도 어쩔 수 없지 않냐?

이게 소위 '한계 도달 오타쿠'라는 상태인 건지도 모른다.

요즘 밀스타 팬덤 사이에서 듣는 말인데, 설마 내가 그걸 사용하게 될 줄은 몰랐다.

"문화제에서 입는 의상은 린타로에게 가장 먼저 보여주지 못하지만, 꼭 보여주고 싶어서…… 사무소에서 의상만 빌려왔어."

"너 진짜 귀엽다."

"어…… 왜 그래? 린타로."

"미안. 좀 샜어."

큰일이다. 이런 건 내가 아니다.

빨리 진지한 감상을 말할 수 있게 되지 않으면 점점 내가 내가 아니게 되어갈 것 같은 느낌이다.

애초에 내 복장 취향은 핫팬츠나 숏팬츠처럼 허벅지가 매력적으로 보이는 의상이다. 따라서 딱히 메이드복 페티시즘 같은 건──.

"……아."

아니, 저 옷. 허벅지 많이 보이네.

무대 의상이니까 치마 속에는 격렬한 움직임에도 대응할 수 있도록 처리해놨을 테지만, 무릎 위에는 가터벨트와 스커트 사이의 절대 영역이 만들어져 있었다.

응, 이건 내 취향일지도 모르겠다.

착각은 싫으니까 거듭 말하지만 나도 매일 필사적으로 참고 있을 뿐, 훌륭하게 욕정을 느낄 수 있는 남자 고등학생이다.

당연히 흥분 정도는 하지. 안 그래?

"아무튼, 기뻐해 준 것 같아 다행이야."

"⋯⋯고맙다. 나도 집사복처럼 뭔가 준비할 수 있다면 좋았을 텐데."

"그건 어쩔 수 없지. 나도 우연히 뮤비 찍을 때 입었던 게 남아 있었던 것뿐이니까."

확실히 우연히 집사복을 갖고 있었다 같은 일은 거의 없다.

"⋯⋯그보다 미안. 나 내일 홀을 담당하게 되었어."

그래, 먼저 이걸 사과해야 한다.

내 담당은 첫날은 홀, 둘째 날은 주방이다.

레이는 일반인 손님이 들어올 수 있는 환경상 첫날엔 출석할 수 없다.

즉 보고 싶다고 했던 내 집사복을 보여줄 수가 없다.

이 부분은 사실 오늘 의상을 맞춰볼 때 보여줄 수 있을 거라고 생각했기 때문에 이렇게 선택한 거였다.

하지만 레이가 갑작스러운 스케줄로 결석하는 바람에 예상이 어긋나버렸다.

"내 스케줄 타이밍도 나빴으니까. 나야말로 미안해. 하지만 괜찮아."

그렇게 말한 레이가 가슴을 폈다.

변함없이 표정 근육의 움직임은 미미하지만, 이 얼굴은 좋지 않은 생각을 할 때의 얼굴이란 느낌이다.

"나에게 좋은 생각이 있어."

그리고 마침내 문화제 당일이 찾아왔다.

아침 일찍 학교에 모인 우리는 교실에서 각자 준비를 시작했다.

이 교실 안에 당연하게도 레이의 모습은 없다.

'좋은 생각이 있다고 했는데…….'

뭔가 불길한 예감이 든단 말이지.

나는 평소 오토사키 레이를 똑똑한 녀석이라고 생각하지만, 그건 어디까지나 '평소'의 그녀라면 똑똑하단 소리고 욕망에 맡겨 돌발행동을 할 때는 예외다.

무언가 말도 안 되는 짓을 저지르지 않았으면 좋겠는데──.

"린타로! 의상 입어보자!"

"응? 어…….."

유키오의 부름에 나는 의상이 있는 곳으로 향했다.

의상은 여섯 벌밖에 없는데, 세 벌은 홀에서 입을 용도고 다른 세 벌은 사이즈가 안 맞을 때를 대비한 예비용이다.

그렇게 남은 의상은 시간이 있는 사람이 자유롭게 입고 홍보하러 돌아다니기로 했다.

참고로 여자애들도 마찬가지다.

"아, 시도도 오늘이었던가?"

"응. 세 번째 순서야."

내가 다가온 걸 알아차린 의상 담당자가 내 키를 힐끗 살피고 의상을 한 벌 건넸다.

"시도, 180은 아니지?"

"응, 그 정도까진 아니야."

"그래도 평균보다는 크니까 L사이즈를 입어 봐."

"알았어."

L사이즈 재킷을 걸치자 나에게는 딱 맞는 사이즈였다.

평소 옷을 살 때도 기본적으로 L사이즈를 기준으로 삼으니 이것도 이대로 입어도 괜찮겠지.

"재킷이 맞는다면 괜찮겠다. 셔츠는 각자 교복 셔츠를 그대로 입고, 나비넥타이와 바지는 여기에 있는 걸 입으면 돼."

"알았어."

내가 이걸 입게 되는 건 문화제 개시로부터 4시간 뒤.

2시간 단위로 세 팀씩 끊는 하루 스케줄 중 마지막 홀을 담당한다.

내가 그 시간대를 희망해서 들어가게 된 건데, 이유는 먼저 손님이 줄어든 시간대로 예상하기 때문이다.

작년의 경향으로 보아 일반 손님은 대부분 오전에 즐기고 만족하며 돌아간다.

물론 그래도 눈에 보이는 변화는 기대할 수 없을 테지만, 내가 이 시간을 선택한 건 이유가 하나 더 있었다.

"세 번째 타임이라……. 부러워라. 첫 번째와 세 번째는 스트리트 댄스부 무대 시간하고 겹치니까."

"하하하, 가위바위보에서 이겨서 다행이지."

겉으로는 상큼하게. 속으로는 승리의 미소를 지었다.

우리 학교에는 스트리트 댄스부라는 게 있는데, 남녀불문 다양한 춤을 춘다.

이들의 무대는 상당히 퀄리티가 좋아서 매년 학생, 외부인을 불문하고 많은 관객을 끌어모은다.

따라서 그 시간대는 다른 부스에 손님이 줄어든다. 언제든 찾아갈 수 있는 가게와 달리 시간이 정해진 공연에 사람이 모이는 건 당연하다고 할 수 있다.

그걸 알고 있으면서 코스프레 자체에 별로 의욕이 없는 녀석들은 노리지 않을 이유가 없다.

물론 나도 집사복을 입고 남들 앞에 나서면서 기뻐하는 타입이 아니기 때문에 최대한 사람들에게 보여줄 일이 없는 게 감사하다.

특정 시간을 노리는 다른 라이벌들과의 운 싸움(이라는 이름의 가위바위보)에 승리한 나는 무사히 원하던 시간대를 손에 넣었다.

————손에 넣었다고 생각했는데.

"하지만 세 번째는 카키하라와 도모토도 같은 팀이잖아? 결국 그 녀석들을 노린 손님이 올 것 같은데."

"……응, 그렇지."

그렇다. 어째서인지 녀석들과 같은 시간대였다.

우리 반 서열 1위인 인싸 대장 같은 녀석들인데 어째서인지 이 시간대를 노렸고, 어째서인지 가위바위보에도 승리했다.

주인공처럼 절대적인 운을 가졌다고 해야 하나 보정을 받았다고 해야 하나.

아무튼 한눈에 봐도 알 수 있는 미남 두 명이 집사복을 입고 출장한다.

소문은 이미 다른 학교에까지 퍼졌다고 하니 한 번 구경하려고 오는 인간이 많아도 이상하지 않다. 어쩌면 스트리트 댄스를 본 뒤에 여기로 몰릴 가능성도 있다.

요컨대 편하게 가려던 내 계획은 수포가 되었다는 소리다.

"오, 린타로. 의상 맞춰봤어?"

"아…… L사이즈의 남자다."

"하하, 뭐야 그 별명."

유난히 즐겁다는 듯 카키하라를 데리고 온 도모토가 나에게 걸어왔다.

체격이 좋은 도모토는 나보다 한 사이즈 큰 재킷을 입었고, 옆에 있는 카키하라는 나와 같은 L사이즈 재킷을 들고 있었다.

"저기, 린타로. 어쩐지 여자애들이 자꾸 내 외모를 꾸미려고 하는데 오늘 나 그렇게 안 좋아?"

"……아니."

불안해하며 물어보는 카키하라의 외모는 평소처럼 얄미울 정도로 호청년이다.

주변 여자애들이 그렇게 그를 포위하는 이유는 최강의 집사를 탄생시키고 싶기 때문이겠지.

"옷걸이가 좋으니까 이상적인 집사라는 느낌으로 완벽하게 꾸미고 싶은 게 아닐까? 유스케 자체는 평소와 똑같아."

"그, 그래? 으음……. 뭐 린타로가 그렇게 말한다면."

이 녀석의 얄미운 점 중 하나는 자신이 뛰어나다는 자각이 없다는 부분이다.

이렇게 말은 해도 괜히 거들먹거리는 녀석보다는 백만 배 낫지만.

레이에게 추근거리던 킨죠가 좋은 예시다.

"……슬슬 시간 됐나."

카키하라가 벽에 달린 시계를 보고 말했다.

앞으로 10분 정도면 일반인 손님이 들어올 수 있는 시간이다. 첫 당번은 이미 준비를 마치고 자리에서 대기해야만 한다.

"좋아, 애들아! 열심히 하자!"

"""오오!"""

이렇게 올해의 문화제가 막을 열었다.

"……평화롭네."

나는 교내를 걸으며 지극히 작은 목소리로 중얼거렸다.

인구밀도가 상당히 높다. 전부터 이 학교의 문화제는 평판이 좋았으니 드문드문 다른 학교 학생들의 모습도 보였다.

그 탓인가 다른 학교 학생이 우리 학교 학생을 꼬시는 장면도 목격했지만, 반대로 우리 학교 남학생이 다른 학교 여학생에게 말을 걸기도 하니 거기서 거기.

교사도 순찰하니까 만에 하나 문제가 일어나도 어떻게든 해주겠지.

————아무튼.

"……한가하네, 린타로."

"어, 한가하다."

나는 옆에 있는 유키오와 그런 대화를 하면서 복도를 걸었다.

유키오가 여자애와 문화제를 도는 건 내일. 이따 홀과 주방을 각각 한 타임씩 소화하고 내일은 완전히 자유시간이라고 했다.

"우선 배라도 채울까? 밖에선 야키소바 파는 장소도 있다고 하는데."

"아침을 배부르게 먹고 와버렸거든."

"그럼 빙수는?"

"라인업이 완전히 여름 축제 아니야?"

"그런 테마로 잡았대. C반에서 하는 거야."

아하—— 하고 대답했다가 깨달은 건데, 나는 다른 반에 너무 무관심했다.

생각해 보면 다른 반에서는 어떤 부스를 하는지조차 파악하고 있지 않다.

한가해질 만도 하지. 목표가 없었으니까.

"그럼 가 볼까. 구경만 해도 시간 때울 수 있을 것 같으니까."

"그래."

둘이서 교사 밖으로 나와 보자 밖에는 확실히 축제 포장마차 같은 부스가 여럿 있었다.

운동부 남학생들이 필사적으로 대량의 야키소바를 볶는 모습은 진짜 포장마차를 떠올리게 했다.

"밖에서 야키소바를 사 먹는 게 몇 년 만이지? 좀 기대된다."

'그러게'라고 대답하려다가 입을 다물었다.

생각해 보면 카키하라네와 갔던 수영장에서 먹었다. 그때의 맛을 떠올리자 갑자기 확 배고파지는 듯한 느낌이 들었다.

"……역시 나도 먹을래."

"오, 먹보다."

"어디 사는 금발 아이돌보단 못하지만."

그 녀석의 식욕은 상식을 초월한다고 해도 과언이 아니다.

그에 비하면 내 식욕 같은 건 귀여운 수준이다.

『————는 거, 진짜일까?』

"……응?"

포장마차로 가는 도중 일반인 손님과 스쳐 지나갈 때 들린 목소리에 무심코 반응해버렸다.

『여기 그 밀스타의 레이가 다니는 학교잖아? 인터넷에서 봤어. 분명 어딘가에 있을 거야.』

『하지만 그럼 소란이 일어나지 않아?』

『뭐 어때! 우선 레이의 반에 가 보자!』

……뭐, 그런 게 목적인 손님도 있겠지.

레이와 만날 수 있을지도 모른다고 기대하는 마음은 이해한다.

다만 아무리 찾아봤자 오늘은 학교에도 오지 않았으니 만날 수 없지만.

걱정되는 건 그걸 우리에게 항의하는 골치 아픈 인간들이 있을지도 모른다는 점.

부디 아무런 사건이나 사고 없이 이 이벤트를 마치고 싶다.

"으음, 슬슬 시간인가."

유키오는 스마트폰으로 시간을 확인한 뒤 그렇게 말했다.

둘이서 여기저기 돌아다니는 결과 길다고 생각했던 2시간은 순식간에 지나가려하고 있었다.

"린타로는 이제 어떻게 할 거야?"

"……진짜로 할 일이 없으니까 후방 도우미라도 할까 하는데."

"그, 그건 너무 슬프지 않을까."

"농담이야. ……우선 교실에는 돌아갈 거지만. 네 집사복도 봐놔야지."

"어엇! 그렇게 말하면 왠지 쑥스러운데……."

이 녀석이 왜 비비 꼬는 건지는 모르겠지만, 조금이라도 쑥스러워한다면 놀리러 가는 가치는 있다.

그렇게 우리가 교실로 돌아가려고 했을 때 눈앞에서 어떤 남자가 걸어왔다.

부담스러울 정도로 진한 금발에 비호감적인 태도를 지닌 이 남자는 무모하게도 레이를 꼬시려고 했던 그 킨죠다.

"뭐야. 아직 안 모였어?"

"미안. 그 녀석들 기본적으로 점심까지 자니까⋯⋯. 하지만 좀 지나면 제대로 올 거야."

"안 오면 가만 안 둘 거다, 진짜로."

킨죠는 일반인 손님인 듯한 껄렁한 남자와 함께 우리 옆을 지나갔다.

the 불량배라는 느낌의 친구였는데 그가 길거리에 버려진 고양이에게 우산을 씌워주는 타입의 불량 학생이길 간절히 기원한다. 아예 주워다 기르는 타입이어도 좋고.

"응? 왜 그래? 린타로."

"⋯⋯아니, 아무것도 아니야."

어쩐지 불길한 예감이 들어서 정신이 팔렸지만, 킨죠가 친구를 초대하는 것 자체는 전혀 이상하지 않다.

이 상황에선 선입견만으로 경계하는 내가 무례했다.

하지만── 이럴 때의 불길한 예감만큼 잘 맞는 것도 없단 말이지.

"왜 이렇게 되는 건데!"

교실 안에 파티션으로 공간을 분리한 휴게실에서 유키오의 목소리가 울려 퍼졌다.

나도 관계자로서 옆에 있었는데, 눈앞의 광경에 웃음을 참을 수 없었다.

"미안해! 하지만 홍보하러 간 애가 제일 작은 사이즈를 입은 채로 가 버렸어!"

"으으……. 사정은 알지만."

지금 이야기로 대충 눈치챘을 테지만, 유키오가 입을 예정이었던 집사복을 현재 홍보 담당 중 한 명이 입고 가버린 모양이었다.

돌아오라고 연락은 했지만 아직도 답장이 없는 상태.

아마도 문화제를 너무 즐기는 중이라서 눈치채지 못한 거겠지.

그런 이유로.

유키오는 어쩔 수 없이 남아있던 다른 의상── 즉, 여성용 메이드복을 입게 되었다.

얼굴이 빨개져서 부끄러운 나머지 고개를 숙인 유키오와 달리, 그걸 입으라고 부탁한 여자애들은 어딘가 즐거워 보였다.

"으으! 린타로! 너도 그렇게 웃을 건 없잖아!"

"하하, 미안해. 너무 잘 어울려서."

"어?"

주변에 반 애들이 있다 보니 평소의 가식 모드로 대응하자 유키오는 순간 놀란 표정을 지었다.

실제로도 원래 남자라기에는 너무 예쁘장하다는 말을 듣곤 하는 유키오가 메이드복이라는 이름의 귀여운 장비를 장착한 상태.

그게 매력적이지 않을 리가 없다.

나도 이 녀석이 남자라는 걸 몰랐다면 조금 전에 빨개진 얼굴을 보고 마음이 흔들렸을지도 모른다.

"저, 정말로 어울려……?"

"응. 아주아주 잘."

"거짓말 아니지?"

이 녀석, 내가 가식 모드라고 해서 설마 내 말 자체를 의심하는 건가?

"거짓말일 리가. 다들 그렇게 생각하지?"

이 자리에 있는 여자애들에게 물어보자 그 애들도 고개를 끄덕끄덕 동의했다.

이게 증거라는 양 유키오에게 윙크를 날리자 그제야 믿은 건지 얼굴이 잔뜩 풀려서 실실거리는 표정을 지었다.

"그, 그렇구나……. 그럼, 괜찮고."

아니, 괜찮진 않잖냐.

"그럼 린타로, 다녀올게!"

"어, 어어. 힘내."

왜 이렇게 신난 건지 알 수 없지만 본인이 즐거워 한다면…… 뭐, 괜찮은가.

의기양양하게 앞 타임 홀 담당과 교대한 유키오를 배웅한 뒤 나는 근처에 있는 자리에 앉았다.

여기서 잠시 시간을 보낼 생각이지만 회전율을 생각하면 오래 있을 마음은 없다. 남는 시간은 혼자서 적당히 근처를 어슬렁거릴 예정이다.

"다녀오셨어요, 주인님!"

"……어쩔 수 없는 사정이 있었던 것치고는 적극적인데."

"이렇게 되어버린 건 어쩔 수 없으니까 즐기지 않으면 손해잖아?"

그렇게 말하며 스커트에 달린 프릴을 보여주듯 몸을 빙그르르 돌리는 유키오는 자신의 집사복이 없다는 걸 알았을 때의 표정과 달리 다소 즐거워 보였다.

억지로 하는 것보다는 훨씬 낫다만 너무 잘 적응해서 조금 황당했다.

"주문은요?"

"그럼…… 물방울떡과 홍차."

"알겠습니다."

주문을 메모한 유키오가 주방에 전달하러 갔다.

그동안 나는 내가 앉은 구석 자리에서 주변을 둘러보았다.

손님 수는 적당한 수준. 전체적인 일반인 손님도 조금씩 늘어나고 있는 모양이라 내가 앉고 잠시 후 복도에 줄이 생기기 시작했다.

애초에 손님이 오지 않아서 파리를 날리는 사태는 되지 않아 우선 안심이다.

"주인님. 주문하셨던 메뉴입니다."

"야…… 그 주인님이라는 거 되게 민망한데."

"어? 하지만 이렇게 말하는 게 규칙이니까 받아들여 주지 않으면 곤란해."

유키오는 히죽히죽 놀리듯이 웃으면서 내 앞에 물방울떡과 홍차를 내려놨다.

내가 제출한 아이디어긴 해도 이 물방울떡은 제법 인기 있을 것 같다.

맛도── 음, 내가 가르친 대로 잘 만들었다.

『……야야, 쟤 귀엽지 않아?』

『맞아. 나중에 말 걸어볼까…….』

『잠깐만. 내가 먼저 찜했거든?』

내가 홍차를 마시고 있을 때 마침 옆자리에서 그런 남자들의 대화가 들렸다.

그들의 시선을 따라가자 그 끝에는 메이드복을 입은 유키오가 있었다.

얼굴이 어리고 사복을 입은 걸로 보아 아마도 다른 학교에서 온 학생.

안쓰럽게도 그렇게 되면 유키오가 남자라는 걸 모를 만도 하다. 나중에 알았을 때 충격이 최대한 적었으면 좋겠네.

그로부터 또 잠시 시간이 지나고.

물방울떡을 다 먹은 나는 남은 홍차도 단숨에 비운 뒤 자리에서 일어났다.

그걸 알아차린 유키오가 요리를 나르기 위한 쟁반을 든 채로 다가왔다.

"벌써 가는 거야? 린타로."

"어. 아무리 우리 반이라고 해도 죽치고 있는 건 미안하잖아. 남은 시간 열심히 해."

"응. 에헤헤, 나도 이따 린타로의 집사복 보는 게 기대되니까. 그 기운으로 열심히 할게."

"그렇게 기대하지 말았으면 좋겠는데……."

으음, 뭐 전혀 기대하지 않는 것보다는 고맙긴 하지만.

이건 이거대로 실망했을 때 미안하다고 해야 하나 난감하다고 해야 하나.

아무튼 이 부분은 알아서 하라고 하고 나는 내 일을 묵묵히 하기로 마음을 먹었다.

내가 다시 교실에 돌아와야만 하는 시각까지 앞으로 1시간 넘게 남아버렸다.

연극부 같은 곳의 공연 정도는 볼 수 있을 것 같은데, 흠——.

"응……?"

문득 복도 창문 너머 밖으로 시선을 던졌을 때 마침 그곳을 걷고 있던 남자들이 시야에 들어왔다.

그들은 유키오를 앞에 둔 남자들과 마찬가지로 방금 막 지나간 **세 명의 여자**를 멍하니 쳐다보고 있다.

내 시선도 그들에게 전염되듯 그 여자들에게로 빨려 들어갔다.

"……어디선가 본 것 같은데."

이 거리에서도 세 사람이 터무니없는 미소녀라는 걸 알 수 있었다.

내 시야에 들어온 남자들 말고도 그녀의 얼굴을 알아차린 몇 명은 그 자리에서 고개를 돌려 쳐다보고 있다.

————뭐, 우연이겠지.

내가 아는 사람 중에도 마침 3인조 미소녀가 있다.

하지만 지금 내 시야에 들어온 그녀들과는 머리카락 색이 전혀 다르고, 얼굴 인상도 조금 다르다.

내가 아는 세 사람은 변장의 명수지만 분명 상관없을 거다.

그래, 상관없어야 한다.

상관없는 일은 제쳐놓고, 남은 시간을 아주 대충 때웠다.

적당히 돌아다니기도 하고, 딱히 아는 사람이 나오는 것도 아니라 관심이 없었던 연극을 보러 가기도 하며 혼자이기에 가능한 기동력을 최대한 살렸다.

결과적으로 생각지도 못하게 재밌었던 연극에 만족감을 느끼며 시간을 봐서 교실로 돌아왔다.

'교대 10분 전…… . 적당하네.'

옷을 갈아입고 그 외 인수인계를 위한 시간을 고려하면 5분은 조금 불안하다.

손님이 입장하기 위한 문화는 별도로 쓰는 A반 전용 출입문을 열고 유키오와 함께 왔을 때처럼 안으로 들어갔다.

"오, 왔구나! 린타로."

그러자 먼저 와 있던 도모토가 말을 걸었다.

도모토는 이미 집사복을 입고 머리카락도 왁스로 깔끔하게 넘겨놓았다.

지난번 수영장 때부터 생각했던 거지만 남자가 동경하는 남자라고 해야 할까. 두꺼운 가슴근육 때문에 어깨가 떡 벌어져 있으며 반대로 허리를 잘록하게 들어가서 훌륭한 역삼각형 체형이다.

마른 근육형인 카키하라와는 다르게 제대로 근육질이라는 인상을 받지만 쓸데없는 근육은 없어서 그런지 우락부락한 느낌은 아니다.

"꽤 일찍 왔다고 생각했는데 류지에게는 져 버렸네."

"아니, 한동안 유스케네와 같이 있었는데 유스케와 아즈사가 실행위원 일 때문에 가버렸거든. 호노카와 둘이서 돌려고 했는데 뭔가 갑자기 부끄럽다고 하면서 얼굴이 빨개져선 어디론가 가버렸어."

"……아하."

"어쩐지 그 녀석답지 않던데. 어디 아픈 건지도 모르겠다."

아마도 그 걱정은 엉뚱한 착각이다.

카키하라는 니카이도, 노기는 도모토라는 구도였던 건가. 도모토는 러브코미디의 주인공처럼 둔감한 인간인 것 같으니 노기도 상당히 고생이겠구나.

이쪽은 정말 나하고는 상관없으니까 괜히 건드리진 않을 거지만.

"미안해! 늦었어!"

그 이야기가 끝났을 때 내 등 뒤에 있는 문을 열고 카키하라가 숨을 헐떡이며 뛰어 들어왔다.

"괜찮아, 아직 교대까지 5분 이상 남았으니까."

"그, 그래……? 생각보다 문제 해결에 시간이 많이 들어갔는데, 늦지 않았다면 다행이야……."

숨을 고르며 카키하라는 자신의 의상을 찾았다.

나도 슬슬 갈아입어야 한다.

대략적인 사이즈만 정해진 대여용이기 때문에 조금 위화감이 느껴지지만, 도모토만큼 아슬아슬하게 꽉 끼는 건 아니니까 문제도 없을 것 같다.

"린타로는 머리카락 안 건드릴 거야?"

"으음……. 솔직히 왁스는 조금. 평소에도 거의 안 쓰니까."

왁스의 뭐가 싫으냐면 아무래도 그 끈적거림이다.

머리카락을 세팅하면 어느 정도 정갈한 모습이 된다는 건 이해하고 있지만, 머리가 딱딱해지는 게 엄청 위화감이 느껴진단 말이지.

내 머리카락은 남자치고는 긴 편인데 여기에 왁스를 바르는 것도 귀찮다고 해야 하나.

"그건 아깝지 않아? 그렇게 자주 입을 옷도 아닌데, 머리카락까지 철저하게 해보자고."

"어어……?"

"아, 아니, 그 정도로 싫다면 안 해도 되지만."

내가 상상 이상으로 질색하는 표정을 짓는 바람에 도모토가 주춤거렸다.

다만 이 녀석의 말은 맞는 말이었다.

모처럼 입는 의상이니까 제대로 꾸미는 게 더 즐거울 테지.

"……하는 법, 가르쳐줄래?"

"어? 괜찮겠어?"

"류지의 말을 듣고 맞는 말이라고 느꼈고, 고작 두 시간 정도라고 생각하면 해 보고 싶은 마음도 들었거든."

"……그렇구나."

고개를 끄덕인 카키하라는 자기가 쓰던 왁스를 손에 짠 뒤 내 뒤에 섰다.

"그렇게 말한다면 도와줄게. 류지, 너도 의견 말해줘."

"오케이. 기왕이면 린타로를 아주 멋진 남자로 만들어주자고."

아니, 그렇게까진 안 해도 되는데──.

내가 그렇게 말하기 전에 카키하라와 도모토는 내 머리카락을 세팅하기 시작했다.

"여기는 조금 더 세우는 게 좋지 않을까? 유스케."

"그래. 그럼 이쪽으로 넘기고……."

내 머리카락을 남이 만지는 건 여전히 신기한 기분이다.

물론 레이가 만질 때와는 다르게 심장 박동이 빨라지거나 하진 않았지만.

"……오, 느낌 꽤 좋은데?"

"그래……. 너무 좋다."

두 사람의 시선이 옷차림을 확인하기 위한 거울에 비친 내 얼굴에 고정되었다.

내 눈에도 머리카락을 세팅한 내 모습이 보였지만 확실히 평소보다는 괜찮아 보인다고 해야 하나. 봐줄 만한 모습은 된 것 같다.

집사 복장도 어우러져 평소의 나답지 않다는 것도 내가 보기에는 플러스 요소가 크다.

"평소에도 제대로 겉모습을 꾸민다면 이렇게도 되는구나……. 두 사람 모두 고마워."

"아니…… 오히려 우리가 제일 놀랐어."

"어?"

두 사람이 진심으로 놀란 표정을 하고 있어서 나는 점점 상황을 알 수 없게 되었다. 오히려 이 모습이 어딘가 이상한 건지도 모른다는 생각이 들기 시작했다.

그렇게 내가 난감해하는 걸 알아차린 건지 카키하라가 당황한 듯 입을 열었다.

"노, 놀랐다는 건 너무 잘 어울린다는 의미야!"

"맞아! 의심스러우면 다른 여자애들에게도 물어봐!"

그건 굳이 안 해도 되는데.

뭐, 빈말로 하는 것 같지는 않고 이 두 사람에게서 긍정적인 의견을 들은 것만으로도 내 기준 합격이다.

애초에 같이 있는 게 이 녀석들인 이상 아무리 꾸며봤자 당해내진 못할 테니까.

"린타로. 슬슬 교…… 대……."

우리 세 사람의 세팅이 끝난 딱 좋은 타이밍에 메이드복을 입은 유키오가 모습을 드러냈다.

"응, 어. 지금 갈…… 게? 왜 그래?"

"어? 그…… 린타로, 지?"

"응……. 맞는데?"

어안이 벙벙한 표정으로 유키오는 내 얼굴을 쳐다보았다.

뭐지. 하다못해 감상을 듣고 싶은데, 혹시 카키하라와 도모토가 있는 앞에서 평소처럼 대하는 건 자제해주는 건가?

"어때? 이나바가 봐도 오늘의 린타로 멋있지?!"

"어?! 어…… 응. 괴, 굉장히 멋있어."

도모토가 감상을 요구하자 유키오는 어딘가 난처한 표정을 지었다.

입에서 나온 말에 거짓말은 없는 것 같은데 왜 복잡한 얼굴인 건지 이해할 수 없다.

"……이러면 다들 린타로가 멋있다는 걸 알아차리잖아."

"뭐야 그게."

"아무것도 아니야. 자, 이제 시간 됐어!"

유키오의 말대로 교대 시간이 되어버렸다.

우리가 대기 공간에서 교실 안으로 나오자 안에 있던 녀석들의 이목이 쏠렸다.

일부 여자애들이 꺄악 비명을 지르고 카키하라와 도모토를 아는 남자들은 놀리듯이 환호성을 날렸다.

『헉, 뭐야……. 하필 돌아가려고 할 때 엄청나게 잘생긴 애들이 나왔는데.』

『어쩌지?! 한 번 더 줄 설까?』

『하지만 그럼 다 못 돌아보잖아…….』

근처 자리에 있던 다른 학교 학생인 듯한 여자애들이 그런 대화를 하는 게 들렸다.

그건 그녀들만의 감상이 아니었던 건지 교실에 있던 재학생과 외부인을 포함해서 다들 카키하라와 도모토에게 시선을 보내고 있었다.

"으, 왠지 간지러워."

"그래? 오히려 주목받으니까 기쁘지 않냐?"

"그야 싫은 기분인 건 아니지만······."

그런 대화를 주고받는 카키하라와 도모토를 뒤로 나는 기묘한 감각을 받았다.

이 두 사람에게만 쏟아질 줄 알았던 시선 중 일부가 어째서인지 나에게도 오고 있었다.

그리고 그 시선의 주인들이 뭐라 뭐라 소곤거리기 시작하자 나는 한층 더 민망해졌다.

하다못해 험담하는 건 아니면 좋겠는데──.

아무튼 지금 해야만 하는 건 홀 서빙이다.

여태까지 일하던 유키오네와 교대해서 주문용 메모와 메뉴를 나르기 위한 쟁반을 들었다.

"좋아! 기합 넣고 가자!"

도모토의 기세 좋은 목소리와 함께 우리는 새 손님을 맞았다.

"다녀오셨습니까, 아가씨."

""꺄악!""

"어······."

카키하라가 손님으로 온 다른 반 여자애들을 맞이하자 그 애들은 조금 전보다 훨씬 더 열정적인 비명을 질렀다.

완전히 카키하라를 노리고 왔다는 걸 알 수 있을 정도로는 참으로 노골적인 반응이었다.

그리고 잘 보니 카키하라와 도모토의 홀 타임이 되자마자 복도에 있던 대기줄이 길어진 것 같다.

"유스케가 그쪽을 안내하면…… 너희는 이쪽!"

"뭐야. 일단 우리도 손님이니까 제대로 응대해달라고."

"아, 맞다! 미안해. 그럼 아가씨들, 이쪽으로 와 주시지요."

"오…… 꽤 좋은데?"

도모토 쪽은 아는 애들이 온 건지 몇 명의 여자애들을 데리고 자리로 안내했다.

일단 남자가 여자 손님을, 여자가 남자 손님을 맞이한다는 암묵률을 다들 숙지한 채로 새로 손님이 오면 자기가 응대한다는 짧은 말과 함께 홀을 원활하게 돌리고 있다.

여기서부터 당분간 남자 손님이 이어졌기에 우리와 같은 시간대로 들어온 여자애들이 응대해주었다.

나도 그동안 기존 손님에게 주문을 받거나 메뉴를 나르는 등 바쁘게 움직이면서 곧 내가 나가야 하는 새 손님이 입구에 나타난 걸 확인하고 그쪽으로 이동한다.

————그런데.

막상 손님을 맞으려면 진지하게 하기에는 조금 부끄러운 그 멘트를 읊어야만 한다.

아무리 축제 분위기에 들떠있다고 해도 내 성격상 부끄러운 건 부끄럽다.

하지만 당연히 말하지 않고 넘어갈 수도 없다.

나는 헛기침을 한 번 한 뒤 입구에서 기다리는 여성 손님들에게 걸어갔다.

"……다녀오셨습니까, 아가씨."

내가 봐도 완벽한 발성이었다.

여태까지 몇 년 동안 가식적인 가면을 쓰고 생활한 성과 같은 게 나온 느낌이 든다.

"어…… 그게."

"……응?"

내가 그렇게 말을 건 손님은 세 명의 여성이었다.

아니── 어른스럽게 화장해서 순간 성인이라고 판단했지만, 잘 보니 꽤 어려 보인다. 아마도 다른 학교 학생인가.

아까 창문 너머로 보였던, 유난히 주목을 끌던 미인 외부인들은 아마 이 사람들인 모양이다.

다만 그것과는 별개로 나는 개인적으로 이 사람들을 어딘가에서 본 적이 있는 것 같다.

어디 잡지 모델이라거나 하는 걸까? 셋 다 연예인급 미모를 지니고 있으니 그렇다고 해도 이상하지 않지만.

'그나저나…….'

우선은 손님 응대부터 해야 한다.

나는 정신을 차리고 다시 입을 열었다.

"세 분 맞으십니까?"

"아, 네. 그렇게 부탁드립니다⋯⋯."

"응⋯⋯?"

맨 앞에서 내 질문에 대답한 가장 키가 작은 여자는 자기 입에서 튀어 나간 긴장된 목소리를 숨기려는 듯 고개를 돌렸다.

어쩐지 수상하지만 악의가 있어 보이지도 않는다.

나는 고개를 끄덕인 뒤 방금 막 빈 자리로 안내했다.

"이쪽입니다. 물을 가져오겠습니다."

"넵⋯⋯."

선두에 섰던 여자만이 아니라 어째서인지 뒤에 있는 두 사람도 무척 동요하며 교실 안으로 들어왔다.

악의는 없다고 느낀 직후이긴 했지만 이렇게까지 알 수 없는 태도를 보면 아무래도 긴장될 수밖에 없었다.

미안해하면서도 나는 세 사람의 대화에 귀를 기울였다.

『너⋯⋯ 그렇게 동요하면 들키잖아.』

『어, 어쩔 수 없다고! 그 녀석이 저런⋯⋯ 저런 모습으로 눈앞에 나타나면 당연히 놀랄 거 아냐!』

『⋯⋯그건 부정하지 않지만.』

『너희도 이상하게 반응했으니까 항의하지 마!』

─────하하, 설마.

어째서인지 지금 들은 목소리는 익숙한 목소리였지만 내가 아는 사람 중엔 이런 녀석들은 없다.

그 녀석들은 금발과 적발과 흑발이고, 지금 눈앞에 있는 흑발 3인조와는 인상부터 전혀 다르다.

그 녀석들은 눈동자 색도 개성적이지만 여기 있는 세 사람은 전부 고동색. 외모는 하나부터 열까지 다 다르다.

유일하게 체형과 키는 비슷하지만, 아주아주 비슷하지만, 설마 이렇게까지 비슷하다니 놀라울 정도지만, 옷 위로 보는 한 증거는 되지 않는다.

하지만── 하지만 말이다.

"야, 오늘 저녁 뭐 먹을래?"

"새우튀김."

"……."

"……."

맨 뒤에서 조용히 따라오던 여자한테 말을 걸자 즉각 그런 대답이 돌아왔다.

내가 눈을 가늘게 뜨고 흘겨보자 여자는 서서히 식은땀을 흘렸다. 그건 그녀의 일행인 앞의 두 사람도 마찬가지였다.

"……실수했어. 돈가스."

"실수는 거기가 아니거든!"

가장 아담한 여자가 돈가스라고 정정한 여자의 머리에 손날을 날렸다.

응, 뭐 그럴 것 같긴 했다.

이미지가 전혀 다르다고 해도 나는 이 녀석들의 변장 기술에 이미 여러 번 놀랐으니까. 눈에서 받는 인상과 머리카락 색이 다른 정도로 완전히 다른 사람처럼 보인다는 건 내가 제일 잘 알고 있다.

"미안해, 린타로. 방해는 안 하도록 노력할 테니까."

미아가 내 귓가에 얼굴을 들이밀고 그렇게 말했다.

문화제 첫날 밤, 레이가 말했던 '좋은 생각'이라는 단어가 머리를 스쳤다.

십중팔구 이게 그 좋은 생각일 테지만 너무나도 단순해서 떠올리지도 못했다.

"……진짜로 조심해라."

"괜찮아. 이래 봬도 연기력에는 자신 있거든."

그야 배우 일을 할 수 있을 수준이니까 자신감이 있겠지.

카논도 아이돌로서는 요령이 좋은 듯하고, 레이는── 뭐, 입을 안 열면 문제없을 거다.

이 녀석들도 제대로 조심했으니까 너무 예뻐서 주목을 끌긴 했어도 아직 밀스타라는 건 안 들킨 거겠지.

"린타로, 뭐 문제라도 생겼어?"

"어? 아, 아니! 괜찮아! 아무것도 아니야."

"그래……?"

걱정해서 다가온 카키하라를 본인 자리로 돌려보낸 뒤 다시 세 사람을 빈자리에 앉혔다.

"……다들 주목하네."

나는 얼굴을 움직이지 않도록 주의하며 눈만 굴려서 주변을 확인했다.

역시 남자 손님은 의식할 수밖에 없는 건지 세 사람의 얼굴을 확인하듯 연신 힐끔힐끔 시선을 보냈다.

"그야 그렇겠지. 아무리 외모를 바꾼다고 해도 우리의 넘쳐나는 미소녀 아우라는 숨기지 못하는걸."

"머리 나빠 보이는 발언이네."

"뭐어어어?! 바보라고 하는 사람이 바보거든?"

"그럼 너만 그렇지."

난 바보라고 안 했잖냐.

"아무튼―― 아가씨들, 주문 정하셨습니까?"

집사 역할인 내가 옆에서 보면 처음 보는 상대인 손님에게 친근한 태도를 보일 수도 없다.

나는 수제 메뉴판을 살피던 세 사람에게 한껏 영업용 미소를 지으며 물었다.

"하지 마, 린타로. 그 얼굴은 나한테 위험해."

그렇게 말하는 레이의 눈이 어째서인지 하트 모양으로 일그러진 것처럼 보였다.

칭찬이라는 걸 알고 기쁘긴 했지만 동시에 조금 무섭다.

"저기, 린―― 아니지, 집사?"

"네, 말씀하십시오."

"그 얼굴은 우리 말고 다른 사람에게도 보여주는 거야?"

나는 미아의 질문 의도를 알 수 없어서 고개를 갸웃거렸다.

뭔가 시험하는 건가? 그런 거라면 솔직하게 대답해야지.

"여러분이 저에게는 첫 손님이므로 이렇게 모신 것도 아직 아가씨들 뿐입니다."

"……흐응. 그런 거라면 뭐, 됐어."

뭐가 마음에 든 걸까.

미아는 만족스럽다는 듯 메뉴판으로 고개를 돌렸다.

그것과는 별개로 레이와 카논도 어딘가 히죽거리고 있다고 해야 하나 흡족해 보인다고 해야 하나.

"우선 추천 메뉴 있어? 나는 그걸로 하려는데."

"그렇다면 물방울떡을 가장 추천해 드립니다. 마실 것은 녹차나 홍차가 어울리겠군요."

"그렇구나. 그럼 나는 물방울떡과 녹차로 줘."

카논이 그 메뉴를 고르자 레이와 미아도 편승하듯 같은 메뉴를 시켰다.

만약을 위해 메모지에 주문을 적은 뒤 나는 가슴에 손을 올리고 세 사람을 향해 허리를 숙였다.

"그럼 잠시 기다려주십시오, 아가씨들."

정해진 멘트를 입에 담고 영업용 미소가 아닌 미소를 지으면서 테이블을 뒤로했다.

방법은 둘째치고 레이에게 집사복을 보여줄 수 있었다는 사실은 기쁜 일이었으니까.

대형 폭탄이 추가되긴 했지만 내가 해야 할 일은 변하지 않는다.

세 사람에게 주문한 메뉴를 가져다준 뒤 새로 손님이 온 걸 확인하고 응대하러 갔다.

"다녀오셨습니까, 아가씨."

대학생 정도 되는 여성 2인조 앞에 선 나는 환하게 영업용 미소를 지었다.

아무래도 그게 마음에 들었던 건지 두 사람은 까르륵거리면서 즐거워하기 시작했다.

"두 분 맞으시죠?"

"네! 저기, 응대 네가 해주는 거니?"

"네? 아, 네. 제가 담당하게 되는데요……."

"와! 너무 좋은데!"

뭐가 마음에 든 건지는 알 수 없지만 아는 사람이라는 가산점 없이 칭찬받는다는 것도 나쁘지 않다.

조금 기분 좋아하고 있을 때 뒤쪽에서 그 세 사람이 소란스러워진 걸 느꼈다.

은근슬쩍 곁눈질해서 확인해보자 레이가 물이 든 종이컵을 우그러트리는 바람에 두 사람이 허둥지둥 숨기고 있었다.

다이나믹하게 엎어버린 건 아닌 모양이니 일단은 내버려 두지만, 일단 이 이상 노골적으로 기뻐하는 건 자제하는 게 좋을 것 같다.

"그럼 이쪽으로 와 주십시오."

"네!"

신이 나서 따라오는 두 사람을 자리로 안내한 뒤 주문을 정하는 사이에 종이컵에 찬물을 따라서 내놓았다.

그때 어째서인지 나를 불러세웠기에 다시 두 사람의 테이블 앞에 멈춰섰다.

"얘, 너 이름은 뭐니?"

"시도라고 합니다."

"성 말고 이름 쪽은?"

"……린타로입니다."

"와, 린타로라고 하는구나. 귀여운 이름이네."

"황송합니다."

"린타로는 여자친구 있어?"

"아뇨……. 현재 교제 중인 상대는 없습니다."

"뭐?! 이렇게 멋있는데 아깝지 않아?"

"아뇨…… 저는 그리 대단하지 않────."

"하지만 여자친구가 없다면 내가 입후보할까? 아하하."

"하하하……."

뭐냐 이 대화.

어떻게 반응해야 하는지 알 수 없어서 나는 우선 영혼 없이 웃으며 맞춰주기로 했다.

너무 노골적일지도 모른다고 순간 고민했지만 그런 건 상관없이 눈앞의 두 사람은 즐겁게 웃고 있다.

그러자 다시 뒤쪽 자리에서 콰직하고 무언가가 찌그러지는 소리가 들렸다.

또다시 시선만 돌려 확인해보자 이번에는 레이만이 아니라 미아마저 종이컵을 우그러트렸다.

왠지 등에 오한이 든다.

"린타로! 좀 도와주지 않을래?!"

"어, 앗! 알았어! 지금 갈게!"

분주히 움직이고 있던 도모토의 헬프 요청에 나는 지금까지 응대하던 두 사람의 테이블에서 자리를 옮겼다.

솔직히 살았다. 딱히 불쾌했던 건 아니지만 손님이라 무시할 수도 없는 이상 쓸데없이 시간을 잡아먹힐 뻔했다.

"에이! 가는 거야?"

"죄송합니다. 주문이 정해지시면 또 불러주세요."

아쉬워하는 목소리를 뒤로 나는 카키하라와 도모토가 손이 부족해서 대처하지 못하는 손님을 응대하러 갔다.

전체적인 테이블 수는 홀을 담당하는 인원이 감당할 수 있도록 조금 적게 잡긴 했지만, 그래도 회전율이 올라가면 그만큼 바빠진다.

우리와 같은 타임인 여자애들은 패밀리 레스토랑에서 아르바이트하는 경력자라 남자 손님을 대상으로 착착 응대하고 있었다. 미안하게도 우리의 대응이 그 속도를 따라잡지 못했다.

'젠장……. 역시 일은 할 게 못 돼.'

아직 일이 막 시작된 참인데도 아무튼 익숙하지 않은 건 어떻게 할 수가 없다.

이미 카키하라는 조금 익숙해진 것처럼 보였으니 나도 도모토도 빨리 따라잡을 수 있도록 노력해야──.

"────야 너희들! 빨리 와!"

그렇게 다시 내가 움직이기 시작했을 때, 입구 쪽에서 짜증 섞인 남자의 목소리가 들렸다.

그곳에 있는 건 다른 학교 친구들을 데려온 킨죠였다.

원숭이 무리의 두목이라도 된 기분인 건지 평소보다 거만한 태도다.

응대하러 간 여자애도 어딘가 난처해하는 기색을 보이고 있었다.

"하아……. 진짜, 너희가 이런 시간까지 자니까 아슬아슬해졌잖아."

"와 준 것만으로도 고마워하라고……. 우린 아직 졸리니까."

킨죠의 뒤에서 하품하는 녀석들은 아까 봤을 때는 없었던 면면이었다.

이것으로 총 다섯 명. 어느새 상당히 눈에 띄는 집단이 되어있었다.

"저기…… 다녀오셨습니까, 주인님. 다섯 명 맞으십니까?"

"뭐? 보면 알잖아."

"시, 실례했습니다! 자리로 안내하겠습니다."

상당히 불쾌한 태도인 킨죠는 계속 짜증을 부리며 메이드복을 입은 여자애의 뒤를 따라갔다.

그때 녀석의 친구가 징그럽게 실실 웃으면서 눈앞의 있는 여자애한테 추근거리기 시작했다.

"오, 싸구려 느낌인가 했는데 의외로 본격적이잖아? 너도 예쁘장하고."

"저, 저기…… 그만."

"응? 이 정도는 괜찮잖아. 제대로 손님 받아달라고."

남자는 여자애를 더듬으려고 했고 여자애는 불쾌하다는 듯 겁을 먹은 듯한 표정을 지었다.

이건 아무리 그래도 가만 볼 수가 없다.

그만하라고 말을 걸려고 했는데 그 전에 정의감이 강한 카키하라가 움직였다.

"저기, 우리 반 여학생을 건드리지 말아 주시겠어요?"

"뭐? 아직 안 건드렸잖아. 완전히 생트집이네. 태도가 뭐 이래?"

"무슨……."

태도가 불량한 건 명백하게 저쪽이었지만 그들은 미안해하는 기색도 없이, 오히려 주의를 주려고 끼어든 카키하라를 조롱하듯 웃었다.

그런 녀석들의 얼굴을 보고 도모토는 당장에라도 분노를 터트리려는 듯한 얼굴이었다.

도모토는 미간을 확 찡그리고 카키하라의 뒤에서 녀석들 앞으로 나서려고 했다.

"……류지, 참아."

하지만 그런 도모토를 카키하라가 손을 들어 제지했다.

"하지만……."

"실례했습니다. 계속해서 저희 메이드&집사 카페를 즐겨주세요."

카키하라는 이 녀석들이 아주 골치 아픈 상대라고 판단한 모양이었다.

이대로 도모토가 행동하게 두면 최악의 경우 폭력 사태로 번질 가능성도 있었다.

물론 도모토가 먼저 손을 대지는 않을 테지만, 상대방이 진심으로 문제를 일으키려 들면 가만히 있을 수도 없다.

그러니 여기선 견제만 하는 선에서 멈추고 여자애 대신 저 무리를 응대할 생각인 듯했다.

"카키하라……."

"괜찮으니까 맡겨줘."

여자애를 다른 손님에게 보낸 뒤 카키하라가 킨죠 일행을 안내하기 시작했다.

하지만 녀석들이 거기에 불만이 없을 리가 없었다.

"뭐야! 메이드가 대접해준다고 해서 온 건데 왜 남자놈이 담당하는 건데!"

"죄송합니다. 메이드들도 바쁘니까요."

"아 흥 다 깬다. 야 킨죠, 네가 우리를 데려올 때 했던 말은 거짓말이야?"

마음에 걸리는 말을 킨죠에게 던진 그 남자는 불만인 척하면서도 교활한 미소를 짓고 있었다.

녀석만이 아니라 다들 비슷한 표정이었는데, 중심에 있는 킨죠는 그런 녀석들을 달래듯이 손을 들었다.

"아니, 진짜 있다니까. 이 녀석들도 시끄러워지니까 숨겨놓은 것뿐이지."

킨죠의 말을 듣고 내 등에 식은땀이 흘렀다.

이제야 킨죠의 목적을 이해했다.

"너희들 남자에겐 볼일 없어. 빨리 **밀스타의 레이**를 내놓으라고!"

킨죠는 일부러 크게 소리치듯 그 녀석의 이름을 꺼냈다.

복도에까지 그 목소리가 울리는 바람에 일반인 손님들이 웅성 거렸다.

밀피유 스타즈의 레이가 다니는 학교라는 이유로 찾아온 녀석 도 있을 정도다. 그런 목소리가 들리면 있지도 않은 인간을 찾아 구경꾼들이 우르르 몰려올 것이다.

킨죠는 이걸 노린 것이다.

레이에게 차였다고 앙금을 품고—— 복수하려고.

'진짜 귀찮게 만드네…….'

나는 마음속으로 욕했다.

어떠한 형태든 만에 하나 레이를 두고 이대로 손님들이 모여들 게 되고, 그로 인해 학교 쪽에서 문제가 있다고 판단하게 된다면 우리의 메이드&집사 카페는 영업정지가 될 가능성이 있다.

그렇게 되었다간 우리의 고생이 전부 물거품이 된다.

"빨리 내놔. 어차피 손님 끌려고 왔을 거 아냐? 너희도 그 녀석 의 지명도를 이용해서 손님을 모으려고 했을 거잖아? 빨리 그 꿍 꿍이를 실현하라고."

"큭……, 그런 꿍꿍이 같은 건 없어! 애초에 오토사키는 오늘 학교에 오지도 않았다고!"

"그러니까 그런 걸로 위장한 거잖아? 어차피 손님이 너무 모이 지 않도록 고려해서 이 정도 시간대에 내보낼 예정이었겠지."

카키하라의 반론을 킨죠가 당당히 쳐냈다.

그 목소리가 워낙 커서 마치 자신은 잘못된 말은 전혀 하지 않았다고 증명하는 듯한 태도였다.

복도가 웅성웅성 시끄럽다. 녀석들이 레이가 없다는 걸 받아들이고 빨리 돌아가 주면 좋겠지만 소문이란 순식간에 퍼지는 주제에 진정될 때까지는 시간이 걸리기 마련이라 정확한 정보는 좀처럼 퍼지지 않는다.

조금이라도 태도를 죽이려면 우리도 큰 소리로 킨죠 일행의 주장을 부정할 수밖에 없는데——.

"하아, 뭘 뜯들이는 건지 모르겠지만! 우리는 레이가 나올 때까지 기다릴 거야!"

킨죠 일행은 히죽히죽 저질스럽게 웃으며 교실에 마련된 의자에 떡하니 앉았다.

"……야, 민폐니까 빨리 돌아가 주지 않을래? 너희가 아무리 불러봤자 학교에 없는 녀석이 나올 수 있을 리 없잖아."

"시끄러워! 그런 거짓말에 속을 줄 아냐!"

이 녀석들의 주장은 막무가내다.

애초에 레이로 손님을 끌고 싶다면 이런 시간이 아니라 아침부터 나오게 하면 된다.

그것도 안에서 손님을 맞는 게 아니라 홍보 담당으로 돌아다니게만 해도 충분하다.

그러면 틀림없이 홍보 효과가 나오면서도 교실 안에 있는 건 아니니까 손님이 밀려들지도 않는다.

따라서 내일은 레이에게 그렇게 돌아다녀달라고 할 예정이었다.

킨죠 일행이 쓸데없는 주장을 이어가는 건 아무튼 우리에게 진상을 부리기 위해서다.

그리고 이렇게 된 건 전부 오토사키 레이 때문이라고 책임감을 느끼게 하고 싶으니까.

참으로 무서운 건 이 녀석들이 앞뒤를 전혀 생각하지 않고 있다는 점이다. 미성년자 관련 법률을 방패로 삼아 **이 정도**라면 별일 없을 거라고 생각하고 있다.

"……유스케. 여자애들에게 선생님을 불러와달라고 하자."

"어? 아, 그래. 맞아."

나는 카키하라에게 귓속말해서 여자애들에게 지시를 내려달라고 유도했다.

킨죠는 그렇다 쳐도 녀석이 데려온 남자들은 어딘가 짜증이 난 기색이 보였기 때문이다.

사람을 겉보기로 판단하지 말라는 말이 있지만, 녀석들은 겉보기대로 질이 안 좋은 모양이었다. 만약 인내심이 끊어져서 난동을 부렸다간 여자애들이 다칠지도 모른다.

먼저 피난시키면 그런 일은 안 일어나겠지.

정말, 정말로 귀찮게 만드는 녀석이다.

가장 문제는 이 자리에 '본인'이 와 있다는 점이다.

곁눈질로 세 사람이 앉아있는 자리를 확인해보자 카논은 분노한 얼굴이었고, 미아는 걱정하며 레이에게 시선을 보내고 있다.

화제의 중심인물인 레이는 등을 돌리고 있어서 표정이 보이지 않는다.

"……킨죠, 이제 곧 선생님이 올 거야. 그러면 곤란해지는 건 너 아닐까?"

"내가? 곤란하다고? 바보 같은 소리. 나는 그냥 너희 가게에 와서 레이가 없는지 물어보는 것뿐이잖아. 딱히 아무런 문제도 안 일으켰는데? **오늘 우연히 만난** 이 녀석들이 뭔가 문제를 일으켜도 그건 나와는 상관없는 일이지."

그럴 리 있겠냐고 하고 싶지만 실제로 이 녀석이 쓸데없는 소릴 외쳐대는 바람에 손님은 줄어들긴커녕 오히려 늘어나고 말았다.

손님을 불러 모으는 행위가 영업방해라고 할 수 있을지 아닐지 우리 머리로는 판단할 수 없다.

그리고 이 녀석들 자체가 관계를 부정하면 킨죠 본인이 책임질 요소는 없어진다.

그렇게 쉽게 꿍꿍이대로 흘러가진 않을 테지만, 우리에게 진상질을 하고 싶은 것뿐인 킨죠는 적당한 말을 해두면 충분하다고 생각하고 있을 것이다.

"그렇게 되었으니 레이가 안 나온다면 슬슬 돌아다녀 볼까."

킨죠가 앉은 자리에서 일어난 네 남자들이 히죽거리며 가게 안을 배회하기 시작했다.

아직 가게에 남아있던 일반인 손님들을 품평하듯이 뜯어보자 손님은 불편하다는 표정을 지었다.

드디어 다들 사태가 이상하다는 걸 깨달은 건지 내가 담당한 여대생 두 명을 포함한 여러 명이 교실에서 나갔다.

'……괜찮네.'

이 흐름이라면 그 녀석들도 교실에서 나갈 수 있다.

교실에서 나가기만 한다면 그 후에는 어떻게든 할 수 있을 터. 교사가 녀석들을 강제로라도 쫓아낼 테니까 우악스럽긴 해도 사태는 수습된다.

"……우리도 가자."

변장한 카논이 레이와 미아를 데리고 내 바람대로 교실에서 나가려고 했다.

하지만————.

"오오오! 너희 되게 예쁘잖아! 완전히 내 취향인데!"

나가는 손님을 쳐다보던 킨죠 일행 중 한 명이 세 사람 앞을 가로막았다.

나도 모르게 혀를 찰 뻔했다.

변장을 잘한 덕분에 정체까진 들키지 않은 것 같지만 빤히 뜯어보는 걸 보면 아무리 그래도 불안해진다.

"응? 킨죠. 나 애들과 놀아도 돼?"

"야야, 적당히 해야 한다?"

"알고말고."

가장 여자를 밝히는 듯한 갈색 머리 남자가 킨죠의 허락을 받자 세 사람에게 손을 뻗었다.

"이야, 오늘 킨죠를 따라오길 잘했다니까. 설마 이렇게 예쁜 애들과 놀 수 있을 줄은 몰랐지."

그렇게 말하며 갈색 머리 남자는 레이의 어깨를 덥석 붙잡았다.

그 순간 전신의 털이 확 거꾸로 서는 듯한 역겨움이 치밀어올랐다.

"윽, 하지 마."

"어우……."

레이는 불쾌한 표정으로 남자의 팔을 뿌리쳤다.

손이 떨어진 남자는 본인의 잘못임에도 어째서인지 짜증을 내며 미간을 찌푸렸다.

"뭐야? 왜 그렇게 폭력적인데? 와, 진짜 짜증 난다."

부당한 분노를 호소하는 그의 왼쪽 눈꺼풀이 꿈틀꿈틀 경련했다.

그 반응에서 어딘가 광기를 느끼고 본능이 건드리지 않는 게 낫다고 경고했다.

어쩐지 처음 보는 것 같지 않은 이유는 지난번 길거리에서 미아에게 추근거리던 그 스카우터를 닮았기 때문일까.

"저런. 귀여워해 주는 대로 얌전히 있을 것이지. 그 녀석은 여자에게 거절당하는 걸 제일 싫어하거든."

킨죠 일행은 어이없다는 듯한 태도를 가장하면서도 눈은 즐겁게 휘어 있었다.

자신들의 위기를 깨달은 세 사람은 강하게 경계하며 바짝 붙었다.

"후우, 후우……. 여자가 거스르면 진짜 머리에서 혈관이 끊어질 것 같다니까……."

갈색 머리 남자가 레이를 향해 다시 손을 뻗었다.

그 손이 그녀의 머리—— 즉 머리카락을 향해 다가가는 걸 알아차린 나는 즉각 근처 책상에 있던 물이 담긴 종이컵을 잡았다.

"저기……."

"뭐야? ——읍?!"

얼굴을 향해 힘차게 물을 뿌려주자 갈색 머리 남자는 멍하니 나를 쳐다봤다.

"머리는 식으셨습니까? 손님."

"이 새끼가…… 죽여버린다."

하하, 무서워라.

그렇다고 여기에서 겁먹을 수는 없다.

얼굴에 대고 물을 뿌려버린 이상 사고였다 미안하다고 사과해 봤자 들어주지 않을 것이다.

──애초에 사과할 마음도 전혀 없지만.

"미쳤냐? 너."

갈색 머리 남자는 짜증이 임계점에 달한 듯 옆에 있던 의자를 힘껏 걷어찼다.

의자가 호쾌한 소리를 내며 굴러가자 손님으로 와 있던 여성들에게서 비명이 터졌다.

그리고 사태가 이상하다는 게 복도에 모여있던 사람들에게도 전달되자 그들은 썰물처럼 교실에서 쫙 물러났다.

"잠깐……. 내가 난동을 부려도 변명할 수 있는 범위에서 하라고 했지?"

"시끄러! 짜증 났을 때 명령하지 마!"

자신의 말이 먹히지 않자 킨죠는 혀를 찼다.

갈색 머리 남자는 머리카락을 덮은 물기를 털더니 내 멱살을 잡았다.

"나한테 시비를 걸어놓고 그냥 넘어갈 수 있을 거라 생각한 건 아니지?"

"넘어가고 뭐고…… 전 그쪽 같은 거 알 바 아니거든요. 애초에 자기보다 약해 보이는 상대를 찍어놓고 거들먹거리는 **찌질이**는 조금도 안 무서운데요."

"이게……."

갈색 머리 남자의 얼굴이 분노로 한층 더 벌겋게 물들었다.

'슬슬 오나?'

마무리를 짓듯 나는 한껏 빈정거리는 미소를 지었다.

"어차피 그쪽도 킨죠의 명령이 없으면 못 움직이는 말단이잖아요? 화냈다고 광고하는 것도 이젠 봐주기 힘든데. 슬슬 자기 생각대로 움직이는 게 어때요?"

"……죽여버린다."

남자는 주먹을 들어 올린 뒤 나를 향해 내리꽂았다.

킨죠 일행이 다급히 막으려고 했지만, 녀석의 주먹은 그보다 빠르게 내 뺨에 직격했다.

"윽——."

"한 번 더 지껄여봐! 새끼야!"

아프다. 진짜 아프다.

호신술로 남에게 맞지 않도록 하는 기술은 익혔지만, 맞았을 때 통증을 줄여주는 훈련 같은 건 받지 않았다.

하지만 이거면 됐다. 이러면 내 꿍꿍이는 성공이다.

"미친! 조금 건드리는 정도만 하라고 했잖아!"

"시끄러워, 시끄러워, 시끄러워! 아직도 덜 팼다고!"

"쯧……! 야! 튀자! 이 녀석 데려가!"

허둥지둥 갈색 머리 남자를 제압한 킨죠 일행은 남자를 연행하듯 교실에서 나갔다.

그 등을 지켜본 뒤 나는 깊게 한숨을 쉬었다.

"리, 린타로…… 괜찮아?"

"응? 아, 괜찮아. 유스케도 류지도 다친 곳 없어?"

"우리는 괜찮은데……. 너 피가……."

"어?"

입가를 손으로 닦자 그곳에는 피가 묻어있었다.

아무래도 맞을 때 충격으로 찢어진 모양이다.

뭐, 이 정도는 허용범위라고 해야지.

"너 대단하다. 일부러 맞은 거야?"

"……응. 조금 너무 잘 된 느낌이 들지만."

나는 도모토가 내민 손을 잡고 일어났다.

내 행동은 크게 나눠 두 개의 패턴에 기반한다.

하나는 킨죠 일행의 태도가 전부 단순한 협박이고 실제로 손을 댈 마음은 없었다는 패턴.

실컷 변명 같은 소릴 늘어놓긴 했지만, 결국 문제가 된다는 자각이 있으니 최소한 얼버무릴 수 있는 정도만 괴롭히고 끝내려고 할 가능성을 먼저 생각했다.

그렇다면 단순하다. 쫓아내고 싶은 거라면 실제로 손을 대게 만들면 된다.

명확한 폭력 사태가 일어나면 아무리 변명해봤자 빠져나가는 것도 한계가 있다.

그래서 그들은 도망친 것이다.

또 하나 가능성이 있는 패턴은 녀석들이 진짜 멍청했을 경우.

뒷일을 하나도 생각하지 않고 오직 괴롭히기 위해 막 나가는 상태였다면 피해는 이 정도로 끝나지 않았을 것이다.

무턱대고 교실 안을 엉망으로 만들거나 레이를 내놓으라고 소리치며 아무나 잡고 폭력을 휘두르면 그만이니까.

그걸 실행하지 않은 시점에서 두 번째 패턴일 가능성은 지극히 낮다고 판단했기 때문에 나는 가장 도발에 약해 보이는 남자 앞에 내 몸을 들이밀었다.

결과적으로 나는 도박에 승리했지만, 솔직히 이렇게까지 좋은 결과에 천만다행이라며 안도했다.

"얘들아! 괜찮아?"

"……하루카와 선생님."

담임인 하루카와 선생님이 숨을 헐떡이며 교실로 뛰어들었다.

일부 어지럽혀진 흔적이 있는 교실이나 맞은 내 얼굴을 본 선생님은 비통한 표정을 지었다.

"다른 학교 학생이 행패를 부린다고 듣고 왔는데, 시도의 그 얼굴은……."

"걱정 끼쳐서 죄송합니다. 하지만 저는 괜찮으니까 손님이나 여학생들을 돌봐주세요."

"……시도가 그렇게 말한다면 그렇게 하겠지만, 너도 일단 보건실에서 봐달라고 해. 피가 나온 것 같으니까."

"네, 알겠습니다."

우선 사태는 수습했지만 오늘은 이제 영업하지 못할 것이다.

뒤처리는 카키하라네에게 맡긴 나는 하루카와 선생님의 말대로 보건실로 향했다.

아무런 부스도 없는 보건실 주변 복도에는 인기척이 없다.

그렇기에 그곳에 서 있는 **그녀**가 나를 기다리고 있었다는 걸 바로 알아차릴 수 있었다.

"————레이."

"……응."

벽에 몸을 기대고 있던 레이는 어딘가 면목이 없다는 얼굴이었다.

"셋 다 무사해?"

"응, 괜찮아. 하지만 린타로가…….."

"나는 괜찮아. 이 정도는 별거 아니야."

그 말대로 내 상처 같은 건 별거 아니다.

허세도 아니고, 폼을 잡는 것도 아니다.

하지만 그렇게 말해도 레이는 수긍하지 못하는 모양이었다.

"……린타로."

그녀는 내 재킷 끄트머리를 잡고는 내 눈을 들여다보았다.

"나 때문에 맞기까지 하고, 미안해. 그리고 지켜줘서 고마워. ——하지만…… 위험한 짓은 하지 마."

감정을 담아 호소하는 듯한 목소리를 들으며 나는 아무런 대답도 하지 못하게 되었다.

레이의 손가락이 희미하게 떨리며 두려움이 전해졌다.

그건 자신이 궁지에 몰렸기 때문이 아니라, 나를 염려하기 때문에 생긴 감정인 것처럼 느껴졌다.

"……걱정 끼쳐서 미안."

"으으응, 린타로가 사과할 필요 없어. 나도 앞으로 더 조심할 테니까."

아무리 레이의 감정에 따른 표정 변화를 알아보기 쉬워졌다지만 이런 표정은 처음 봤다.

이걸 볼 수 있었다는 것만으로도 다친 보람이 있었단 생각이 드는 나도 어딘가 이상한 건지도 모른다.

아무튼 지금은 레이가 진정될 때까지 이렇게 옆에 있자── 그렇게 생각했다.

결국.

그 후 킨죠 일행은 학교 밖으로 나가버린 건지 또다시 문제를 일으키지는 않았다.

선생님들이 킨죠를 찾았으니까 다음에 학교에 오면 상세한 사정 청취를 받게 될 것이다. 그래도 정학이 최대치일 테지만.

보건실에서 치료를 마친 내가 교실로 돌아오자 우선은 진정한 듯한 카키하라와 아이들이 맞아주었다.

"남아있는 애들끼리 조금 대화해봤는데, 오늘 있었던 일은 오토사키에겐 말하지 않기로 했어. 책임감을 느끼게 되면 안쓰럽잖아."

그런 결론에 도달해준 아이들에게 고맙다고 하고 싶었지만 내가 인사해봤자 이상해질 뿐이기에 동의만 돌려주었다.

이건 나중에 레이와 말을 맞춰놔야겠지.

──우리 학교 문화제 첫째 날에 일어난 일이었다.

"인기 많네, 오토사키."

내 옆에 나란히 서 있는 유키오는 교정에 생긴 인간 구름을 보며 그렇게 중얼거렸다.

인간 구름 중심에 있는 건 말할 것도 없이 우리의 아이돌 오토사키 레이다.

"이러면 홍보 효과도 대단하겠어."

"그러게."

조금 과할 정도라고 보지만.

문화제 둘째 날.

우리의 메이드&집사 카페는 어제의 사건이 크게 번지지 않은 덕분에 예정대로 영업을 허락받았다.

참고로 당사자인 킨죠는 내가 강하게 피해를 호소하지 않아서 큰 징계는 받지 않았다고 한다.

다만 일주일 정도의 정학과 본인이 소속된 모델 사무소에 보고가 들어가는 건 막지 못했다나 어쨌다나.

아마 앞으로 연예계 활동에 지장이 생길 테지만 상해 사건까지 가지 않은 것만으로도 다행이라고 본다.

『오토사키 진짜 예쁘다…….』

『레이의 메이드복이라니 프리미엄급 아니야?!』

『사귀고 싶어…… 진짜로 사귀고 싶어.』

『저, 저기! 사진 찍어도 될까요?!』

인파로 다가가면 1학년 2학년 3학년 할 거 없이 레이에게 호의적인 목소리가 오갔다.

오토사키 레이가 인기있는 건 내 일처럼 기쁘다.

다만── 마음속 깊은 곳이 어째서인지 따끔거린다.

"……그보다. 린타로, 드디어 오늘이구나."

"응? 아, 그렇지. 요즘 계속 정신없어서 좀 실감이 안 나."

오늘 문화제가 끝나면 우리 학교의 후야제가 시작된다.

우리의 연습 성과를 보여주는 무대이자 동시에 카키하라의 향후 학교생활…… 나아가 인생이 바뀔지도 모르는 분기점이다.

애초에 고백하지 않을 가능성도 크지만 하냐, 하지 않느냐는 시점에서 카키하라의 인생은 크게 달라질 테니까 틀린 말은 아니다.

본인도 아파서 결석했던 날을 계기로 생각을 잘 다진 건지 긴장하는 기색도 최소한으로만 보였다.

우선 뻣뻣하게 굳어버리진 않은 것 같아 다행이다.

"이런 건 처음이니까 나도 기합 넣어야지."

"……힘내, 린타로."

"어."

유키오는 내가 스테이지에 설 줄은 상상도 못 했을 것이다.

속으로는 안 어울린다고 생각해도 이상하지 않다.

하지만 이 녀석의 미소에서는 순수한 기대가 느껴졌다.

내 최고의 친구가 보내주는 기대. 나는 거기에 부응하고 싶다.

'할 수 있는 건…… 다 했지.'

손바닥을 내려다보자 손끝에 한층 더 단단해진 굳은살이 있었다.

이건 나 나름대로 여기까지 노력한 증거. 즐겁고도 힘들었던, 여름부터 시작된 노력의 결과 중 하나.

노력은 배신하지 않는다는 말은 이상론일지도 모르지만 헛수고는 아니라고 한다면 이해도 간다.

아무튼 노력했다는 결과는 앞으로 내 버팀목이 될 테니까―.

"뭐, 우선은 오늘치 일을 처리하기로 할까. 문화제가 무사히 끝나지 않으면 후야제도 즐길 수 없잖냐."

"맞아!"

나에게는 아직 주방 일이 남아있다.

빨리 그 일을 끝내고 오후를 대비해야지.

"2학년 A반! 이틀 동안 수고했습니다!"

"""수고했습니다!"""

카키하라의 선창에 맞춰 우리는 들고 있던 종이컵을 들어올렸다.

오후. 딱히 문제도 없이 영업을 마친 우리는 남은 음료를 들고 서로 고생했다며 격려했다.

첫째 날 우리가 집사로 일하던 시간대는 킨죠 때문에 매상이 조금 떨어지고 말았지만 둘째 날에는 딱히 영향도 없고, 오히려 레이의 홍보가 너무 잘 먹힌 건지 일반인 손님은 없는데도 불구하고 첫째 날과 크게 다르지 않은 매상을 올렸다.

"후야제는 자유 참가니까 지금부터는 다들 해산이야. 정말로 오늘까지 다들 고생했어."

"에이! 후야제에서는 카키하라네가 무대에 올라간다며? 제대로 그거까지 보고 돌아갈 거야."

반 아이들이 히죽히죽 웃는 걸 보고 카키하라는 쑥스러운 듯 머리를 긁적였다.

"그, 그래⋯⋯? 나도 류지도 린타로도 열심히 할 테니까 꼭 보러 와줘."

"민망해하긴!"

남자애들에게 이리저리 치이는 카키하라를 보자 어쩐지 나도 재미있어졌다.

그런 와중에 내 옆으로 니카이도와 노기가 다가왔다.

"시도, 시도. 내 베이스 도움 됐어?"

"응. 소중히 잘 쓰고 있어."

"흐흥, 그렇구나."

노기도 어쩐지 기쁘다는 듯 만족스럽게 고개를 주억거렸다.

역시 기껏 사놓은 베이스를 안 쓰고 묵혀놓고 있었던 걸 계속 신경 쓰고 있었던 건지도 모른다.

"니카이도와 노기는 후야제에 참가할 거야? 괜찮다면 봐줬으면 하는데."

"나는 참가할 거야. 너희들의 멋진 무대를 지켜봐야지!"

힘차게 대답한 노기 옆에서 니카이도는 손을 꼼지락꼼지락 맞대고는 조금 빨개진 얼굴로 중얼거렸다.

"그…… 카키하라가 꼭 봐 달라고 했으니까…… 그게."

오오, 제법이잖아 카키하라.

"……그렇구나. 그럼 잘 지켜봐야겠네!"

노기는 여전히 기뻐하는 얼굴로 니카이도의 손을 잡고 흔들었다.

니카이도는 그 기세에 머뭇거리긴 했으나 마지막엔 카키하라와 마찬가지로 쑥스러워하는 표정을 짓는 걸 보면 내심 좋은 모양이었다.

'결심했구나, 카키하라.'

니카이도에게 직접 말을 걸었다는 건 분명 고백할 생각인 거겠지.

그토록 괴로워했었는데 그때와는 다르게 평소처럼 상큼한 표정을 지을 수 있는 건 어딘가 후련해졌기 때문──일지도 모른다.

어째서인지 내가 다 두근거렸다.

응, 내가 말해놓고도 부끄럽다.

"음…… 어라?"

"왜 그래? 호노카."

"아니, 그러고 보면 오토사키 안 보이지 않아?"

노기의 말대로 교실 안에 레이의 모습이 없었다.

그것 자체는 눈치채고 있었지만 화장실에라도 갔을 거라고 마음대로 생각하고 있었다.

그러자 갑자기 교실에 달린 스피커에서 교내 방송이 나오기 시작했다.

『아, 아아.』

마이크 테스트인 듯한 음성은 많이 들어본 목소리였다.

"어? 오토사키……?"

니카이도의 말대로 이 목소리는 틀림없는 레이다.

딱히 아무런 이야기도 듣지 못했던 나는 무심코 정말 놀라고 말았다.

『크흠…… 안녕하세요, 오토사키 레이입니다. 재학생 여러분, 문화제 고생하셨습니다.』

우리 반 애들이 다들 혼란스러워하는 가운데 레이는 스피커 너머로 말을 이어갔다.

그 조심스러운 목소리를 듣고 교실도, 복도도 레이의 방송을 듣기 위해 조용해졌다.

『준비 기간을 포함해 저는 문화제를 많이 돕지 못했습니다. 그랬는데 저 때문에 반 아이들에게 폐를 끼쳤다는 소문도 들었습니다.』

교실 안이 살짝 웅성거렸다.

킨죠 사건은 오토사키 레이에게 알리지 않기로 결론을 내렸으니, 그걸 본인이 이미 알고 있다는 사태에 당혹스러운 거겠지.

애들은 모를 테지만 레이는 그 자리에서 피해를 받을 뻔했으니 알아버린 건 어쩔 수 없는 일이다.

『오늘은 그걸 사과하려는 마음에서 이렇게 방송실을 빌렸습니다.』

교정을 봐주세요————.

그런 레이의 말을 듣고 우리는 교실 창문 너머의 밖을 보았다.

눈 앞에 펼쳐진 교정에는 캠프파이어 준비와 후야제 스테이지용 무대가 있었다.

그리고 그 스테이지 위에 두 사람이 있었다.

"어?! 저거 카논과 미아잖아?!"

"진짜?! 헉?! 허어억?!"

반 아이들의 흥분이 퍼졌다.

그곳에 있는 건 정말로 카논과 미아였다.

두 사람은 우리가 보고 있다는 걸 알아차리자 교사를 향해 손을 흔들었다.

그 순간 학교 여기저기서 환호성이 터졌다.

『후야제 인트로로 저희 밀피유 스타즈가 잠시 스테이지를 빌리 겠습니다. 부디 즐겨주시면 좋겠습니다.』

그 말을 마지막으로 교내 방송이 끝났다.

──그와 동시에 다들 우르르 교실에서 나갔음은 말할 필요도 없으리라.

어느새 교정에 설치된 무대 앞에는 많은 학생이 보여 있었다.

전교생까지는 과장일지도 모르지만, 최소 학교에 있는 인간 중 8할 정도는 모인 것처럼 보인다.

"우와아아아아아아아! 진짜 카논이다아아아아아!"

"미아 니이이이이임! 미아 님, 여기 봐주세요!"

무대 위에 있는 두 사람은 환호성에 대답하듯 손을 흔들었다.

고작 그것만으로도 교정 전체가 한층 더 큰 환호성에 뒤덮였다.

역시 아이돌이다.

『여러분! 우리 레이의 억지를 들어줘서 고마워!』

""""아니에요!""""

『다들 착해서 너무 기쁘네! 하지만 여기에 이렇게 온 이상 온 힘을 다해서 열심히 분위기 띄울 거야!』

""""와아아아아아아아!""""

아이돌 모드로 차려입은 카논은 역시 평소와는 전혀 다른 인상을 준다.

세간의 이미지 속 그녀는 명랑하고 파워풀. 확실히 그런 부분을 전면으로 드러내는 건 이해도 가지만, 나에게는 그 이상으로 딱 부러진 프로란 인상이 강하다.

아이돌이라는 직업을 완벽하게 수행하는 자존심. 그게 전면에 드러나는 것처럼 보인다.

아마 이건 일상 속 카논을 알고 있기에 느끼는 감상일 것이다.

어딘가 특별하단 느낌이 들어서 나쁜 기분은 아니었다.

『오늘은 우리의 인기곡하고 신곡을 하나씩 들려줄 생각이야. 부디 끝까지 즐겨줘.』

""""꺄아아아아아아! 미아 니이이임!""""

미아가 말하자 여자애들의 환호성이 더 커졌다.

역시 왕자님. ──하지만 나는 그녀가 누구보다 '공주님'이 되고 싶다고 바란다는 걸 안다.

그것 또한 나라는 옹졸한 그릇을 우월감이라는 달콤한 꿀로 채워주었다.

『앗, 뭐야! 늦었잖아!』

카논이 관객인 우리들 뒤쪽을 보면서 말했다.

우르르 그쪽으로 시선을 돌리자 그곳에는 유유히 걸어오는 레이의 모습이 있었다.

이미 무대 의상으로 갈아입었는데, 옷 여기저기에 달린 보석 같은 장식이 햇빛을 받아서 반짝반짝 빛났다.

"미안해, 지금 갈게."

우리는 레이가 지나갈 수 있도록 무대까지 길을 터 주었다.

그녀는 바깥쪽을 빙 둘러서 무대로 갈 생각이었던 건지 길을 열어준 학생들에게 놀란 얼굴로 고개를 숙였다.

『으음…… 다시 인사드립니다. 문화제 이틀 동안 고생하셨습니다.』

레이는 우리를 둘러본 뒤 가슴에 단 마이크에 대고 말했다.

우리는 그녀의 목소리를 묵묵히 들었다.

『저 때문에 폐를 끼치고 만 사람들에게 한 번 더 사과하게 해주세요. 그리고 2학년 A반 모두에게. 문화제 준비도 당일도 제대로 돕지 못해서…… 죄송합니다.』

레이가 허리를 숙였다.

카논도, 미아도. 그리고 우리도. 다들 그녀의 모습을 말없이 지켜보았다.

이런 이야기는 썩 하고 싶지 않지만, 사실 레이에게 좋지 않은 감정을 품는 녀석은 적잖이 존재한다.

거만하게 군다거나 콧대가 높다거나, 학교에 있기만 해도 민폐라거나. 이 학교에 있는 한 그런 배려심 없는 대화를 듣게 된다.

레이도 못 들었을 리는 없겠지.

밀피유 스타즈의 레이에게는 더 적합한 학교가 있었을 거다.

그래도 이 학교를 선택했다는 건, 이유 자체는 알려주지 않았지만 나름대로 각오하고 다니는 거겠지.

그런 와중에 레이는 조금이라도 자신을 받아들여달라며 이렇게 노력하는 건지도 모른다.

이 일을 계기로 또 레이를 나쁘게 생각하는 인간이 늘어나 버릴 가능성도 있지만── 뭐, 부정적인 생각만 해봤자 소용없지.

내가 할 수 있는 건 그저 이 상황을 지켜볼 뿐이다.

『그럼…… 들어주세요. '서머 오버'.』

집에서 흥얼거리는 걸 들었을 뿐 그리 익숙하지 않은 음원이 흐르기 시작했다.

이것이 밀피유 스타즈의 신곡.

여름이 끝나지 않길 바라는 소녀가 주인공인 가사는 구석구석 공감할 수 있는 부분이 많았다. 더위가 가시는 게 기쁜 듯한, 오히려 선선해지는 게 아쉬운 듯한 그런 딜레마.

매년 다른 여름이 오고, 매년 다시는 오지 않는 여름에 안타까움을 느낀다.

그런 노래에 우리는 그저 몰입했다.

곡이 끝나는 것과 동시에 무대를 감싸듯이 어마어마한 환호성이 들끓었다.

개중에는 밀스타의 신곡을 코앞에서 들었다며 울면서 기뻐하는 학생도 있었다.

이런 분위기 속에서 이따 퍼포먼스를 해야 한다고 생각하니 조금 우울해지는 것도 어쩔 수 없다.

『빠르지만 다음 곡이 마지막이야.』

『마지막 곡은 우리의 대표곡! 아는 사람은 응원법 맞춰줘!』

미아에 이은 카논의 말을 듣고 알아차린 사람은 크게 환호했다.

그녀들의 대표곡이라고 한다면 역시 그것.

『―――'밀피유 스타', 들어주세요.』

밀스타의 데뷔곡인 '밀피유 스타'. TV 광고에서 사용하는 노래보다 더한 지명도를 자랑하는, 말할 나위 없는 대표곡이다.

흥분할 대로 흥분한 팬들은 신나게 노래에 맞춰 응원을 넣었다.

응원이 들어가자 노래는 한층 달아올라 세 사람의 목소리 크기도 점점 커졌다.

내가 평범한 팬이었다면 오늘 이 시간은 평생의 추억이 되었을 것이다.

평소 내가 얼마나 호화로운 시간을 보내고 있는지 새삼스럽게 질릴 정도로 실감했다.

"……아."

그때 문득 시선을 느끼고 눈을 돌렸다.

무대의 중심. 많은 학생 사이에 파묻혀있는데도 레이는 나를 찾아내서 눈을 마주쳤다.

―――'화이팅.'

레이의 시선에서 그런 말이 들린 것 같았다.

'예전 그 일의 보답이군.'

그날, 밀스타의 라이브에서 노래가 나오지 않게 된 레이.

가는 그런 레이에게 큰소리로 외쳤지만, 그만큼 넓은 회장에선 전혀 들리지 않았을 것이다.

닿은 것은 분명 시선뿐.

그것도 불확실하지만, 이렇게 시선이 돌아오자 그게 누군가에게 전해졌다는 걸 알려주는 느낌이 들었다.

웃음이 나올 만큼 이 시선 교환이 너무 기쁘다.

"……열심히 해야겠네."

나도 단순한 남자인 건지 여자애의 응원 하나로 의욕이 확 솟구쳤다.

그 녀석에게는 나중에 고맙다고 해야겠다.

————아무것도 전하지 못하게 되기 전에.

"큭……."

나는 어금니를 악물고 무대 앞을 뒤로했다.

슬슬 우리도 준비해야만 한다.

안 좋은 일은 일단 잊고 오늘 일만 생각하자.

한 번 지나간 여름도, 한 번 지나간 오늘도 다시는 돌아오지 않으니까.

교실에서 베이스를 회수한 나는 교정으로 돌아가 무대 뒤로 갔다.

그때는 이미 밀스타의 라이브가 끝난 뒤라 학생들은 심심해하는 상태였다.

일부는 세 사람이 나가는 걸 지켜보려고 남았지만 거의 모든 학생이 예년대로 후야제를 보내려고 했다.

"아, 린타로."

"아주 평범하게 말 건다, 너."

"그야 다른 사람이 없으니까."

지켜보려는 녀석이 있다는 건 아직 밀스타는 무대 뒤에서 퇴장하지 않았다는 소리다.

딱히 만날 생각은 없었지만 냉정하게 생각해 보면 당연히 이렇게 마주치게 된다.

"어차피 우리는 당분간 못 나가니까. 오처럼이니 네 연주를 듣고 돌아가기로 했어."

"뭐야……. 압박감 주지 말라고."

"괜찮아. 너는 충분히 잘했으니까 자신감 가져."

가장 악기를 잘 다뤘던 카논이 말하니 조금 자신감이 생기는 게 분하다.

저쪽도 그걸 이해하고 있는 건지 어딘가 놀리는 듯한 눈으로 나를 보고 있다.

최소한의 저항으로 고맙다는 말은 안 하기로 했다.

"나도 보고 갈 생각이야. 네 팬으로서 무대는 꼭 봐야지."

"네가 내 팬이라고? 농담은."

"아니, 정말이야. 나는 너에게 홀딱 반했으니까."

뭔가 말하는 게 올드한데.

미아의 말은 영 사실인지 아닌지 구분하기 어렵다.

뭐, 이것도 반쯤 농담으로 흘려듣자.

"그보다 나간다고 해도 조용히 나갈 수 있겠어? 후야제도 사람이 꽤 남을 텐데⋯⋯."

"괜찮아. 또 변장하고 우리 학교 교복도 입을 거니까."

레이의 대답에 이어 카논이 수수한 화장이라면 맡겨달라고 호언장담하니 수긍하기로 했다.

나도 세 사람을 걱정하고 있을 때가 아니다.

『유스케, 심벌즈 떨어트리면 안 된다?』

『나도 알아⋯⋯. 의, 의외로 무겁구나. 이거.』

무대 저편에서 익숙한 목소리가 들렸다.

슬슬 이 녀석들과 남남인 척해야만 한다.

"오, 린타로! 먼저 와 있었구나!"

"응. 아, 드럼 날라야 했구나. 미안해, 신경 쓰지 못해서."

"아, 이거? 딱히 신경 안 써도 돼. 취주악부 선생님이 우릴 보고 겸사겸사 가져다 놓으라고 부려 먹히는 것뿐이거든."

그렇게 말하며 도모토는 비어있는 장소에 드럼 세트를 놓기 시작했다.

나는 카키하라가 들고 온 심벌즈를 옮기는 걸 도우며 같은 장소에 놓았다.

그리고 한숨 돌린 도모토가 뒤에 있던 그 세 사람을 발견했다.

"으억?! 나, 남아있었구나──가 아니고! 남아있었어요?!"

"아, 미안해. 소란이 일어날 테니까 지금 당장 나갈 수는 없어서. 틈을 봐서 갈 테니까 우리가 여기에 있는 걸 용서해줄래?"

"무, 무무무무물론입니다!"

그 터프하고 남자들이 동경하는 대상인 도모토가 잔뜩 움츠러들어서 미아에게 머리를 숙이고 있다.

정말로 미안하지만 이런 모습은 보고 싶지 않았다.

뭐, 녀석도 순박한 남자라는 거겠지.

"오, 오토사키……. 그, 일단 문화제 실행위원이니까 하는 말이지만…… 우리는 오토사키가 도와주지 않았다는 생각 전혀 안 했어. 너는 너무 미안해하지 않았으면 좋겠는데……."

"……응, 고마워. 그렇게 말해주면 조금 마음이 가벼워."

카키하라의 말에 레이의 표정이 부드러워졌다.

말로 제대로 전달한다는 건 안심할 수 있는 요인이 된다.

"──그리고 보면 우리는 뭐라고 하면서 무대에 올라가야 하냐?"

"어?"

"일단 밴드명 같은 게 있는 게 좋지 않아? 다른 팀은 정한 게 있는 것 같던데. 스테이지 순서가 적힌 걸 봤거든."

그러고 보면 한 번도 밴드명을 정하자는 이야기는 나오지 않았다.

남들 앞에서 연주하는 건 이번뿐일 테니까 애초에 정할 마음이 없었다는 게 사실이다.

"있는 게 좋을까? 정한다고 해도 그 이름을 당당히 대면서 나가는 건 조금 내키지 않는데……."

"하지만 폼이 안 나지 않아? 지금은 카키하라 밴드로 등록되었거든."

으음, 도모토 말대로 그건 폼이 안 나는 것 같다.

"예를 들어…… 밀피유 보이즈라거나── 막 이러고?"

───그건 좀.

도모토도 농담인 건지 밀스타 세 사람의 반응을 힐긋힐긋 살피고 있다.

하지만 덕분에 벽은 꽤 내려간 듯한 느낌이다.

"괜찮네. 밀피유 보이즈."

"……엉?"

도모토의 농담으로 만들어졌던 뭐라 말할 수 없는 분위기를 레이의 발언이 일도양단했다.

무슨 생각인지 레이는 밀피유 보이즈라는, 자신들의 그룹명을 패러디한 이름을 용인한 것이다. 도모토가 얼빠진 목소리를 낸 것도 무리가 아니었다.

"오, 오토사키……. 괜찮아?"

"응. 밀피유 자체는 우리 게 아니니까."

내 질문에 레이는 천연덕스럽게 대답했다.

그런 문제는 아니라는 기분이 들지만, 이렇게 공연 직전이 되어 다른 좋은 이름이 떠오르는 게 없었다.

카키하라도 도모토도 어리둥절한 상태이니 우선은 이 이름으로 갈 수밖에 없는 것 같다.

"뭐, 재밌지 않을까? 다른 사람들은 웃기려고 지었다고 생각할 테니까."

"화, 확실히 그렇네요! 헤헤헤!"

카논의 장난기 어린 반응에 도모토가 쑥스러운 듯 뺨을 긁었다.

――――도모토도 남자구나.

"그럼 우리 밴드명은 밀피유 보이즈인 걸로. 류지도 린타로도, 오케이?"

고개를 한 번 끄덕이는 나와 도모토.

그렇게 우리의 밴드명이 조용히 결정되었다.

『아, 안녕하세요! 밀피유 보이즈입니다!』

무대 마이크 앞에 선 카키하라가 그렇게 말하자 관객들에게서 커다란 웃음이 터졌다.

역시 웃기려고 지었다고 받아들여진 것 같아 안심했다.

솔직히 과격파 팬이 쓰레기를 던지는 건 아닌지 심장이 벌렁벌렁했으니까.

"카키하라! 멋있어!"

"보러 왔다! 도모토!"

"어……, 베이스의 쟤는 누구더라?"

대충 그런 목소리가 들려서 나는 무심코 웃어버릴 뻔했다.

카키하라와 도모토의 지명도 덕분에 회장에는 30, 40명 정도의 관객이 모여있었다.

한 반이 넘는 인간이 모여있다는 건 솔직하게 대단했다.

그리고 핵심인 니카이도의 모습도 그곳에 있었다.

『어…… 이곳에 서기 위해 저희 나름대로 열심히 연습했습니다.』

카키하라가 말을 꺼내자 관객들이 조용해졌다.

이게 카키하라의 카리스마라고 해야 하나, 사람들이 뒤를 따라가고 싶어지는 소질을 지닌 인간의 증거인지도 모른다.

『오늘에 이르기까지 저 때문에 두 사람에게 폐를 끼친 적도 한두 번이 아닙니다. 우선은 그래도 저와 함께 이 무대에 서겠다고 해준 두 사람에게 고맙다는 말부터 하고 싶습니다.』

하지 마라. 부끄럽잖냐.

————라는 표정을 지었다. 실제로도 조금은 부끄럽지만.

도모토는 정말로 부끄러운 건지 심벌즈를 톡 두드렸다.

『그리고 저희의 연주를 보러 와 주신 여러분께도 정말로 감사합니다. 한 곡뿐이지만 부디 들어주세요.』

환호성이 날아왔다.

카키하라가 마이크를 잡고 이야기하자 그 목소리에 관심이 생긴 인간이 또 속속들이 모이기 시작했다.

이미 50, 60명은 넘은 건지도 모른다.

하지만 신기하게도 긴장은 없었다.

'그만큼 연습했다는 거겠지.'

나는 노기에게 받은 베이스로 시선을 떨어트렸다.

이러니저러니 해도 연습을 고역이라고 느낀 적은 없었다.

손가락의 피부가 벗겨져서 쉰 적은 있어도, 그만큼 열심히 연습한 거라며 반대로 기뻐했을 정도다.

게다가 매번 이것보다 몇백 배, 몇천 배나 되는 규모의 라이브 공연을 하는 그 녀석들 옆에 있었다.

이 정도의 압박감으로는 부족하다.

"준비됐지? 둘 다."

카키하라는 나와 도모토에게 각각 시선을 보내며 말을 걸었다.

우리는 아무 말도 하지 않은 채 그저 고개를 끄덕였다.

『그럼 들어주세요―――.』

곡 제목을 읊은 카키하라가 기타를 튕겼다.

동시에 노래하기 시작한 그는 관객의 의식을 모조리 끌어당겼다.

카키하라 혼자 소화하는 도입부가 끝나면 그 뒤에 나와 도모토가 들어간다.

분위기는 순조롭다. 살짝 흥분한 탓에 박자가 조금 빠른 느낌은 들지만, 그래도 부자연스러운 건 아니다. 오히려 괜히 느린 것보다는 훨씬 따라갈 수 있다.

'……즐거워.'

실수를 아예 안 할 수는 없다.

하지만 처음 시작했을 때와 비교하면 명백하게 손가락이 술술 움직여서 카키하라와 도모토의 발목을 잡지 않는다는 자각은 있다.

그게 무엇보다 즐거웠다.

"!"

후렴에 들어가자 도모토의 드럼이 한층 격렬해졌다.

나는 순간 카키하라에게 시선을 보냈다.

그러자 녀석과 눈이 마주쳐서, 나는 희미하게 입꼬리를 끌어당졌다.

어쩐지 '가도 된다'는 말을 들은 기분이 들었기 때문이다.

'좋아……!'

그래서 나는 앞으로 나섰다.

평소보다 더 격정적으로 연주했다.

현을 보면서 치는 나쁜 습관이 있긴 하지만, 오늘만큼은 그걸 억지로 무시했다.

고개를 들고 관객을 향해.

"아…… ."

사람들의 눈이 우리에게 못 박혀 있다.

이 자리의 주역은 틀림없는 우리다.

오싹한 쾌감 같은 것이 등을 타고 올라왔다.

그래, 이건 중독되어도 이상하지 않다.

곡이 진행되고 이윽고 마지막 후렴구.

더는 아무것도 온존할 필요가 없다.

우리는 전력으로 소리를 짜냈다.

모든 체력을 다 써버려도 상관없다. 그 정도의 마음가짐으로 달렸다.

끝이 다가오는 순간이 되자 끝나버린다는 아쉬움이 북받쳐 올랐다.

앞으로 카키하라, 도모토와 같이 연주하는 일은 아마 없을 것이다.

그러니 아끼고 싶지 않다. 여기서 끝나도 된다는 마음으로 연습한 모든 것을 부딪쳤다.

『―――――!』

카키하라가 마지막 가사를 외쳤다.

아마 전부 다 끌어낸 것 같다.

나는 보컬도 아닌데 숨을 헐떡이면서 무릎을 짚었다.

그러자 어깨에서 흘러내린 베이스가 바닥에 떨어질 뻔해서 다급히 붙잡았다.

이런 곳에서 손상되는 건 싫다.

"자, 린타로. 고개 들자고."

"어?"

도모토가 어깨를 두드려서 무심코 고개를 들었다.

"""오오오오오오오!"""

남녀가 뒤섞인 환호성이 우리에게 쏟아지고 있었다.

물론 밀스타의 라이브와 비교하면 10분의 1 정도의 기세일지도 모른다.

그래도 이곳은 분명히 우리가 달궈놓은 공간이었다.

"하, 이걸로 무대는 갖춰졌지 않냐? ……유스케."

"류지……."

도모토는 카키하라의 등을 밀더니 그대로 나와 함께 뒤로 물러났다.

여기서부터는 진짜로 저 녀석의 무대다.

"둘 다…… 고마워."

"힘내, 유스케."

고개를 끄덕이고 다시 마이크 앞에 선 카키하라.

몇 초 침묵한 뒤 그는 고개를 들고 입을 열었다.

『……마지막으로 이 자리를 빌려서 하고 싶은 말이 있습니다.』

관객이 술렁거렸다.

여기서 하고 싶은 말이 있다고 선언한다는 건, 즉 이 학교의 도시 전설을 실행하려 한다는 소리.

학교에서 가장 인기 많은 남자라고 해도 과언이 아닌 카키하라 유스케의 고백은 그를 아는 사람에게 커다란 동요를 주었을 것이다.

『저에게는 1학년 때부터 계속 좋아한 사람이 있습니다. ──니카이도 아즈사 양.』

그녀의 이름을 입에 담자 사람들의 시선이 관객 사이에 있던 니카이도에게 쏟아졌다.

니카이도는 무척 진지한 표정으로 카키하라를 똑바로 바라보고 있었다.

『아즈사, 계속…… 계속 좋아했습니다! 저와 사귀어주세요!』

마이크를 통하지 않아도 들릴 만큼 큰 목소리로 마침내 카키하라는 소중한 말을 입에 담았다.

잠시 침묵이 흐르고 니카이도는 천천히 무대 앞으로 걸어 나왔다.

"……연애가 뭔지, 애인이 뭔지, 지금의 저는 잘 모를지도 모릅니다."

『…….』

"하지만 이번 문화제를 거치며 한가지 이해한 게 있습니다."

쥐 죽은 듯 조용한 정적 속에서 니카이도는 카키하라에게 **대답**

을 돌려주었다.

"저는 카키하라 옆에 있고 싶어요……. 옆에서 버팀목이 되어주고 싶어요."

『!』

"저라도 괜찮다면 카키하라 옆에 있게 해주세요."

카키하라 유스케의 고백에 그렇게 대답한 니카이도는 기쁘다는 듯, 행복하다는 듯, 당장에라도 바스라질 것 같은 미소를 짓고 있었다.

이 시간은 분명 그만큼 존엄한 것이리라.

그렇기에 연약해 보이고, 누군가의 마음을 뒤흔들어놓을 만한 힘이 있다.

"류지, 린타로! 나, 나……!"

"다녀와. 무대는 우리가 정리할 테니까."

뭘 귀찮은 일을 마음대로 떠받는 거냐고 항의하고 싶지만, 뭐—— 오늘 정도는 괜찮겠지.

웃는 얼굴로 보내주자 카키하라는 무대에서 뛰어내려 니카이도에게 다가갔다.

두 사람은 손을 잡더니 우리에게, 그리고 관객에게 머리를 숙였다.

"어쩐지…… 감개무량하네."

옆에서 중얼거리는 도모토의 목소리는 조금 떨고 있었다.

나는 그 얼굴을 보지 않으려고 하며 무대 위를 정리했다.

도모토가 얼마나 카키하라와 니카이도의 관계를 걱정했는지,

지금 그 목소리만으로도 충분히 이해할 수 있었다.

"————고생했다, 카키하라."

주변 사람들에게 축하받는 카키하라와 니카이도를 일별한 뒤
나는 녀석의 기타를 케이스 안에 넣었다.

◇ ◆ ◇

린타로네의 라이브가 끝나고 무대에선 카키하라의 고백이 시
작되었다.

우리 세 사람은 그의 고백을 조용히 들었다.

"————멋지구나, 청춘."

고백이 성공한 순간 터진 환호성을 들으며 카논이 그렇게 중얼
거렸다.

조금 할머니같다.

"레이, 너 지금 할머니같다고 생각했지?"

……독심술사?

"……흥, 뭐 됐어."

카논은 퉁명스러운 표정을 지으며 학교 쪽에서 마련해준 파이
프 의자에 앉았다.

그리고 나와 미아와는 눈을 마주치지 않은 채 말을 이었다.

"부러워?"

그 말은 분명 그들이 무대 위에서 펼친 청춘이라 부르는 장면
을 대한 것이겠지.

힐끗 미아를 봤다.

미아도 난처한 듯 내 쪽을 보더니 그대로 카논에게 시선을 되돌렸다.

"……나는 부러워. 이건 지금의 우리에겐 불가능한 거니까."

미아의 말은 진리였다.

이 세 사람 중 아이돌이 된 걸 후회하는 사람은 없다.

아무나 될 수 있는 게 아니라는 건 잘 알고 있고, 우리는 자부심을 갖고 있다.

……하지만.

그들을 부러워하는 마음에는 거짓말을 할 수 없다.

"우리는 아이돌이 되어서 많은 것을 손에 넣었지. 하지만 동시에 많은 것을 버렸어. 내 손으로 버리긴 했지만…… 부럽지 않을 리가 없지."

"……뭐, 남의 떡이 더 커 보인다고 하잖아. 그 점은 나도 동의해."

미아에 이은 카논의 말에 나도 고개를 끄덕였다.

평범한 고등학생의 생활을 버리고 싶어서 버린 건 아니다.

우리는 설령 그걸 버려서라도 이루고 싶은 게 있었기 때문에 버렸다.

"레이, 미아……. 우리 언제까지 아이돌로 활동할 수 있을 것 같아?"

나와 미아는 카논의 질문에 말문이 막혔다.

그건 셋 다 계속 생각했던 일이자 아무도 화제로 꺼내지 않던 이야기.

언제 '은퇴'할 것인가————.

"나는…… 아직 당분간은 은퇴하지 않을 거야. 언젠가는 해외에서 배우로 활약하고 싶긴 하지만 그것도 한참 미래지."

미아는 얼마 후 영화 오디션을 본다고 했다.

나도 카논도 그걸 응원하고 있고, 미아라면 분명 합격할 것이다.

"레이는? 너는 은퇴할 시기 같은 거 생각했어?"

"나는……."

꿈은 일본 부도칸에서 여는 대규모 라이브.

그건 데뷔했을 때부터 지금까지 변하지 않았다.

그 꿈이 이뤄졌을 때, 분명 나는————.

"흐응? 넌 정했구나."

"어?"

"은퇴 시기 말이야. 망설이는 분위기가 전혀 없는걸."

확실히 나는 이미 정했다고 말해도 될지도 모른다.

"일본 부도칸에서 라이브하면…… 적어도 만족은 할 것 같아."

"일본 부도칸이라니, 너 지금 우리라면 1년 내로 이룰 가능성도 있는걸?"

"그렇긴, 한데————."

그만둘지 계속할지는 솔직히 아직 정하지 않았다.

아이돌이 아닌 나에게 무엇이 남는지 그걸 아직 모르니까.

"괜찮겠어? 레이."

"어?"

"아이돌을 그만두면 린타로를 부양하지 못하게 될지도 모르잖아?"

내가 멍하니 있자 미아가 진지한 표정으로 입을 열었다.

"린타로의 꿈은 자신은 일하지 않고 집안일에 전념하며 부인을 평생 내조하는 거잖아? 그렇다면 부인이 될 사람에겐 그만한 수입이 없으면 안 되는 거지."

"그건…… 그렇겠지."

"아이돌을 은퇴한 뒤에도 연예계에서 활동할 수는 있을 거야. 하지만 확실하진 않아. 인기가 내려가서 벌이가 사라질 가능성도 충분히 있지."

나는 아무 말도 하지 못했다.

각오가 없었던 거라면 그뿐이지만, 아직 나는 어리다며 안이하게 생각했던 건지도 모른다.

"————나는 이미 각오했어."

미아의 곧은 시선이 나를 응시했다.

그 눈의 진의를 알 수 없어서 그저 당황했다.

"나는 린타로를 평생 부양할 각오가 있어. 반드시 배우로도 성공해서 린타로에게 풍족한 삶을 줄 거야."

"너, 너…… 그 소린……."

믿어지지 않는 걸 본다는 눈으로 카논이 미아를 쳐다봤다.

나도 그랬다.

설마 미아가 나와 같은 감정을 품게 되다니————.

"……레이에게는 미안하지만 나도 내 마음에 거짓말은 할 수 없어. ……아니, 정확하게는 네게 숨기고 싶지 않아."

"미아……."

"나도————."

————린타로를 좋아해.

"!"

이렇게 될 것을 생각하지 않았던 건 아니다.

가끔 심술궂고, 무뚝뚝하고, 귀찮아하고.

그렇게 행동하면서도 사실은 다정하고, 못 본 척하지 못하고, 배려심 있고.

집사복을 입었을 때처럼 제대로 꾸민다면 상상 이상으로 잘생겼다는 것도 알 수 있고, 시간이 있으면 운동하니까 의외로 근육질이고.

가끔 웃을 때는 어린 남자아이 같아서 귀엽고, 손은 큰데 손가락은 가늘어서 섹시하고.

요리도 맛있고, 청소와 빨래도 깨끗하게 잘한다.

그리고 무엇보다—— 같이 있기만 해도 안심하게 해준다.

그런 린타로를 좋아하게 되는 사람이 나밖에 없을 리 없다.

전부 알고 있었던 일인데도.

"지금은 아직 린타로는 나를 연애 대상으로 봐주진 않을 거야. 그래서 앞으로는 더 적극적으로 나서려고 해. 레이, 너보다도."

자신감을 담아 선언하는 미아의 얼굴이 어째서인지 눈부셔서.

지금까지 억눌렀던 초조함이 범람해 심장을 조였다.

"……상관은 없지만, 너희의 불화로 해체하는 게 제일 구리거든? 그것만은 피해줘."

"그건 걱정하지 마, 카논. 설령 린타로가 내가 아니라 레이를 선택한다고 해도 나는 레이를 원망하지 않을 거니까."

"흐응, 그럼…… 레이는?"

카논의 시선이 나를 향하자 무심코 어깨가 튀었다.

나는. 나는 어떨까.

미아와 린타로가 사이좋게 같이 걷는 걸 보고 평온할 수 있나?

'……아마도 무리야.'

꽈아악. 가슴이 한층 더 강하게 조여들었다.

린타로도 미아도 좋아한다.

미아와 싸우고 싶지 않고, 밀스타가 와해되는 것도 아주 싫다.

나는 미아처럼 선을 긋고 지낼 수 있을까————.

"후후, 남자 하나 두고 분열되는 그룹……. 흔한 일이네."

"카논……."

"너무 흔해서 좀 웃음이 안 나오는데."

카논은 간단히 변장을 마친 뒤 자리에서 일어나 출구 쪽으로 걸어갔다.

"설령 너희 사이가 나빠져도 해체는 절대 허락 못 해."

"어……?"

"자기 때문에 밀스타가 해체했다는 걸 그 녀석이 알아봐. 분명 책임감을 느끼고 우리에게 거리를 둘걸."

린타로라면 충분히 그럴 만하다.

그것만은 절대로 피해야만 한다.

"나도 아마 너희만큼은 아니지만…… 그 녀석에게 호감이 있거든."

"……카논도?"

"착각하지 마. 너희만큼은 아니라고 했잖아? 남자 중에서는 린타로가 제일 낫다—— 그뿐이니까."

그건 충분히 좋아한다고 표현할 수 있는 게 아닌가 했지만, 카논 안에서는 다른 모양이었다.

조금 안심했다.

"애초에 지금 린타로의 인생은 거의 레이에게 의존하고 있잖아? 집세도 레이가 내주는 중이고."

"응."

"그럼 그 녀석이 너희 둘 말고 다른 좋은 사람을 만나거나 너희 중 누군가가 평생 부양할 수 있는 기반이 마련될 때까지는 제대로 돌봐줘야 하는 게 도리 아니야? 적어도 그때까지는 절대 해체할 수 없어."

확실히 맞는 말이다.

"딱히 어떻게 되든 상관없지만, 무책임한 짓만은 하지 마. 두 사람의 그런 점은 나 믿으니까."

"……알고 있어. 고마워, 카논."

"흥."

마지막으로 휙 고개를 돌린 카논이 무대 뒤를 떠났다.

슬슬 다음 차례인 사람들이 올 시각이다.

우리도 빨리 퇴장해야만 한다.

"그럼 나도 돌아갈까. 결국 린타로의 무대를 보고 싶어서 남았던 것뿐이니까."

"미아…… 나는."

"……서둘러 답을 낼 필요는 없다고 봐."

"무슨, 뜻이야?"

"우리가 아이돌인 한 분명 그는 둘 중 누구와도 사귀지 않을걸. 그건 네가 더 잘 이해하고 있다고 보는데."

미아의 말은 정확했다.

린타로는 우리를 지지해주려고 하고, '밀피유 스타즈'가 붕괴될지도 모르는 일은 최대한 피하고 싶어한다.

아마도 진짜 승부는 우리가 아이돌을 그만두었을 때.

그때까지 나는 새로운 길을 찾아놔야만 한다.

"후우……. 오늘은 갑자기 흔들어놓는 소릴 해서 미안해. 사과라기엔 좀 그렇지만 이다음은 네게 양보할게."

"이다음?"

"아직 후야제는 안 끝났잖아? 린타로와 즐기고 와. 불만은 있지만 나는 내일부터 공략할 거니까."

도전적인 미소를 지은 미아는 간이 변장을 마치고 무대 뒤에서 나갔다.

역시 미아는 무척 멋있다.

하지만 그렇기 때문에 지고 싶지 않다. 진심으로 그렇게 생각했다.

"……가야 해."

린타로를 만나야 한다.

그런 충동이 밀려들었을 때는 이미 무대 뒤에서 뛰쳐나간 뒤였다.

완전히 캄캄해진 하늘 아래 캠프파이어의 오렌지색 불꽃이 운동장을 비추고 있다.

카키하라는 니카이도와 함께 캠프파이어 주변에서 쑥스러워하는 얼굴로 담소를 나누고 있다.

조금 떨어진 곳에서 도모토와 노기도 같이 있는 걸 보면 두 사람도 좋은 분위기인 모양이다.

"역시 청춘은…… 이래야지."

내가 동경하던 청춘이 이곳에 있었다.

과거 수영장 때 느낀 씁쓸함과는 다른 청량한 순간.

────아니.

그때 그 씁쓸함이 있었기 때문에 지금이 아름다워 보이는 건지도 모른다.

개념만 존재하는 것을 이해하는 건 어려우므로 아마 이것도 청춘이라는 불확실한 형태의 일부일 테지만, 아주 조금이라도 알게 된 것이 기뻤다.

뭐, 알았다고 내가 할 수 있다는 건 아니지만.

우선 이걸로 내 어깨의 짐도 내려갔다.

'지금 나 완전히 혼자고 말이지.'

교사 벽에 등을 기대고 멍하니 저 멀리 불꽃을 바라보는 외톨이가 지금의 나다.

니카이도의 권유에 상대가 있다고 거절한 이상 지금 이렇게 혼자 보내는 건 이상한 소리이긴 하지만, 뭐…… 이제 와서 나를 신경 쓸 여유도 없겠지.

캠프파이어 주변에는 남녀 페어로 뭉친 녀석들뿐이다.

그 외의 인간은 친한 무리끼리 모여서 떠들썩하게 놀고 있다.

사이 좋은 여자애도 없고 사이 좋은 무리도 없는 내가 혼자 있는 건 당연하다고 할 수 있다.

……참고로.

유일무이한 절친인 유키오는 전부터 녀석을 좋아하는 티를 내던 미야모토의 권유를 받아 지금쯤 캠프파이어 주변에서 다른 녀석들과 마찬가지로 포크댄스를 추고 있을 것이다.

본인은 별로 내키는 기색이 아닌 듯 했지만————.

"혼자 터덜터덜 돌아가는 것도 좀…….."

이렇게 즐거운 분위기 속에서 혼자 먼저 돌아가는 건 왠지 패배한 기분이 든다고 해야 하나, 그건 좀 말이 과하다고 해도 조금 서글프다고 해야 하나.

그래서 이렇게 사색에 잠긴 척하며 폼을 잡는 중이다.

하지만 너무 심심하니까 이쯤에서 돌아가려고 몸을 일으킨——

그때.

"……린타로."

"응?"

내 이름을 부르며 발소리가 다가왔다.

옅은 어둠 속에서 주변의 눈을 조심하며 나타난 사람은 교복 차림으로 돌아온 레이였다.

"아, 레이냐. 수고했어."

"응. 린타로도."

그녀는 어딘가 침착하지 못한 모습으로 내 옆에 섰다.

왜 그런 태도를 보이는 건지는 모르지만 이렇게 되자 내 침착함이 날아갔다.

나와 레이가 둘이서만 나란히 있는 걸 누가 목격했다간 솔직히 곤란해진다.

"……지금부터 돌아가려던 참인데 너는? 아직 볼일이 있다면 먼저 돌아가서 밥 차려놓을게."

"딱히 볼일이 있는 건 아니야. 하지만……."

"하지만?"

"조금만 나와 같이 있어 줘."

그녀는 그렇게 말하며 내 손을 잡아당겼다.

"아, 아니……. 이런 걸 누가 봤다간 큰일이잖아……."

"내가 가고 싶은 곳에 같이 가 주겠다고 전에 약속했잖아?"

"확실히 약속은 했지만……."

미아와 데이트했다는 이야기에서 파생된, 레이가 하고 싶은 걸

해준다는 약속. 물론 그걸 잊어버린 건 아니지만 지금 여기에서 써먹을 줄은 몰랐다.

"사람이 없는 곳에 가고 싶어."

"······!"

심장이 쿵 뛰었다.

무슨 의도로 하는 말인지는 모르지만 평소와 다른 레이의 분위기가 내 심장을 휘저었다.

"교사 뒤라면 아무도 없을까?"

"어, 없을걸······."

"그럼 거기 가자."

왜 이렇게 두근거리는 거지?

평소에도 집안에서 단둘이 시간을 보내곤 하는데, 익숙한 상황인데, 어째서인지 지금은 평정심을 유지할 수 없다.

주변에 사람이 있다──는 배덕감 때문일까?

교사 뒤는 달빛 말고는 광원이 없는 대신 우리 말고 다른 사람도 없었다.

한창 문화제를 준비할 때 킨죠가 레이에게 들이대는 걸 목격한 장소이기도 한 이곳에는 굳이 따지라면 좋은 추억은 없다.

"······무슨 일이야? 갑자기."

"린타로와 만나서 대화하고 싶어져서······. 민폐였어?"

"네가 그렇게 말하는 걸 민폐라고 생각할 리가. 하지만 이유도 모르고 끌려오는 건 조금 무섭다고 해야 하나······."

이건 딱히 레이에 한정된 이야기가 아니다.

내가 그쪽으로 겁이 많을 뿐이다.

"하고 싶은 말이 있었던 건 아니야. 그냥 막연히…… 린타로와 같이 이 시간을 보내고 싶었어."

"……민망한 소릴 쉽게 해버리다니."

"민망해?"

"그야, 뭐."

"……귀여워."

"놀리지 마. 돌아간다?"

물론 돌아갈 마음은 없다.

뒷문 근처 턱에 앉아 레이를 올려다보았다.

"미안. 나도 조금 민망해서."

"별일이네. 네가 그런 식으로 말하다니."

레이는 스커트 자락을 추스르며 내 옆에 앉았다.

나와 그녀 사이는 주먹 하나쯤 되는 거리.

"……카키하라의 고백, 성공해서 다행이야."

"그래. 맺어질 녀석들이 맺어진 덕분에 나도 안심했어."

결과가 좋았으니 다 좋은 거라는 논리긴 하지만 오늘을 위해 연습하길 잘했단 생각이 든 것도 사실.

실컷 시달렸던 문제가 해결된 시점에서 고생한 보람이 있었던 셈이다.

"하지만 다음 주부터 학교가 좀 소란스러워질지도 몰라."

"왜?"

"너도 카키하라가 여자에게 인기 많은 건 알잖아? 분명 우는 애도 있을걸······."

 괜히 들쑤실 건 아니라고 생각해서 넘어갔지만, 사실 카키하라의 고백이 성공한 시점에서 절망하는 여학생이 있다는 게 무대 위에서 보이고 말았다.

 카키하라를 좋아하던 애들 전원이 한꺼번에 실연해버린 셈이다. 그게 우리 학교를 얼마나 흔들어놓을지, 분명 카키하라 본인은 모를 것이다.

 "니카이도를 좋아하는 남자도 많았을 테니까 결국 누군가의 사랑이 이뤄진다는 건 누군가의 사랑이 끝나는 건지도 몰라."

 "누군가의 사랑이······ 끝난다."

 그 부분을 따라 읊은 레이는 심각한 표정으로 고개를 숙였다.

 무언가 생각하는 바가 있었던 건지도 모르지만, 나로서는 적당히 한 말을 인용당해서 조금 부끄러웠다.

 "린타로는······ 좋아하는 사람, 있어?"

 "엉?"

 갑작스러운 질문에 무심코 얼빠진 목소리가 나오고 말았다.

 내가 좋아하는 사람.

 반사적으로 생각하기 시작한 나와 어딘가 젖은 눈동자로 바라보는 레이의 시선이 교차했다.

 내가 좋아하는 사람은————.

 '······무슨 생각 하는 거야.'

이 감정은 그 여름 바다에 두고 왔다.

일반인에 불과한 내가 품어도 되는 감정이 아니고, 경솔하게 전한다는 건 가당치도 않은 짓.

레이는—— 밀피유 스타즈는 더 높은 곳에 갈 수 있는 그룹이다.

내가 그런 세 사람을 방해하는 사태는 일어나서는 안 된다.

"설령 좋아하는 사람이 있다고 해도 나는 말 안 해."

"어? 왜?"

"그야 당연히 부끄러우니까 그렇지. 너도 네가 좋아하는 사람에 대해 당당히 말할 수 있어?"

"음……. 확실히 부끄러워."

"그치? 그러니까 이 이야기는 끝."

"……알았어."

다소 불만은 있을 테지만 그래도 본인의 수치심이 더 컸는지 선뜻 물러나주었다.

나는 우선 가슴을 쓸어내렸다.

하지만 이 상황도 결코 좋다고 할 수는 없다.

레이가 남자에게 인기라는 건 뻔히 알고 있고, 실제로 킨죠가 추파를 던지는 걸 목격해버린 이상 연예계 관계자 중에도 레이의 애인 자리를 노리는 사람은 틀림없이 존재한다고 봐야 한다.

레이가 다른 누군가를 향해 웃고, 다른 누군가의 집으로 돌아가는 걸 상상하면——.

'아…… 너무 싫다.'

이 감정 자체가 이미 답인 듯한 느낌이 들지만 그건 우선 덮어

두고.

레이가 다른 누군가의 곁에서 행복해하며 걷는 모습을 상상하기만 해도 가슴이 답답해진다.

이름이 존재하는 관계는 되지 못하는데 다른 누군가가 그 관계를 차지하는 걸 용인하지 못한다.

그런 내가 추하고 너무 비겁해서 정말 신물이 난다.

"……전에 내가 계속 린타로 옆에 있고 싶다고 했던 거 기억나?"

내 마음을 아는지 모르는지 레이가 불쑥 그렇게 말했다.

"그건 물론 기억하지만……."

"그 때의 마음은 지금도 전혀 달라지지 않았고, 아마 앞으로도 계속 달라지지 않을 거야."

그러니까————.

레이는 거기서 일단 숨을 들이마시고 다시 입을 열었다.

"아직은 명확한 말로 말할 수 없지만…… 린타로가 싫어하지 않는 한 나는 계속 옆에 있을 거니까."

그렇게 말하며 그날 모래사장에서 이야기했던 때처럼 레이는 나와의 사이에 있던 주먹 하나의 간격을 좁혔다.

고작 그것만으로도 가득 차올랐던 불안은 순식간에 쪼그라들었다.

"……싫어할 리 없잖냐."

나는 자리에서 일어나 달빛에 몸을 드러냈다.

운동장 쪽에서는 포크 댄스의 반주로 새 음악이 흐르기 시작했다.

벌써 꽤 시간이 늦었으니 아마 이게 마지막 곡이겠지.

즉 후야제도 슬슬 끝난다는 소리다.

"주제넘은 소리일지도 모르지만 나에게 너는 소중한 집이야. 네가 그렇게 말해주는 한 나는 무슨 일이 있어도 네 곁으로 돌아갈게."

"……린타로?"

내 상태가 어딘가 이상하다는 걸 알아차린 건지 레이의 목소리에 걱정이 섞였다.

정말로 나에 관련된 건 예리한 녀석 같으니.

"모처럼인데, 잠깐 춤 좀 출까? ……둘이서."

내가 한 말이지만 너무 느끼한 게 민망해서 무심코 뺨을 긁적였다.

레이는 미소 짓고는 나와 마찬가지로 자리에서 일어나 옆에 섰다.

"나라도 괜찮다면 기꺼이."

나는 손을 내밀었고 레이는 그 손을 잡았다.

곡 자체는 몇 번 들은 적 있는 정도이긴 했지만 의외로 출만 했다.

결코 잘 췄다고는 할 수 없지만 의외로 즐겁게 출 수 있었다.

"나 린타로가 집이라고 해줘서 행복해."

"그건 오버고."

"그렇지 않아. 정말로 기뻐."

레이의 얼굴에는 여태까지 본 적이 없었을 정도로 환한 미소.

본의 아니게도 그 미소에 내 마음은 순식간에 빼앗겨버렸다.

무슨 일이 있어도 레이에게 돌아오자.

그래── 설령, 무슨 일이 있어도.

'뭐, 이틀 정도라면 문제없겠지.'

나는 당분간 집을 비우게 되었다는 내용의 라인을 레이에게 보냈다.

문화제가 끝나고 약 일주일이 지났다.

쾌청한 가을 하늘 아래 나는 우울한 기분으로 맨션을 나섰다.

눈앞에는 한 대의 리무진이 서 있다.

나는 보란 듯이 한숨을 쉬고는 그 리무진으로 다가갔다.

"……모시러 왔습니다, 린타로 님."

문을 열고 모습을 드러낸 소피아 씨는 나를 향해 정중히 인사했다.

이렇게 얼굴을 보는 건 억지로 편지를 떠넘긴 그 날 이후 처음이다.

"딱히 데리러 올 필요는 없었지 않아요? 별로 먼 것도 아니고 전철로도 갈 수 있는데."

"린타로 님께 그렇게 할 수는 없었습니다."

"몇 번이나 말하는 거지만 저는 그냥 일반인이거든요. 과한 정중함은 원하지 않습니다."

"……알고 있습니다."

어차피 말뿐이다.

이 사람들은 정중한 태도를 가장하면서도 집을 나간 나를 경멸

한다.

아버지의 뒤를 이을 마음이 없는 나를 깍듯하게 대할 의미도 없으니까.

"차에 타십시오."

나는 시키는대로 리무진에 올라탔다.

왜 이 차는 이렇게 쓸데없이 호화로운 걸까. 내 발이 되는 것뿐이라면 경차여도 차고 넘치는데.

"편지 내용은 전부 파악하셨습니까?"

"……일단은."

"그럼 설명은 생략하겠습니다. 자세한 내용은 사장님과 직접 하시면 됩니다."

한숨이 나올 뻔했다.

사장님이란 즉 내 아버지고, 더욱 설명하자면 가장 만나고 싶지 않은 사람이라고 해도 과언이 아니다.

그런 상대와 만나야만 한다고 생각하기만 해도 마음이 심하게 어지러워졌다.

"―――솔직히 의외였습니다."

"어?"

"저는 이쪽에서 어떤 수를 써도 와 주지 않으실 줄 알았습니다."

"……가지 않아도 되다면 지금이라도 가기 싫거든요. 하지만 적어도 여기까지 키워준 은혜는 있고, 정말로 혼자 힘으로 살았다고 생각할 정도로 주제 파악을 못 하는 것도 아니니까…… 한 번 정도는 만나야 할 것 같아서……. 그 정도죠."

"……그렇군요."

그 말을 끝으로 나와 소피아 씨가 차 안에서 대화하는 일은 없었다.

그녀는 아무튼 합리적인 인간이라 필요 이상으로 대화할 필요는 없다고 판단했겠지.

나도 그런 사고방식은 공감할 수 있고, 억지로 나한테 말을 붙이는 것보다는 훨씬 낫다.

이윽고 리무진이 멈추고 나와 소피아 씨는 운전기사를 두고 내렸다.

"여전히…… 무식하게 크네."

눈앞에 우뚝 선 초고층 빌딩.

이것이 내 아버지의 회사인 시도 그룹의 본사이다.

"안내하겠습니다, 린타로 님."

"……네."

소피아 씨가 안내하는 대로 빌딩 안에 들어가 엘리베이터를 탔다.

엘리베이터가 멈춘 건 최상층.

문이 열리자 긴 복도가 나오고, 그 복도 가장 안쪽에 오토록 같은 형식의 자동문이 있었다.

"잠시 기다려주십시오."

시키는 대로 기다리자 소피아 씨가 문 앞에 달린 조작판에 비밀번호를 입력했고 바로 잠금이 풀렸다.

"들어가시죠."

열린 문을, 이번에는 내가 선두에 서서 들어갔다.

————실내의 가장 안쪽.

커다란 책상 너머 의자에 앉아있던 남자는 창밖을 향하던 시선을 나에게 던졌다.

"……오랜만이구나, 린타로."

내 아버지인 시도 유타로는 변함없이 무뚝뚝한 얼굴로 그렇게 말했다.

문화제 같은 대형 이벤트를 마친 뒤에 기다리는 건 역시 다 함께 노고를 달래주는 뒤풀이다.

우리 반에서도 당연히 뒤풀이 파티가 열렸다.

"우선 모두, 문화제 준비 기간 및 문화제 이틀 동안 정말로 고생했습니다!"

문화제가 끝나고 이틀 뒤.

학교 쪽에서 마련해준 대체휴일을 이용해 우리는 오코노미야키집에 왔다.

반 대표인 카키하라는 자신의 음료를 한 손에 들고 아이들 앞에 섰다.

"싸우기도 하고 사건도 있었지만, 결과적으로는 대성공이라고봐!"

"맞아, 너는 고백도 대성공했고."

"류, 류지! 이런 곳에서 놀리지 마!"

도모토가 장난을 치자 반 애들에게서 웃음이 터졌다.

나도 분위기를 맞춰서 웃었지만, 얼핏 보였던 얼굴이 새빨개진 니카이도는 조금 불쌍했다.

'남자들 좀 그만해~.'라고 말하고 싶어 하는 여자애들의 마음을 다소 이해할 수 있었다.

아무래도 상관없는 일이지만 정말로 그런 말을 하는 여자애가 현실에 존재하나?

참고로 나는 만난 적이 없다.

"아, 아무튼! 오늘은 열심히 한 우리 자신에게 주는 상이라고 생각하고 마음껏 즐기자! 건배!"

""""건배!""""

반 아이들과 잔을 맞댔다.

작년에도 이런 기회는 있었지만, 그때는 정말 순전히 주변에 맞추기 위해 참가했을 뿐이었다.

하지만 작년과는 감각이 완전히 다르다.

"린타로, 어쩐지 오늘은 즐거워 보여."

"응? ……어, 뭐."

옆에 앉아있던 유키오와 잔을 맞대며 그런 대화를 주고받았다.

역시 절친. 내 변화를 잘 알아보는구나.

내 성격상 이번 뒤풀이도 결코 적극적으로 참가하는 건 아니다.

다만, 뭐라고 할까. 설명하기는 어렵지만 제대로 이 반의 일원으로서 여기에 있는 듯한── 신기한 일체감을 느꼈다.

"시도! 이번엔 정말 고마웠어!"

감개무량해하고 있을 때 테이블을 사이에 두고 맞은편 자리에 앉아있던 이하라라는 이름의 여자애가 말을 걸었다.

문화제 준비 기간에 몇 번 대화한 적은 있지만 딱히 친하다고 생각한 적은 없는 상대다.

"어? 나 뭔가 감사받을 만한 일을 했던가?"

"물방울떡 아이디어 낸 사람이 시도였잖아? 그거 다른 반 친구들에게도 평판 좋았거든. 우리 카페가 성공한 건 물방울떡의 힘이 꽤 컸다고 보거든."

"아하, 그런 거구나. 그렇게 말해주는 건 기쁘지만 역시 카페의 콘셉트도 크지 않았을까? 집사와 메이드라는, 평소엔 볼 일이 없는 모습은 신선하잖아."

"뭐 그것도 있지. 그런데 시도 요리 자주 해? 아즈사도 시도에게 부탁했잖아."

으음, 뭐라고 대답해야 할까.

여태까지 남이 나에게 관심을 가진 경험이 거의 없었던 탓에 생각지도 못한 곤경에 처했다.

할 줄 안다고 대답하는 게 간편할지도 모르지만, 이유를 설명하는 건 귀찮다.

매일 만든다고 하면 가족은 왜 안 하냐고 물어볼 것 같고, 이럴 때 적당히 얼버무릴 수 있는 비법이 있다면 좋을 텐데――.

"저기, 린타로. 그거 해 줘."

"응?"

옆에서 내 소매를 잡아당긴 유키오가 보울에 든 오코노미야키 반죽을 가리켰다.

이 가게는 오코노미야키를 손님이 셀프로 굽는 구조인데, 지금도 여기저기에서 반 아이들이 왁자지껄 오코노미야키를 만들고 있다.

"요리라면 실제로 보여주는 게 빠르다고 보거든. 다른 애들도 만들어주면 편할 테고."

"……그렇구나."

확실히 말로 설명하기보다 보여주는 게 빠르다.

나는 보울을 받고 커다란 국자를 이용해 반죽을 저었다.

저을 때는 공기를 머금듯이. 이게 잘 부풀어오르게 하는 비결.

그리고 기름을 뿌린 철판에 대략 2센티미터 정도 두께가 되도록 펼쳐서 모양을 잡았다.

이대로 몇 분 구운 뒤 별도로 마련된 삼겹살을 올리고——.

"휙 뒤집는다."

주걱으로 반죽을 슥 뒤집자 노릇노릇하게 구워진 뒷면이 나타났다.

음, 내가 봐도 완벽하다. 모양이 일그러져도 맛은 별 차이가 없을 테지만, 역시 모양을 유지하는 게 보기도 좋다.

""""오오~!""""

"응?!"

만족스러워하고 있었더니 갑자기 주변에서 환호성이 터졌다.

어느새 내 주변에는 애들이 모여들어 내가 오코노미야키를 만드는 걸 견학하고 있었던 모양이다.

"우와! 손재주 좋다! 굉장히 익숙해 보여!"

"대단하다! 린타로! 나는 실패해서 찌그러졌는데!"

먼저 가장 가까이서 보고 있던 이하라가 그런 감상을 날리고, 관객으로 뒤에서 다가왔던 카키하라가 흥분한 듯 외쳤다.

간편하다 보니 여러 번 만들어 먹어서 이 정도는 상당한 자신이 있다.

게다가 내가 쌓아 올린 것을 칭찬해주자 기분이 나쁘지 않았다.

"린타로! 우리 자리에서도 만들어줘! 아까부터 호노카가 걸레를 만들고 있어!"

"시끄러워 류지! 너도 옆에서 뭉개버린 주제에!"

도모토와 노기가 그런 식으로 아옹다옹하자 주변에 있는 녀석들도 연달아 나에게 굽는 걸 부탁했다.

수습하기 어려울 만큼 소란스러워진 타이밍에 손바닥을 짝 모으는 날카로운 소리가 울렸다.

"그만! 다들 시도에게 부탁하면 시도가 못 먹잖아! 지금 하는 법을 보여줬으니까 각자 따라해보자!"

구세주, 니카이도의 말씀에 다들 정신을 차렸다.

"그, 그렇겠다……. 미안해, 린타로."

"딱히 신경 안 써. 오히려 부탁해줘서 기뻤어. 다음에 또 기회가 오면 그때는 내가 만들게."

"그래! 부탁할게!"

카스트 상위인 도모토가 물러나자 반 아이들도 자신의 자리로 돌아갔다.

도와준 니카이도에게 합장해서 감사 인사를 전하자 그녀는 신경 쓰지 말라는 듯 손바닥을 흔들었다.

좋은 여자다. 꽉 붙잡아라, 카키하라.

"시도는 한 명밖에 없으니까 모두가 먹을 걸 만드는 건 무리지. 어쩔 수 없어. 어쩔 수 없으니까 오늘은 우리가 독점하자!"

유난히 기뻐 보이는 이하라를 따라가듯 내 주변에 있는 녀석들이 기뻐했다.

　야야, 전부 나한테 시킬 셈이냐──라고 말하고 싶었지만 기분이 좋았으니 용서해주기로 했다.

　"고마워, 유키오. 살았어."

　"신경 쓰지 마. 나도 린타로가 구워준 오코노미야키를 먹고 싶었던 것뿐이니까."

　그렇게 말하며 찡긋 윙크하는 유키오는 솔직히 어지간한 여자애보다도 더 귀여웠다.

　다행이다. 유키오. 내가 성적지향이 그쪽이 아니라서.

　"하지만 나중에 비위를 맞춰주는 게 좋을지도 모르겠네."

　"어?"

　"저기────."

　유키오가 쓴웃음을 지으며 가리킨 곳.

　그곳에는 나와는 다른 테이블에서 뒤풀이에 참가한 레이의 모습이 있었다.

　서로 방심해서 평소처럼 행동하지 않도록 미리 엮일 일을 줄이자고 정해놓았는데…….

　으음. 맹렬히 노려보고 있구나. 나를 맹렬하게 노려보고 있어.

　전혀 안 무섭지만.

　자기는 먹지 못하는데 내가 이 테이블에 앉은 녀석들을 위해 오코노미야키를 굽는 게 불만인 모양이다.

　절대 자신감 과잉이 아니다.

　왜냐하면 방금 막 스마트폰에 '돌아가면 날 위해 만들어줘'라는 메시지가 왔거든.

'나중에 얼마든지 만들어줄 텐데…….'

저 녀석에게는 내가 직접 고안한, 최고로 맛있는 오코노미야키를 만들어줘야지.

가게에서 먹는 것보다 맛있…… 다고는 차마 자부할 수 없지만, 분명 레이는 기뻐해 줄 거다.

반 애들이 기뻐해 주는 건 솔직히 기쁘다.

하지만 역시 내가 가장 기쁘게 해주고 싶은 상대는——.

"시도가 구워준 거 엄청 두툼하고 맛있어! 아까 내가 구운 거랑은 전혀 달라!"

"역시 린타로. 불 조절이 완벽해."

맛있게 먹어주는 이하라와 유키오를 보며 나는 무심코 웃었다.

우선 지금은 눈앞에 잇는 이 녀석들을 기쁘게 해줘 보자.

이제는 이 녀석들과의 관계도 결코 소홀히 할 수 있는 관계가 아니게 되었으니까.

평생 일하고 싶지 않은
내가, 같은 반
인기 아이돌의
눈에 들면

후기

같반돌 3권을 읽어주셔서 진심으로 감사합니다.

작가인 키시모토 카즈하입니다.

여름에서 시간이 흘러 문화제 편인 이번 3권은 이래저래 불안해지는 기척이 감돌기 시작한 중요한 에피소드이기도 합니다.

저야 밀스타 세 사람과 린타로의 교류를 쓰면 그걸로 만족인 부분도 있지만, 역시 이야기로서 만들어야 하는 부분은 제대로 만들어야 한다는 마음으로 앞으로도 집필에 임하고 싶습니다.

그건 그렇고, 표지의 레이가 너무 귀엽지 않나요? 아니, 신간이 나올수록 매력이 늘어나는 듯한 그런 기분마저 듭니다.

물론 1권 시점에서도 눈이 튀어나올 만큼 귀여워서 일러스트를 담당해주신 미와베 사쿠라 선생님의 위대함을 느꼈지만요.

평생 가보로 삼겠습니다.

짧지만 후기는 여기까지 하겠습니다.

기회가 있다면 또 다음 권에서 만나요.

ISSHOHATARAKITAKUNAIOREGA,KURASUMEITONODAININKIAIDORUN
INATSUKARETARA Vol.3

평생 일하고 싶지 않은 내가, 같은 반 인기 아이돌의 눈에 들면 3

2023년 11월 15일 1판 2쇄 발행

저   자 키시모토 카즈하
일 러 스 트 미와베 사쿠라
옮 긴 이 현노을
발 행 인 유재옥
사 내 이 사 조병권
본 부 장 박광운
담당편집 정영길
편 집 1 팀 박광운
편 집 2 팀 정영길 조찬희 박치우 정지원
편 집 3 팀 오준영 이해빈 이소의
미   술 김보라 박민솔
라이츠담당 김정미 맹미영 이윤서
디 지 털 박상섭 김지연 윤희진
발 행 처 ㈜소미미디어
인쇄제작처 코리아피앤피
등   록 제2015-000008호
주   소 서울 마포구 토정로 222, 403호(신수동, 한국출판콘텐츠센터)
판   매 ㈜소미미디어
마 케 팅 최원석 최정연 박수진 박소연
물   류 허석용
전   화 편집부 (070)4164-3962, 3963 기획실 (02)567-3388
            판매 및 마케팅 (070)4165-6888, Fax (02)322-7665

ISBN 979-11-384-1885-0 04830
ISBN 979-11-384-1683-2 (세트)